그
세컨드
라이프
의

그의 세컨드라이프

© 윤효, 2016

초판 1쇄 인쇄일 2016년 2월 1일
초판 1쇄 발행일 2016년 2월 4일

지은이   윤효
펴낸이   정은영
책임편집   김정은

펴낸곳   (주)자음과모음
출판등록   2001년 11월 28일 제2001-000259호
주소   04083 서울시 마포구 성지길 54
전화   편집부 02) 324-2347 경영지원부 02) 325-6047
팩스   편집부 02) 324-2348 경영지원부 02) 2648-1311
이메일   munhak@jamobook.com   커뮤니티 cafe.naver.com/cafejamo

ISBN 978-89-544-3217-7 (03810)

이 도서의 국립중앙도서관 출판예정도서목록(CIP)은 서지정보유통지원시스템 홈페이지
(http://seoji.nl.go.kr)와 국가자료공동목록시스템(http://www.nl.go.kr/kolisnet)에서
이용하실 수 있습니다.(CIP제어번호: CIP2016001879)

윤 효 소 설

그의
세컨드
라이프

자음과모음

차 례

북유럽풍의
푸른 꽃무늬
접   시

1

"여름 씨 집 동남향인가 봐. 꽤 복잡한 느낌을 주는 햇빛이야. 에너제틱한데도 조바심이 느껴지진 않고, 안정된 남쪽의 기운이 풍겨. 왜, 가게나 사무실 얻을 때도 서쪽 햇빛이 들어오는 곳은 피하라고 하잖아. 실제로 서쪽으로 난 밭의 식물들은 잘 크질 않는대. 아휴, 또 이 흰 리넨 커튼을 투과한 햇빛은…… 정말 이런 햇빛 속에선 모든 것이 달라 보여. 저 오래된 흑갈색 피아노, 장미꽃 화단 같은 패브릭 소파, 그릇장, 접시들……."

낯선 여자에게 호명당한 물건들이 깨어나 꿈틀거리는 걸 보며, 그녀는 숨을 삼켰다. 부끄러움을 무릅쓰고 존재 증명에 나선 물건들 사이를 여자가 걸어다니고 있다. 피부색 비슷한 베이지색 블라우스와 검은 랩스커트를 입은 여자는 늘 자기 기록을 갱신하는 장대높이뛰기 선수 같은 긴 다리를 가졌다. 확신에 차 있는 그 다리들이 지나갈 때마다 새로 깐 데코타일 바닥이 흠칫흠칫 놀란다. 그녀의 심장도 덩달아서 쿵쿵 뛴다.

사흘 전 여자는 그녀가 별생각 없이 운영해온 블로그 '여름 씨 집'에 올려놓은 사진들을 보고 전화를 해왔다. 실용 서적을 만드는 유명 출판사의 팀장인데 집을 구경하며 얘기를 나누고 싶다는 것이었다. 현관문을 열고 처음 여자를 봤을 땐 낯이 익었다. 여성 잡지 속의 커리어 우먼 스타일이었던 것이다. 여배우만큼 예쁘진 않지만 전문가라는 경력과 지성의 아우라 때문에 훨씬 근사해 보이는 모습으로 성공적인 사회생활 지침들까지 알려주는 여자들 말이다.

여자는 그녀가 열흘을 기다려 목공소에서 찾아와 락카 칠을 시작한 식탁 위로 엉덩이를 걸쳤다. 양해라도 구하듯 씩 웃었다.

"특이하게도 탁자가 타원형이네. 꼭 유능하면서도 성격이 원만한 가장 같아. 그런데 이 나무는 재질이 독특하네. 단단해 보이는데도 결과 무늬가 섬세하고 예뻐. 이게 서양 가구를 만들 때 가장 많이 쓴다는 호두나무?"

"느릅나무예요. 중국에서 도제 시스템으로 가구를 만들 때 사용하는 목재죠. 단단하고 무겁고 갈라질 수 있기 때문에 몇십 년간 나무를 찌고 말려서 틀어짐이 없을 때까지 공을 들인대요. 전 세대로부터 재료를 물려받는 셈인 거죠."

"음…… 사포질이 거친 걸 보면 빈티지풍?"

"비슷해요. 프로방스풍으로 만들어보고 싶었어요."

주제넘고 은밀한 욕망을 들켰을 때처럼 볼이 발개진 그녀는 허겁지겁 덧붙였다. 프로방스 스타일은 실용적이고 색감이 풍부하면서도 태생지인 지중해의 자유스러움과 낭만을 추구해요. 즉, 부족함이 없는 완전한 소박함을 추구하죠. 그때 비로소 그녀는 자신이 블로그에 올렸던 사진들 속의 요리와 패브릭, 리폼 가구들을 관통하는 콘셉트가 프로방스풍이었음을 깨달았다. 여자는 여전히 에너지 넘치는 영민한 소년처럼 큰 홑꺼풀의 눈으로 그녀를 보고 있다. 그녀는 자신을 집어삼킬 것만 같은 그 눈을 피하기 위해 주방 쪽으로 갔다. 여자가 따라왔다.

"부족함이 없는 완전한 소박함이라…… 근사하네. 맞아, 사람들이 인생의 목표로 삼을 만한 콘셉트야. 그래, 누구든 갖고 싶어 할 거야. 살 수 있다면 사서라도."

"말도 안 돼요. 그런 걸 어떻게 사요?"

"왜 누군가 팔기만 하면 사지. 나라면 목을 빼고 기다렸다 살 것 같은데. 자, 솔직하게 말할게요. 나 이 말이 하고 싶어서 왔어요. 김여름 씨, 이 모든 물건들을, 스타일을, 이미지를 팔아볼 생각 없어요?"

여자는 까만 샤넬 지갑에서 명함을 꺼내 내밀었다. 고급스러운 광택을 내는 흰 종이 위에 '마음산책' 기획팀장 윤주희라고 적혀 있었다.

2

튤립 모양의 새 크리스털 등 때문에 환해진 식탁에 앉아 밥을 먹고 있는 남편의 얼굴은 맑다. 격무에 지쳤는지 조금 피곤해 보이지만 탁한 기운은 없다. 하지만 이틀 전 그녀가 바꿔놓은 등의 호사스러움이 여전히 못마땅한지 미간만은 찌푸리고 있다. 집에서 밥을 먹을 땐 편해야지. 꼭 패션쇼나 메이컵쇼를 하러 무대에 선 것 같잖아, 하고 투덜거리는 듯하다.

언제부터인가 그가 아내의 완벽한 살림을 거북해한다는 걸 알았지만 그녀는 단 한 가지의 습관도 버리지 못했다. 가끔은 그의 상체에 밀착한 셔츠나 그의 휴대폰에도 질투를 느낄 만큼 집착하면서도 정작 그가 원하는 것을 하게 되진 않았다. 물론 그가 무엇을 원하는지 정확히 알지도 못했지만. 더 괴로운 건 완전히 무심해지지도 못한다는 것이다. 지금도 그렇다. 그가 시위라도 하듯 그녀가 공들여 만든 오리엔탈 찹스테이크와 새싹 샐러드, 가지찜엔 젓가락도 대지 않는 모습을 지켜만 보지 못하고 기어이 간섭을 한다.

"김치도 너무 오래되면 유산균이 죽는대요. 사람들이 좋아하는 묵은 김치도 사실은 섬유질 덩어리에 불과한대. 하지만 이 유기농 새싹은 비타민 덩어리예요. 발사믹 소스 비율도 바꿔봤는데, 어때요? 상큼하죠?"

남편은 대답을 하지도 그녀를 보지도 않았다. 두 달 전의 어느 저녁만 해도 그는 요리를 반 넘게 먹어주고서 토를 달았었다. 내

12

생각엔 장기적으로 몸을 생각하면 잔류 농약도 좀 먹어주는 게 나을 거 같아. 왜, 예방주사도 사실은 일정량의 병균을 몸속에 집어넣고 싸워볼 기회를 주는 원리잖아.

그녀는 계속 포크로 야채를 찍어 먹으면서 남편의 얼굴을 훔쳐본다. 연분홍이나 연보라도 곧잘 소화해내던 희고 맑간 피부 곳곳에 잔주름들이 패어 있다. 30대 중반이라는 나이와 어색하지 않게 매치되는 평균적인 노화다.

평균치의 삶을 사는 부모 아래서 성장해서 괜찮은 대학을 나와 괜찮은 직장을 다니는, 세 형제들 틈에서 받을 줄도 줄 줄도 세련되게 화해할 줄도 아는 남자로 자란 그에게 그녀는 오랫동안 열중해왔다. 막역하진 않은 그녀의 친구들은 지극히 평범한 그를 좋아하다 못해 로망으로까지 삼는 그녀를 이해 못 했다. 일곱 살 때 엄마가 딸보다 큰 캐리어 두 개를 들고 집을 나간 뒤 혼자 준비물을 챙기고 분식집 김밥을 사서 소풍을 가고 아빠가 한 명의 새엄마와 두 명의 애인과 살다 헤어지는 모습까지 보고 자란 그녀에게 평범함은 일종의 목표였다. 남자 친구를 고를 때도 평범하고 볼 것은 기본이었다.

그녀는 집의 분위기를 망치지 않도록 재빨리 그릇들을 거두어 설거지를 했다. 행주까지 빨아 넌 뒤 집에서 햇볕이 가장 잘 드는 방인 아기 방으로 들어갔다. 불을 켜자 강아지 모양의 깜찍한 모빌이 보였다. 그녀에게 올 아이가 여자아이인지 남자아이인지 몰라 민트색과 크림색으로 믹스를 해 꾸며놓은 방이었다. 베이비 핑크색 범퍼와 솜이불이 담긴 흰 원목 아기 침대 속엔 아기가 빠져나간 흔적이 고여 있는 듯하다. 침대 안쪽엔 잡지나 광고에서 오려낸 예쁜 아이들의 사진들이 다닥다닥 붙어 있었다. 사진 속 아이들의 얼굴들을 조합해보면 자신에게 와야 했던 아이의 얼굴까지도 또렷하게 그려볼 수 있었다.

그녀는 조그만 메밀 베개를 끌어안고 주저앉았다. 그렇다. 아기는 그녀가 정성껏 가꿔온 이 집의 실체이자 의미와도 같은 존재였다. 종합병원 간호사로 근무하던 신혼 시절에도 그녀는 전업주부처럼 살림을 했다. 유명한 미국 새비 원단들을 어렵게 구해 직접 커튼을 만들기도 했고, 젊은 남편이 배가 나오도록 요리들을 해 먹였다. 또 덜튼 철제 캐비닛들을 색깔별로 구입해서 완벽하게 수납을 했다. 지금 생각하면 그 모든 것은 그녀와는 달리 정상적으로 성장할 아이를 위한 기초 작업과도 같은 것이었다.

그런데 아이러니컬하게도 아이는 쉽게 생기지 않았다. 2년은 그냥 아이를 기다렸고, 3년째 되던 해부턴 병원을 다녔다. 몸이 차갑고 배란이 불규칙하다고 해서 배란 자극 조치를 취해봤지만 효과는 없었다. 그 후 복강경 검사에서 난관 주위 유착과 자궁내막증 진단을 함께 받고 복강경 수술을 받았지만 역시 임신은 되지 않았다. 그 후 병원을 바꿔 인공수정을 시도해봤지만 세 번 모두 실패했다. 세번째 실패했을 때 녹초가 된 남편은 역시 몸과 마음이 지치다 못해 피폐해진 그녀를 보며 말했다.

"포기하자. 차라리 예쁜 여자아이라도 입양해 키우거나……. 아냐, 난 아이 없이도 살 수 있어."

그런데 이상하게도 관용의 제스처일 남편의 말이 난 당신 아닌 다른 여자와도 얼마든지 잘 살 수 있어, 라는 말로 들렸다. 한 번만 더 해보자고 졸라 네번째 시도를 해서 실패한 뒤부터 남편은 그녀를 피했다. 집에서도 그녀와 마주치지 않으려 했고 마주쳐도 고개를 돌려버리는 그는 한 가지를 향해 집요하게 뻗어가는 아내의 에너지에 넌더리를 내고 있었다. 두 달간 벼른 끝에 한 번만 더 시도해보자고 말하자 남편은 험악하게 노려보더니 아예 서재로 잠자리를 옮겨버렸다.

인공수정 사이사이에도 요리와 패브릭 만들기, 집 개조에 열중했던 그녀는 이젠 광적으로 몰입하게 되었다. 생활비의 꽤 많은 부분을, 그러니까 교육열 강한 엄마가 사교육에 쓸 만한 돈을 작업에 쏟아부었다. 나중엔 퇴직금 통장에까지 손을 댔다. 그 과정에서 자신이 살림에 재능을 타고 태어났다는 걸 알게 되었다. 요리들은 기존 레시피들을 간소화하여 변형시켰을 뿐인데도 독특한 풍미를 냈고, 내키는 대로 디자인해 만든 패브릭들은 유명 패브릭 숍의 그것들보다 훨씬 로맨틱했다. 또 그녀가 리폼한 가구들 역시 고가의 수입 빈티지 가구들보다는 화사해서 친근하게 느껴졌다.

그 모든 행위들이 포화 상태에 이르렀을 때 그녀는 네이버에 블로그를 만들어 사진을 올리기 시작했다. 생각보다 많은 사람들이 드나들며 감탄과 기대의 댓글들을 달아주었다. 그때 그녀는 자신에게 사람을 끌어모으는 재능이 있다는 걸 알았다. 현실에서 평화롭게 관계 맺기엔 너무 강하고 뜨거운 어떤 기운이 일상을 넘어서면 사람들을 매료시키는 요소로 작용하고 있었다. 그러나 사이버공간은 사이버공간일 뿐이어서 일을 쉬고 있으면 무섭게 외로워졌다.

그녀는 집 안에서 남편을 찾아 나섰다. 늘 그렇듯이 남편은 서재에 있었다. 침대로도 사용하는 소파에 누워 메모를 해가며 책을 보고 있는 그의 발밑엔 여행 관련 서적들이 흩어져 있었다. 망설이던 그녀가 막 들어가려 하자 남편은 책으로 얼굴을 덮어버렸다. 전신에서 힘을 빼버리는 걸 보니 자는 것으로 보여지길 원하고 있음이 분명했다. 신혼의 저녁때처럼 그에게로 파고들어 섹스하고 싶었던, 33년 동안 느껴온 외로움과 슬픔, 분리감을 잠깐이라도 잊고 싶었던 그녀는 얼어버렸다. 심장이 얼음 가루들처럼 서걱거리는 소리가 그녀의 귀에도 또렷하게 들렸다.

안방으로 돌아와 한참 동안 멍하게 앉아 있던 그녀는 화장대 서랍을 뒤져 낯선 여자가 주고 간 명함을 찾아냈다. 스탠드 불빛을 받아 더 화사하게 반짝이는 작은 종이를 오래 들여다봤다.

3

"먼저, 책을 내려면 콘셉트에 대해 연구해야 해요.《여름 씨 집》이라는 책을 관통하는 하나의 스타일 말이에요. 물론 프로방스풍이라는 정체성이 있긴 하죠. 하지만 그건 너무 두루뭉술하고 애매

모호해요."

"추상적이라는 뜻인가요? 전 동의 못 하겠는데요. 프로방스 스타일은 철저히 관계 지향적인 스타일이에요. 사람들이 북적이는 공간이라는 전제하에 모든 것을 그려가잖아요. 거실 의자들은 반드시 마주 보게 놓여야 하고, 집 안에 여러 개의 식탁을 두어도 무방해요. 주방에 아일랜드 식탁을 두는 것도 베란다에 2인용 간이 테이블을 놓는 것도 모두 프로방스풍이에요. 또 창틀마다 작은 꽃 화분들을 놓아두는 것도요."

"내 말은 어떤 사람들이 그 모든 것을 할 수 있느냐는 거예요. 그렇듯 열정적으로 집을 꾸밀 수 있는 돈과 시간과 에너지를 가진 사람들이 누굴까? 이 부분에서 모델로 삼을 만한 사람은 역시 미국 살림의 여왕 마사 스튜어트예요."

그녀가 오전에 딸기 즙을 넣고 구워 웨지우드 브레드 접시에 담아둔 마카롱들을 맛있게 먹어치운 윤주희는 두 손을 비벼 털었다. 과자 가루가 크림색 로즈버리 원단으로 만든 러그 위로 떨어지는 걸 노려보는 그녀를 관찰하고 있더니 긴 두 다리로 분홍색 가루들을 밟아버렸다. 세상에서 가장 만들기 어려운 과자를 경배의 말도 없이 싸구려 스낵처럼 먹어치운 윤주희에게 분노를 느끼면서도 그 거침없음엔 주눅이 들어버렸다.

"나, 나도 알아요, 마사 스튜어트. 평범한 주부에서 오로지 살림으로 CEO가 된 여자죠."

"사실 마사는 전형적인 하우스와이프는 아니었어요. 그녀는 공

부를 잘했고, 미국인들이 선호하는 선량해 보이는 금발 미모를 가
졌고, 욕심이 많았어요. 대학 졸업 후엔 펀드매니저가 됐어요. 똑똑
했던 그녀는 잘나갔죠. 월가 전체가 회오리에 휩쓸릴 때 함께 추풍
낙엽처럼 떨어지기 전까지는. 그녀는 은둔 중에 낡은 농가 주택을
사서 개조를 하면서 자신이 살림에 특별한 재능을 타고났다는 걸
알게 됐어요. 재기 업종으로 선택한 건 출장요리업이었죠. 그녀의
우아하고 환상적인 테이블 세팅과 파티 요리들은 상류층으로 진입
하고 싶어 하는 중산층 여성들을 열광시켰어요.”

“그럼 여긴 한국이니까 한국적인 이미지들을 활용해 전원풍……
그러니까 친환경적인 콘셉트로 간다면?”

“그건 이미 선점한 사람이 있어요, 차주옥이라고. 남쪽 신도시
외곽에 살면서 전통적이다 못해 반문명적으로 살림하는 여자. 그
여자의 살림 역시 실용성과는 상관없어요. 불편해도 자연을 느낄
수 있으면 되고, 요리들도 재료 맛을 살려낼 수 있음 돼요. 책도 몇
권 있을걸요.”

“아, 나도 본 것 같아요, 서점에서. 그런데 그 사람 책이 많이 팔
려요?”

“내가 말했잖아요. 문제는 이미지라고. 그 여자에게 그런 살림법
은 이미지 메이킹, 아닐까요? 그 여자는 영화에 쓰이는 한복들을
제작해 돈을 많이 버는 여자거든요. 배우들과도 친하고. 소박하게
살림하며 예술가 남편을 모시다시피 하는 순종적인 여자라는 이미
지가 힘이 돼주고 있다고, 난 봐요.”

결국 책에 실릴 인테리어와 요리들을 관통하는 콘셉트는 다국적이면서도 현대적인 프로방스 스타일로 결정되었다. 정통 프로방스 스타일의 풍부한 색감은 살리면서도 실루엣은 심플하게 하고 동양의 전통 문양들을 응용한 무늬들을 활용하기로 했다. 이미 시중에 나와 있는 중가나 저가의 자연주의 스타일의 살림 제품들과 차별화되어야 한다는 것도 중요했다. 설명하는 글은 첫 만남에서부터 빼어난 어휘력으로 그녀를 사로잡았던 윤주희가 맡기로 했다. 윤주희는 프로답게 책 제작 비용에 대한 이야기도 빼놓지 않았다.

"어차피 저자인 김여름 씨가 책의 인세를 갖게 될 테니 투자라고 생각하고 비용을 들여 일을 진행해주었음 해요. 마사도 첫 요리책을 준비하는 데 2년이 걸렸다잖아. 우린 블로그의 사진들이 있으니 6개월이면 충분하겠지만."

4

다행히도 책의 판매는 순조로웠다. 블로그의 이름 그대로 발간된 책은 오프라인 서점에서 눈에 가장 띄는 코너를 계속 지키더니 두 달 만에 리빙 분야 베스트셀러에 진입했다. 출판사 계열사의 일간지에 광고가 나가면서부턴 온라인 서점의 판매 지수도 급상승했다. 작업 비용을 마련하기 위해 현금서비스를 뽑고 남편 몰래 신용대출까지 받았던 그녀는 안도의 한숨을 내쉬었다.

2주 후 출판사 사장은 남편까지 초대해 호텔 일식당에서 출판 기념회도 열어주었다. 목표가 뚜렷했던 작업 과정은 물론 아파트가 늘 북적이게 하던 촬영 과정, 윤주희의 집으로 가 설명 글에 대해 조율하던 시간 내내 혼자 있지 않아서 좋았던 그녀는 다시 한번 행복했다. 축하 케이크의 촛불을 끄고 또 그것을 직접 썰어 일일이 나눠주면서 그녀는 사람들과 눈인사를 했다. 창조적인 일을 하는 에너제틱한 사람들을 가까이서 본 것은 처음이었던 것이다. 남편을 포함하여 그녀가 알아온 사람들은 평생 하나의 틀 속에 박히기 위해 노력해온, 같은 일을 반복하며 늙어가는 것을 두려워하지 않는 사람들이었다. 제1금융권인 은행에 다니는 남편도 처음엔 어색해했지만 차츰 분위기에 젖어들고 있었다.

그때 그녀는 맞은편에서 낯익은 얼굴 하나를 발견하고 깜짝 놀랐다. 최근에 종영한 인기 드라마에서 전통적인 여성성을 간직한 현대판 현모양처 역할을 맡아 이미지 변신을 한 30대 여배우였다. 빈틈없이 들어찬 큰 이목구비 때문에 질감조차 느껴지지 않는 얼굴이었다. 허구 세계의 주인공이 되려면 카메라라는 필터를 통과해야 더 예뻐 보이는 얼굴을 가져야 하나, 하고 생각하며 계속 보는데, 그녀 옆에 서 있던 윤주희가 냉큼 나서서 소개를 했다.

"제가 초대한 분인데 스케줄 땜에 조금 늦게 도착하셨어요. 모두 잘 아시죠? 인기 드라마 〈달수 씨의 아내〉의 주연배우 성민아 씨. 물론 드라마에선 살림의 여왕이었죠. 공부는 좀 달려도 사는 일의 대부분에 해박 능통한 아내. 와우, 그럼 이 순간이 진짜 살림의 여왕과 드라마 속 살림의 여왕이 만난 역사적인 순간인가요?"

남편만 빼고 모든 사람들이 우우, 환호를 하며 박수를 쳤다. 줄지에 당대의 중견 여배우와 비교될 만한 여성이 돼버린 그녀는 두 볼을 붉혔다. 그때 조용히 웃고만 있던 출판사 사장이 그녀 옆으로 걸어오더니 좌중을 보며 말했다.

"김여름 씨, 앞으론 인터뷰도 하실 겁니다. 먼저 우리 여성 잡지부터 시작합시다. 기사가 나가면 자연스럽게 다른 잡지들로부터 요청이 오겠죠. 책에 실린 사진들에선 옆모습, 고개 숙인 모습도 흐릿하게 보여줬는데 전격적으로 모습을 드러내면."

"아아, 저는 싫은데요."

사장이 그녀 쪽으로 돌아섰다. 왜죠? 하고 눈으로 묻고 있었다.

"전 제가 만든 아이들을 세상에 내보내는 걸로 됐어요. 내가 만든 아이들에 대해 직접 설명하는 것만큼 어렵고 어색한 일도 없어요. 또 자신도 없어요. 내가 나서면 일을 망쳐버릴 거 같아서."

그녀의 목소리가 너무 컸을까? 사람들이 희귀 종족을 볼 때처럼 어이없는 눈으로 보고 있었다. 윤주희의 표정만은 달랐다. 재미있어하는 것 같기도 하고 이해해주는 것 같기도 하고 판단 같은 걸 내려버린 것 같기도 했다. 흥분하기까지 했는지 두 볼도 붉었다. 그녀는 소녀처럼 미소를 지었다.

2차로 자리를 옮긴 뒤 사람들은 만취하도록 마셨다. 더더욱 분방해지고 쾌활해지고 수다스러워졌다. 윤주희는 거침없고 활달할 뿐만 아니라 농염하기까지 했다. 서른아홉인데도 여전히 독신이라는 그녀는 말 그대로 플레이걸 같았다. 일에서 떠안게 되는 스트레스를 배우들처럼 가볍고 감각적인 연애로 녹여 없애며 살고 있는 걸까. 그녀가 성민아와 러브샷을 하며 깔깔거리다 입까지 맞추었을 땐 등에 소름이 돋았다. 하이힐을 벗고 그 길쭉한 두 다리로 무슨 춤인지도 모를 스텝을 한참 밟다 한 여직원의 허리를 끌어안고 다시 입을 맞췄을 땐 질투까지 느꼈다.

시간이 지나면서 또 한 가지 충격을 받았던 건 눈앞의 여배우가 드라마나 토크쇼에서 봤던 이미지와는 완전히 다른 캐릭터라는 것이었다. 세련됐으면서도 소박하고 의리 있어서 중년 남자들의 로망이 되었다는 그녀는 이기적이고 충동적인 사람이었다. 광고 출연료 중 일부로 정기적으로 소녀 가장들을 도와왔다는 기사도 믿을 수가 없을 정도였다. 타인들의 시선이 떠나는 것 자체를 못 견디는 그녀가 보통 사람의 두 배나 되는 큰 눈을 찌푸리는 식으로 사인을 보내면 윤주희도 냉큼 달려와 비위를 맞추곤 했다. 그녀는 사람들이 주는 술을 다 받아 마셨다. 독한 술의 취기에 휩싸여 뜨거워진 얼굴을 두 손으로 감싸 쥐고 있을 때 휴대폰이 진동하고 있다는 걸 깨달았다. 똑같은 전화번호가 여러 개 찍혀 있었다. 마지막 것은 문자메시지였다. 그녀는 메시지를 열었다.

'오늘 오후 4시 53분에 어머니가 돌아가셨습니다. 빈소는 P병원 장례식장입니다. 내일 오전 10시 반에 오십시오.'

5

 그녀가 남편과 함께 빈소에 도착했을 때 엄마의 가족들은 없었다. 불편해진 그녀가 주위를 두리번거리자 친척인 듯한 중년 여자가 입관실로 가보라고 말해주었다. 입관실 앞에서 실컷 울어 안색까지 붉어진 엄마의 가족들을 봤을 때에야 오전 10시 30분이라는 시간 지정의 의미를 깨달았다. 엄마보다 두 살 연하라는 남편과 그녀보다 여덟 살이 적은 여자애, 연년생 남동생으로 이루어진 가족은 그녀를 엄마의 마지막 모습을 볼 수 있는 의식에서 소외시킴으로써 두 그룹을 구분 짓고자 했던 것이다. 복잡하지만 차가운 그들의 표정이 어제의 결정이 충동적인 것이 아님을 말해주고 있었다. 아마 그녀가 시간을 정확하게 지킨 이유도 비슷할 것이다.

 집에서부터 불편해했던 남편과 나란히 서서 위령 의식을 지켜보는 그녀의 마음은 착잡했다. 그런데 한참 보다 보니 위령 의식은 가톨릭 의식이었다. 가슴에 붉은 십자가가 달린 흰 제복을 입은 신부가 엄마의 관을 향해 종을 흔들며 기도를 하면 여자 신자들이 소리 내어 긴 기도문을 외웠다. 그녀는 얼어버렸다. 언제부터 엄마가 가톨릭 신자였을까? 척수암이라는 희귀암으로 1년간 투병을 하던 와중에 교리를 받고 세례를 받았을까? 아니면 임종 직전에 세례성사를 받았을까? 그렇다면 지금 이 풍경은 신이 이미 엄마를 용서했다고 선언하고 있는 풍경인가? 오래전 어린 딸을 버리고 떠난 것에 대해서도? 언젠가 엄마를 진심으로 용서하는 것은 그녀 일생의 숙제들 중 하나였다. 그런데 다른 사람도 아닌 엄마가 그 기회를 뺏다니. 박탈감과 허탈함, 분노 때문에 온몸이 걷잡을 수 없이 휘청거렸다.

위령 의식이 모두 끝나고 가족들이 빈소로 이동할 때 그녀도 따라갔다. 눈물이 터질 것 같아 두 눈두덩에 힘을 꾹 주고 주위를 둘러보니 남편은 없었다. 망자 인생의 한 점 얼룩과도 같은 그녀의 짝 역할을 하는 것이 비정상적인 것, 불편한 것을 싫어하는 그에겐 괴로운 일이었을 것이다. 가슴이 쿵해졌지만 잠시 후엔 한결 편해졌다. 그녀는 빈소의 한쪽 구석에 앉아 과거 속으로 거침없이 빨려들어갔다.

엄마와 함께 살던 시절을 생각할 때 가장 먼저 떠오르는 건 대부분의 저녁 시간들을 채운 소란들이었다. 초등학교 음악 교사로 합창단을 지도했던 엄마는 아빠와 싸우고 나면 일주일쯤 집을 나가있곤 했다. 평소에 비해 심했던 다툼 끝에 집에서만 지낸 시간들이 있었는데 한 달 후 엄마는 그 숨 막히는 정적 속에 이혼 서류를 던져놓고 나가버렸다. 그 후 한두 달에 한 번쯤 딸을 만나주던 엄마는 두 살 연하의 청년과 결혼했고, 두 아이를 낳았다. 재혼 3년째 되던 해엔 별거를 하기도 했지만 곧 재결합한 걸 보면 엄마의 새 남편은 아빠보단 인내심이 많은 사람인 듯했다. 안정되어가면서 차츰 이성적으로 변한 엄마는 제법 그럴듯한 판단을 내리기도 했다. 아빠가 재혼했을 땐 이젠 새엄마와의 관계가 훨씬 중요하니 새 생활에 집중할 수 있도록 1년 동안 만나지 말자고 말하기도 했다.

그것은 그럴듯하다 못해 현명한 말이었지만 그녀는 엄마가 이성적일 수 있다는 것이 너무 싫었다. 4년 후 그녀가 오직 직업을 가질 목적으로 간호대에 지원해 합격했을 때 엄마는 호텔 식당에서 최고급 스테이크를 사주었다.

"이젠 너도 어른이 됐어. 남자 친구도 생길 테고, 졸업하면 취직해 돈도 벌겠지. 이제 너만의, 네가 개척해야 할 진짜 인생이 시작되는 거야. 머지않아 엄마를 이해할 수 있을 거야. 아냐, 지금도 이해할 수 있지? 그렇지?"

눈물이 그렁그렁한 채 그녀를 보는 그 두 눈은 정말 간곡하게 이해를 바라고 있었다. 그 순간 그녀는 주저앉고 싶었다. 아, 엄마는 내게 이해까지 바랐던가? 오직 자신의 평화를 위해 딸의 마음에 고인 미움과 슬픔, 회한을 지워버리고 싶어 했던 엄마는 이제 세상을 떠났다. 신의 용서까지도 살뜰하게 챙겨서. 졸지에 진하고 복잡한 감정의 대상을 잃어버린 그녀는 다시 휘청거렸다. 그 누구에게라도 기대고 싶어서 주위를 둘러봤지만 역시 남편은 없었다. 맞아, 있을 리가 없지. 눈물이 터질 것 같아서 그녀는 황급히 일어서서 빈소를 나왔다.

현관문을 열고 나온 윤주희의 얼굴은 수박의 살처럼 붉었다. 샤워를 한 뒤 술을 마시고 있었는지 흰 바스가운 위에 드리워진 긴 머리카락들이 젖어 있었다. 실컷 마신 지 하루도 못 돼 혼자 술을 마시고 있는 모습이라니. 아닌 게 아니라 윤주희는 평소와는 달리 좀 늙어 보이기까지 했다.

윤주희는 또 다른 지독한 습기에 휩싸여 있는 그녀를 물끄러미 봤다. 그러곤 긴 팔과 단단한 상체로 꼭 안아주었다. 그녀를 으깨버리기라도 할 것처럼. 그때 장식용 콘솔 위에 그녀가 선물해준 푸른 꽃무늬 접시가 세워져 있는 것이 보였다. 결국 그녀는 울음을 터뜨렸다. 한참 동안 훌쩍이다 주저앉아 아예 통곡을 했다. 윤주희는 그녀 곁에 쭈그려 앉아 머리를 쓰다듬어주었다. 그녀가 기억하는 그녀의 엄마보다도 더 오래오래⋯⋯. 나중엔 두 볼도 감싸주었다.

"이런, 예쁜 얼굴이 다 젖었네. 누가 보면 어쩌지? 내가 씻겨줄게."

윤주희는 그녀의 손목을 틀어쥐고 욕실로 갔다. 샤워부스 안으로 밀어 넣더니 옷을 벗기기 시작했다. 이미 책 작업을 할 때 수차례 드나든 집이어설까? 이상하게도 부끄럽지가 않았다. 어린 계집아이가 자신을 씻겨주려 하는 엄마에게 몸을 맡기고 있는 것 같았다. 그때 갑자기 윤주희가 가운을 화락 열어젖혔다. 그녀는 깜짝 놀라 뒤로 물러섰다.

시간이 지나자 다시 약간 노릇하면서도 말간 상체에 언덕처럼 박혀 있는 윤주희의 두 젖가슴에 끌렸다. 키가 크고 수영선수처럼 어깨가 넓은 윤주희의 젖가슴은 당당하고 풍만해서 먼 옛날 모계 사회 수장의 그것 같았다. 공동체의 모든 연약한 인간들이 한 번씩 물고 빨며 알 수 없는 힘을 얻어 가는 신비로운 젖가슴 말이다.

그녀는 손을 뻗어 그 젖가슴을 만져본 뒤 격렬하게 빨기 시작했다. 윤주희가 상체를 뒤틀며 신음 소리를 터뜨렸다. 그녀는 다시 놀라서 뒤로 물러섰다. 그때 윤주희가 그녀의 손목을 쥐고 흰 거품들이 둥둥 떠 있는 욕조 앞으로 가 그녀를 밀어 넣었다. 수도꼭지가 체온보다 더 따뜻한 물을 뿌려대도록 조치를 해놓은 뒤 윤주희는 욕조 안으로 들어왔다. 길고 건장한 윤주희의 두 다리를 보자 그녀는 그만 숨이 막혔다. 따뜻한 소나기 속에서 군대처럼 쳐들어오는 윤주희의 입술을 입술로 맞을 수밖에 없었다.

6

그 후 그들은 일주일에 한 번 윤주희의 집에서 만났다. 벽과 바닥이 모두 유백색 대리석으로 마감된 그녀의 집 거실은 한강 쪽으로 난 전면 창을 갖고 있었다. 우윳빛 햇빛이 풍성하게 쏟아져 들어오는 주말 오후, 흰 가죽 소파 위에 걸터앉은 윤주희의 무릎을 베고 누워 있으면 윤주희는 엄마라도 된 듯 그녀의 머리카락들을 쓸어 넘겨주었다. 얼굴 곳곳에 입을 맞춰주기도 했는데 그럴 때면 하루걸러 스테이크를 먹는 육식가의 체취에 진한 무스크 향의 향수가 버무려진 윤주희의 냄새에 어지러워지곤 했다. 그런 스킨십들은 어김없이 여자들만의 유사 정사로 이어졌는데 그것은 그녀로선 그다지 갈망하는 귀결은 아니었다. 또 꽤 자주 집 안 곳곳에서 남자들의 흔적과 마주쳤지만 그 역시 엄마의 사생활인 것만 같아서 간섭할 엄두도 내지 못했다.

둘의 관계의 패턴도 일정했다. 대체로 그녀가 기다리고 만져지고 명령을 받는 쪽이라면 윤주희는 반대로 만지고 리드하고 명령하는 걸 좋아했다. 여자의 몸도 능숙하게 잘 다루는 윤주희에겐 음습하고 소심한 동성애자의 분위기 같은 건 없었다. 오히려 그녀는 밝은 햇빛 속에서 인간이 즐길 수 있는 건 다 즐겨보려 하는 양성애자 같았다. 그러나 가장 약해져 있던 순간에 압도당해온 상대에게 전격적으로 길들여져버린 그녀에겐 상대의 욕망을 오래 분석해볼 여유는 없었다.

집으로 돌아오면 남편 앞에서 어떤 모습으로 존재해야 하는지도 어려운 숙제였다. 윤주희와 첫날밤을 보내고 새벽에 돌아와 곤히 잠들어 있는 그를 봤을 땐 너무 낯설었다. 아침 식탁에서도 어색하고 불편하기만 했다. 5년 동안이나 그와 함께 살아왔다는 사실이 거짓말처럼 느껴졌다.

그러나 시간이 더 지나자 그녀는 집에서 또 다르게 편하게 지낼 수 있게 되었다. 자신이 따뜻하고 상식적인 부모에게서 성장한 뒤 젊은 남자의 곁으로 이식되어온 건강한 젊은 여자로 느껴졌던 것이다. 백그라운드를 가진 사람답게 상대를 향해 적당한 양의 에너지만 투사하며 신경전이나 파워 게임을 벌여볼 수도 있었다. 언제부터인가 그녀는 살림에도 게으름을 피우게 되었다. 허니문이 지나고 가사일에 싫증을 느끼기 시작한 주부처럼 아예 요리를 망칠 때도 있었다. 물론 전처럼 극성스럽게 유기농 식품 숍을 드나들지도 않았다.

처음엔 그녀의 변화를 어리둥절해하던 남편도 차츰 편안해하고 홀가분해하는 것이 눈에 보였다. 그러나 시간이 더 지나자 불편하다고 느끼는 순간들이 많아졌는지 자주 짜증을 냈다. 그러곤 극심하게 침울해했다. 단지 전처럼 대접을 못 받아서만은 아닌 듯했다. 무언가 아주 싫어하는 감정을 느끼는 것 같긴 한데 그것이 무엇인지는 도통 알 수가 없었다.

그녀는 다시 정신없이 바빠졌다. 책의 판매량에 따른 인세를 받게 되면서 빚을 갚게 되었을 뿐만 아니라 작업도 재개할 수 있게 되었기 때문이다. 그녀는 단종된 미국 섀비 원단들을 카피해낸 국산 원단들을 사들였고, 한창 유행 중인 패턴들을 지닌 고가의 수입 벽지들도 구입했다. 또 틈만 나면 강남 일대 거리를 쏘다니며 일각에서 유행한다는 북유럽 가구들을 파는 숍에 들러 아이쇼핑을 했다. 강인한 침엽수로 만들어진 데다 단순한 실루엣을 가져 우직해 보이는 큰 가구들도 매력적이었지만 소품들의 자태와 무늬들도 좋았다. 비옥한 땅에서 태어나 감정들을 주기적으로 발산하며 사는 사람들의 화려함은 아니었다. 태어난 순간부터 절제를 요구받는, 그래서 그 무엇도 함부로 해볼 수 없는 공간에서 자라온 사람들만의 정숙함이 그 스타일엔 있었다. 그때 정말 북유럽 남자처럼 서늘한 외모를 가진 키 큰 남자가 다가와서 덴마크산 소품들을 보여주었다.

"북유럽 가구 디자인은 평등 의식을 담고 있어요. 국가가 어린

이, 노약자, 임산부에게 많은 혜택을 주듯이 디자인 역시 이들을 섬세하게 배려한 제품이 많아요. 경쟁에서 이겨 명예를 얻는 것, 과시하는 것을 좋아하지 않는 문화이다 보니 그들에게 가치란 가족과 함께 행복하게 사는 것이에요. 실제로 직장이 끝나고 달리 갈 만한 곳도 없대요. 모두 귀가해서 집을 꾸미는 데 정성을 기울이죠. 햇빛이 부족한 곳이다 보니 빛을 반사할 수 있도록 벽을 흰색으로 칠하고, 싫증나지 않도록 원목 소재를 쓰고…….”

가족과 함께하는 것이 단 하나의 진지한 쾌락이다? 그녀는, 제대로 꽂혀버린 느낌이었다. 그랬다. 북유럽 가구들을 보며 발견한 콘셉트는 변하지 않는 행복, 견고한 행복이었다. 그녀는 첫 책의 프로방스 스타일과 북유럽 스타일을 접목시켜 새로운 스타일을 만들어내기로 결심했다. 그녀는 곧바로 작업에 들어갔다. 윤주희와의 밀회도 잊고 남편과의 일상도 잊었다. 그냥 어떤 사람이 같은 공간에서 계속 어른거리고 있구나, 하고 느꼈을 뿐이다. 당연히 규칙적으로 먹는 일도 잊었다.

1분이라도 더 했다간 토해버릴 것 같은 상태가 되었을 때에야 윤주희에게 전화를 했다. 둘이서 가까운 해외로 여행을 가지 않겠느냐고 물었을 때 뜻밖에도 윤주희는 달가워하지 않았다.

‘아, 난 마음이 편하지 않을 땐 안 돌아다녀. 회사 가는 것만 빼곤 콕 박혀 있어. 돌아다니면서 스트레스 푸는 타입이 못 되나 봐.’

하는 수 없이 그녀는 혼자 제주도로 여행을 떠났다. 새로운 관광지로 부상한 올레길을 순례해보기로 했다. 사흘 내내 바다를 보며 해안을 따라 걸었는데 그 단순한 행위는 의외로 강력한 힘을 갖고 있었다. 바다가 다가와 자신의 많은 것들을 씻어주고 떠나는 것 같았다. 정말 카타르시스는 충분했다.

그녀는 호텔로 돌아와 스파에 가서 목욕을 하고 마사지를 받았다. 가운을 입고 휴게실로 나왔을 땐 고독과 적당한 호사로 심신이 평온해져 있었다. 벽에 대형 TV가 걸려 있었는데, 손님이 그녀뿐이어서 채널을 이리저리 돌려봤다. 그때 배우 성민아와 낯익은 사물들로 가득 찬 화면이 나타났다 사라졌다. 그녀는 숨을 멈추고 채널을 고정시켰다.

낯선 브랜드의 이름이 큼직하게 박혀 있는 공간에서 성민아가 그녀가 디자인해 이천에 의뢰를 해 구운 그릇들과 똑같은 식기들을 쌓아놓고 소개를 하고 있었다. 드라마 〈달수 씨의 아내〉에서 막 빠져나온 것 같은 모습으로 여주인공의 대사 톤까지 살려 제품들을 설명하는 그녀를 쇼호스트가 브랜드의 대표라고 소개했다.

7

"어디서부터 얘길 시작하지? 암튼 미안해. 많이 미안해. 자기에게 얘기했어야 하는데. 투자자가 지금 쏟아부을 게 아니면 딴 곳으로 돈을 돌려야 한다고 말하고. 왜, 돈은 한시도 쉴 수 없는 물건이잖아. 그리고 민아 씨도 곧 다른 드라마 들어가기 땜에 최소한 반년은 묶일 거고."

"……."

"그래도 말은 했어야 하는데. 그런데 말이야, 그게 쉽지가 않더라고. 아니야. 내가 안이해져 있었나 봐. 맞아. 난 자기가 날 이해해줄 거라고 생각했어. 자긴 관대한 사람이잖아."

"속단하셨어요. 팀장님처럼 예리한 분이 나처럼 까칠하고 이기적인 사람을 못 알아봤을 리 없는데. 아니, 못 알아보고 싶었던 거 아닐까요?"

뜻밖에도 윤주희의 얼굴엔 피로와 권태가 떠올랐다. 쩔쩔매며 사과를 했던 모습이 쇼나 제스처였던가, 하고 생각하게 만드는 돌변이었다. 그런데 더 어이없는 건 그것을 본 순간 그녀의 가슴이 철렁 내려앉았다는 것이다. 그녀는 허둥댔다.

"아아, 나도 모르겠어요. 내가 왜 이렇게 화를 내는지. 그 여자가 내 흉내를 내고 있어선지, 아니면 당신이 날 속여선지 정말 헷갈려요."

윤주희는 벌떡 일어서서 거실 안을 돌아다니기 시작했다. 우윳빛 대리석 바닥을 밟고 다니는 길쭉한 두 맨발이 퍼렇게 긴장해 있었다. 그녀는 윤주희를 정면으로 보지 않으려고 앉은 채로 몸을 틀었다. 새하얀 가죽 소파가 시야를 채우자 어린아이처럼 막막해졌다. 그때 윤주희가 다가와서 흰색 소파에 걸터앉았다. 큼직한 두 손으로 그녀의 두 손을 꼭 쥐었다.

"솔직히 난 자기가 형식적인 사장이라는 배역을 싫어할 거라고 생각했어. 왜냐하면 홈쇼핑 쇼호스트를 겸해야 하는 일이니까. 자기 적성에 맞는 일이 아니라고 말했잖아. 두 번이나!"

"내가? 언제요?"

"책 앞표지 날개에 프로필 사진 싣는 것도 싫어했고, 본문에 실리는 사진들도 흐리게 처리하고 싶어 했어. 그뿐인가? 출판기념회에서 사장이 인터뷰하자고 했을 때도 거절했어. 그런 자기가 홈쇼핑에 나가 세일즈를 할 수 있다고 누가 생각하겠어?"

"하지만 그건 그냥 그날의 기분……."

"물론 마사 스튜어트는 미국 대중들이 가장 선호하는 타입의 미인이었지. 물론 자기도 예뻐. 첫눈에 내 맘에 쏙 들었으니까. 그런데 말이야. 자긴 좀 글루미해, 어둡다고. 뜯어고쳐볼까 생각도 했었지만 고집 센 자기가 말을 들을 것 같지도 않고."

윤주희는 장황하게 말을 이어갔다. 듣다 보니 애초에 그녀를 안 쓸 작정이었던 건지 어쩌다 보니 못 쓰게 된 건지 알 수가 없었다. 그 틈에도 그녀는 윤주희가 자신을 설득하려 애쓰는 것에 감동을 받고 있었다. 비틀린 채 굳어 있던 마음이 풀어지며 젤라토처럼 녹아내리고 있었다. 녹아내리는 것이 이틀간의 분노인지 일생 동안의 분노인지 알 수가 없었다. 윤주희가 자신의 난처함에 대해 구구절절 말했을 땐 이미 고개를 끄덕이고 있었다. 윤주희의 말의 요지는 간단했다. 치고 올라오는 스마트한 후배들로부터 자리를 지키려면 1년에 두 개는 베스트셀러를 내야 한다. 사장이 공동 투자자이기도 했던 이번 일을 성사시켜준 건 베스트셀러 두 권을 만든 것에 맞먹는 기여다.

윤주희는 짧은 스커트를 입은 그녀의 두 다리를 흰 소파 위로 올려놓았다. 한 번도 통통해본 적이 없는 두 다리를 힘을 꽉꽉 주어가며 만졌다. 엄마가 어서어서 크라고 갓난아기의 짤막하고 두툼한 두 다리를 죽죽 늘려주는 것 같았다.

"시간을 벌어놓은 상태에서 우리가 해야 할 일은 딱 하나야. 두번째 책을 준비하는 것. 인세, 자기 통장으로 차곡차곡 들어가고 있지? 그럼 그 돈을 활용해 작업 시작해. 여름 씨 집 신화는 계속 될 테니, 두번째 책도 성공할 거야. 그럼 두번째 책의 인세로 우리 사업체 만들자. 나도 투자할게. 흥, 그때쯤이면 성민아는 다른 드라마에 출연하고 있겠지. 걔가 계속 성공할지 말지는 내 알 바 아냐. 확실한 건 그때쯤이면 살림의 여왕이라는 이미지의 유통기한은 끝나 있을 거라는 거야."

8

그 후 한 달 동안 그녀는 집을 북유럽풍으로 개조하는 작업에 몰입했다. 천장을 높게 해서 공간을 넓어 보이게 하고 수납 가구들을 자작나무 가구로 바꾸고 바닥재도 물푸레나무로 바꿨다. 또 직접 디자인해 제작을 의뢰한 소가구들도 들여놓았다. 한결같이 심플하고 견고하면서도 묵직한 따뜻함이 느껴지는 가구들이었다. 사실상 그녀의 것이었던 성민아의 브랜드와 변별되기 위해서라도 전격적인 변신은 필수 불가결했다. 촬영에 앞서 많은 것들을 준비해두고 나자 비로소 마음이 편해졌다. 틈만 나면 들러서 작업을 지켜보았던 윤주희 역시 감이 좋다고 말했고, 그건 진심인 듯했다.

어느새 두 사람의 밀회는 끝나 있었다. 이유는 정확히는 알 수 없었다. 어느 순간 정신을 차리고 보니 모든 것이 끝나 있다고나 할까. 필름들을 되돌려보면 애정결핍 증세를 앓던 자신이 겪을 수밖에 없었던 통과의례 같기도 했고, 인색하고 무신경한 운명에 대한 안쓰러운 반항 같기도 했다.

그 모든 것을 끝내고 나자 그녀는 자신이 성장했다고 느꼈다. 그동안 방치했던, 아니 역시 운명에 반항하듯 홀대했던 남편이 눈에 들어오기 시작했다. 아내의 케어도 없이 혼자 생활하다시피 하고 있는 남편에게 그녀는 애틋한 연민을 느꼈다. 그가 심지 굳건한 고아 소년처럼 보였던 것이다. 그녀는 오랜만에 엄마 같은 아내 노릇을 해주고 싶다는 욕망을 느꼈다.

그녀는 이틀 동안 죽은 듯이 자고 일어나서 외출을 했다. 중국 음식 재료상에 들러서 건해삼과 냉동 죽순, 갖가지 소스들을 샀다. 또 동네 정육점에도 들러 부드러운 안심과 치마살을 샀다. 음산한 삭풍 속의 북유럽풍 주방을 연상시키는 새 주방에서 유산슬을 만들고 완자 국수를 만들고 깐소새우에 쓰일 새우들을 튀겨냈다. 독한 중국 술이 아닌 약간 떫으면서도 깊은 맛이 나는 와인을 내놓고 긴 향초 두 개를 켜놓자 저녁 식탁이 완성되었다.

8시쯤 지쳐 보이다 못해 늙어 보이는 남편이 귀가했다. 그가 입은 감청색 바바리가 피로와 바람 때문에 눅눅해 보였다. 남편은 화사한 식탁을 보고 잠깐 놀랐지만 곧 심드렁한 표정으로 되돌아갔다. 그녀는 세심하고 잔정 많은 아내처럼 다가가 그의 코트를 벗겨주었다. 그의 상체가 딱딱해졌다.

"난 저녁 생각 없는데…… 그냥 푹 자고 싶어."

"조금이라도 먹어야죠. 유산슬은 식으면 맛없어요."

"좋아. 이왕 차린 음식들이니 먹지, 뭐."

두 사람은 식사를 시작했다. 숨소리와 음식을 씹는 소리까지 선명하게 들릴 만큼 조용한 식사였다. 요리 접시들이 반쯤 비워졌을 때 그녀는 두 주먹을 꼭 쥐었다.

"여보, 우리 이사 갈까요? 첫 책 인세 받은 돈으로 이번 작업 마무리했으니 두번째 책 성공해서 인세 받으면 교외의 전원주택 사서 이사 가요. 아무래도 따뜻한 남쪽 신도시 외곽이 낫겠죠. 오래된 집 싸게 사서 진짜 프로방스풍으로 개조하고 예쁘게 살아봐요. 그리고 나 할 말이 있어요. 여보, 나 아기 포기했어요. 당신이 원했던 대로 예쁜 여자아이 입양해요."

"……."

"난 정말 괜찮다니까. 내가 낳은 아이처럼 잘 키울 수 있어요. 우린, 완벽해질 거예요."

그때 남편이 고개를 들었다. 말할 수 없이 우울한 표정이어서 긴장이 됐다. 한참 동안 그녀를 보던 남편은 젓가락을 놓았다.

"나 할 말 있어. 우리, 그만하자. 이유는 딱 하나야. 편하지가 않

아. 처음부터 그랬고 앞으로도 달라질 것 같지 않아. 도무지 자연스럽지가 않다고. 내가 아는, 아니 살던 집은 이렇지 않았어. 이쯤에서 멈추는 게 둘 다에게 좋아."

이번엔 그녀가 고개를 떨궜다. 반짝반짝 윤이 나는 유산슬과 탐스러운 주홍색 새우들이 푸른 꽃무늬 접시에 담겨 있었다. 윤주희에게 선물해준 접시와 비슷한 패턴이 새겨진 북유럽풍 접시였다. 들국화 같기도 하고 마거리트 같기도 하고 작은 해바라기 같기도 한 꽃무늬들은 너무 단아해서 신비로워 보였다. 말 그대로 견고한 행복의 상징 같았다. 완벽하게 균형과 대칭을 이루고 있는 그 꽃무늬들 위로 눈물방울들이 후두둑 떨어졌다. 접시를 지배한 규칙들이 깨지면서 꽃무늬들이 회오리치더니 접시의 안쪽 깊은 곳에서 어떤 형체가 떠올랐다. 한숨이 나올 만큼 젊고 예쁜 엄마가 빨간 캐리어 두 개를 들고 집을 나가는 모습이었다. 그녀는, 숨을 삼켰다. 달려드는 꽃무늬들을 헤치고 계속 들여다보니 캐리어를 든 사람은 그녀 같기도 하고 남편 같기도 했다.

당 신 은
이 곳 에
살 지 않 는 다

1

아내는 어떡하면 좋아요? 하고 외치는 듯한 눈으로 그를 돌아봤
다. 이끼색 핏줄이 돋은 손으로 현관문 손잡이를 꼭 쥔 아내의 큰
두 눈도 쫓기는 짐승의 그것 같았다. 도와주고 싶다기보단 외면하
고 싶어지는 눈. 낮에 그에게 온 전화 다섯 통, 아내에게 온 세 통,
저녁에 집으로 온 세 통을 무시하고 하루라도 조용히 보내려 했던
욕심을 비웃듯 인터폰 화면 속엔 미세스 엄의 큰 얼굴이 떠 있었다.
 그때 다시 그의 반항심을 부수듯 현관 벨이 울렸고, 결국 아내는
번호키 버튼을 눌렀다. 미세스 엄의 우람하고 물컹한 체구가 쏟아
져 들어왔다. 뜻밖에도 종일 자신을 피한 세입자들에 대한 분노를
담고 있지 않은 그녀의 눈은 사무적이다 못해 기능적으로 보였다.
 "전화 안 받는 거, 나쁜 습관이야. 사회인으로서 기본이 안 돼 있

는 증거라고, 내가 꼭 말해야 해? 나 젊을 땐 댁들과 내 나이 차이면 부모 자식뻘이었어. 컴컴한 밤에 기름 태우며 달려오게 만듦 뭐 좋은 일 있을 거라고?"

잿빛 마직 원피스를 입은 미세스 엄은 거침없는 걸음으로 앞뒤 베란다를 둘러보고, 방들을 엿보고, 다시 거실로 와 구석에 꾸며놓은 미니 서재를 봤다. 동화적인 자태를 지닌 행복나무 두 그루의 호위를 받으며 서 있는 그랜드피아노도 봤다. 바로 너 때문이야! 내가 종일 괴롭고 귀찮았던 건, 하고 힐난하는 눈이었다. 부부는 당황하며 서로를 봤지만, 미세스 엄은 터벅터벅 걸어가 섀비풍의 천 소파 위에 풀썩 주저앉았다. 직접 고른 고급 캔버스 천으로 쿠션까지 만들어둔 아내의 두 눈이 치켜 올라갔지만, 잠시 후 그들이 발견한 건 굵은 실에 정수리를 꿰인 마리오네트들처럼 그녀와 마주 앉아 있는 자신들이었다.

"세 들어온 지 반년, 됐나? 첫 달도 9일에 받을 걸 끈질기게 전화해서 23일에 받았어. 다음 달엔 19일. 그 후로도 죽, 어떻게 받았는지 모르겠어. 한 달 내내 전화하고 약속하고 어기면 또 정하고 기다리고. 제날짜에 월세를 줘야 한다는 관념이 없어. 보증금 있는데 세 안 내도 되지 않나, 그런 생각 할 수 있어. 근데 말이야, 돈은 돌고 돌아 제날짜에 들어가줘야만 돈 노릇을 해. 내가 사는 집에 이 집, 일산 집 다 대출 꼈는데 세 안 들어옴 이잘 못 내잖아. 아휴, 내가 뭐하러 이런 외딴집을 분양받아서. 분당 시내까지."

10분이면 닿는 도로 뚫린다지, 요 근처가 다 개발돼 환골탈태한다지, 아파트 뒤로 초등학교 들어선다지, 해서 받았는데 일정대로 된 게 없어. 대중가요의 후렴구처럼 진부한 말들이 흘러나오고 있었다. 계약서를 쓸 때 아직 보존된 시골 공기며 거대한 정원 역할을 해줄 아파트 뒤의 전나무 숲, 유럽풍의 외관 따위를 강조하며 웃던 미세스 엄이 사기꾼으로 기억될 정도였다. 하지만 더 놀라운 건 두 달째 월세를 밀린 아내가 증오에 가까운 혐오가 담긴 눈으로 미세스 엄의 옆얼굴을 노려보고 있다는 사실이었다. 아내가 집주인이고 미세스 엄이 가격 흥정을 위해 트집을 잡고 있는 예비 세입자 같았다. 처음 이 집을 봤을 때 아내의 전폭적인 반응을 생각하면 황당한 일만도 아니었다.

전원풍의 리조트 같기도 한 아파트를 멀리서 본 순간부터 자꾸 멈춰 서며 심호흡을 하던 아내는 뒷베란다 문을 열자 달려드는 전나무 숲을 홀린 듯이 봤다. 맑은 햇빛을 머금은 바람에 잎들이 출렁이며 청량한 광휘를 뿜어내고 있는 모습은 장관이었다. 단지 밖으로 걸어 나오다 부동산 사장과 헤어지고 나선 중얼거렸다. 나 여기 와서 9급 공무원 시험공부나 할까? 동사무소에서 종일 모르는 사람들한테 서류나 떼주다 정확히 6시가 되면 사랑하는 사람들에게 돌아오고, 주말엔 앞뒤 베란다 문을 활짝 열고 종일 브람스나 드뷔시를 치고……. 연애할 때, 그러니까 한창 뉴에이지 피아니스트가 되기 위해 오디션을 보러 다닐 때의 맑고 화사한 얼굴이었다. 그뿐인가? 돌아오는 버스 안에선 소곤대기까지 했다. 그 전나무 숲 진짜 우리 집 정원 같더라.

집은 예쁘지만 외지고 월세가 부담스러워 여지가 없다고 생각했던 그는 흑석동 반지하 셋집에 돌아오자마자 부동산에 전화를 걸었다. 아내가 현금서비스까지 받아가며 집을 꾸미는 데 열중할 때도 그는 말리지 않았다. 거실 창문을 떼고 지중해풍의 흰 원목 여닫이문을 달고 베란다 바닥에 물푸레 원목을 까는 건 거의 미친 짓이었지만, 그는 세오 출산 이후 처음 보는 아내의 활기 앞에서 예스맨이 돼버렸다. 지금도 두 손을 허리에 척 걸치고 미세스 엄을 내려다보는 아내의 얼굴은 거만하리만큼 당당했다. 아내가 성큼 앞으로 걸어 나갔다.

"내일 입금할게요. 내일은 절대 안 넘길 테니까 가세요. 저희, 피곤해요."

아내는 그랜드피아노 앞으로 가 뚜껑을 닫아버렸다. 소리는 크지 않았지만 상대의 뻔뻔스러움과 당돌함에 꽤 질려 있던 미세스 엄은 덩치와 대비되는 조그만 토트백을 들고 일어섰다. 꼭 눈치도 없이 집에 대해 험담을 하다 쫓겨 가는 무례한 손님의 몰골이었다. 아내는 혐오감을 감추지 않고 미세스 엄이 앉았던 소파에 멸균이라도 하듯 페브리즈를 뿌려댔다.

그러나 조금 더 시간이 흐르자 부부는 걷잡을 수 없이 우울해졌다. 세오의 저녁만 간단히 챙겨주곤 둘 모두 밥도 먹지 않고 한 사람은 안방 침대 위에, 다른 한 사람은 거실 소파에 누워버렸다. 호흡 외의 모든 기능을 정지시키는 육중한 우울에 휩싸인 채 널브러져 있다 새벽에야 죽음 같은 잠에 빠져들었다.

2

"누가복음 15장엔 길 잃은 양에 대한 얘기가 나옵니다. 양들은 왜 목자를 찾아 헤맬까요? 먹을 풀도 없는 사막에 떨어졌는데 그들은 10미터 앞도 못 보는 지독한 근시에 면역력도 형편없는 약골이기 때문입니다. 하지만 예수님께선 아흔아홉 마리의 양을 위해 한 마리의 양이 희생하는 것도 원하지 않으셨습니다. 한 마리의 길 잃은 양은……."

개척교회라는 단어와 제법 어울리는 청신한 이미지를 가진 젊은 목사는 설교 도중 틈만 나면 그들 부부를 봤다. 신도들 몇이 돌아볼 정도였다. 목사의 시선 속의 포섭 의지가 불쾌한 마취제로 작용했는지 아내는 꾸벅꾸벅 졸고 있었다. 이곳 집사이기도 한 피아노학원 원장의 소개로 목사와 인사를 하고서도 구석 자리를 골라 앉을 때 짐작은 했지만, 너무 노골적인 반항이었다. 돈을 융통해서라도 월급 날짜를 맞춰주고 가끔은 가불까지 해준 원장이 권한 신앙생활이라 나올 수밖에 없었지만 이토록 가족적인 분위기를 풍기는 작은 교회에서 휴일 오전을 보내게 될 거라곤 상상해본 적이 없었다. 언젠가 아내가 이런 말을 하긴 했었다. 마흔 살이 되면 우리도 종교를 가져볼까? 봄꽃 만발한 날 연등 달러 절에도 가고 천장이 높고 파란 스테인드글라스 창이 있고 파이프오르간도 있는 큰 성당도 가보자. 왜, 신도들이 너무 많아 누가 누구인지 알 수도 없는 곳. 어쨌든 누가 누구인지 다 알 수밖에 없는 이런 후끈한 장소

2

는 그들의 이상적 장소가 아니었다. 하지만 그보다 열 배쯤 중요한 것이 원장만큼 최근의 그들의 삶에 아는 척한 사람도 없다는 것이었다.

그가 다니는 무역회사가 경영난 때문에 월급을 못 주고 있는 상황에서 그들의 곤고함을 알고 배려해주는 원장의 존재는 중요했다. 돌이켜보면 결혼 이후 그들에게 그처럼 관대하게 구는 사람을 만난 적은 없었다. 쉽게 합격한 대기업의 적응 기간을 못 견디고 그만둔 뒤 다시 대기업 시험을 봤으나 번번이 떨어진 그는 영세한 무역회사와 벤처 기업들을 전전했다. 한동안 대박을 꿈꾸는 에너제틱한 분위기에 휩쓸리기도 했지만 어느 순간 명쾌한 성공의 확률이란 인생의 여러 확률들 중 가장 낮은 축에 속한다는 걸 깨달았다. 그런 그에게 지금의 사회생활은 가족인 아내와 세오가 없다면 꼭 견뎌내야 할 이유도 없는 그런 것이었다.

의례적인 의식의 일부치곤 너무 뜨거운 목사의 설교가 끝나고 신도들이 일어설 때 그들도 함께 묻혀서 나왔다. 이름도 모르는 분홍 꽃들이 핀 교회 뜰로 나왔을 때 전형적으로 선량해 보이는 원장이 무언가를 끌어안은 채 달려왔다. 평소에도 혈색이 좋은 얼굴이 뜰의 꽃들처럼 붉었다. 원장이 불쑥 내민 상자를 받아 뜯어보니 원목 십자가와 아기 예수 전신상이었다.

"이거, 첨 교회에 나온 기념으로 내가 주는 선물이에요."

"아휴…… 됐어요, 원장님. 그렇지 않아도 늘 폐를 끼치고 있는데."

"원래 인도자가 신자가 기본적으로 갖춰야 할 성물들을 선물해요."

"시, 신자요?"

"근데 이거 목사님께 축복을 받아야 하는데. 이리 와봐요."

원장은 능숙한 사냥꾼처럼 그들 부부를 몰고 가더니 목사 앞에 마주 세웠다. 목사는 기다렸다는 듯이 놀라운 악력으로 그들을 받아 안았다. 활력 넘치고 건장한 청년 같은 미남 목사는 십자가와 아기 예수상에 축복을 해준 뒤 그들을 다시 안고 기도문을 외웠다. 가정의 평화를 위한 기도쯤 되는 것 같았다. 얼핏 겨자씨 교회의 소박한 평신도가 돼버린 느낌이었다. 젊은 목사의 품속에서, 뜻밖에도 그들은 묘한 안도감을 느꼈다. 아내도 비슷한 기분인지 삐딱한 표정이 돼 있었다. 장황한 마무리 기도 뒤에 목사가 부부를 풀어주었을 때 그들은 막막함과 허탈감을 느꼈다. 황급히 인사를 한 뒤 교회 밖으로 나올 때는 희미한 수치심까지 느껴졌다.

3

서로 등을 진 채 낯을 찌푸리고 앉아 있는 두 아이는 완구 숍 쇼윈도 속의 캐릭터 인형들 같다. 여자아이는 꽤 예뻤다. 뾰족하고 화사한 얼굴과 탐스럽게 묶은 파마머리, 소매를 잔뜩 부풀린 흰 원피스가 전형적으로 예쁜 여자아이라는 느낌을 주었다. 세오의 두 뺨을 손톱으로 할퀴었다는 사실도 수긍이 될 만큼 새침해 보이기도 했다. 뺨 중앙에 연고를 듬뿍 바른 세오는 심술 가득한 눈으로 책

꽂이에 꽂힌 동화책들만 노려보고 있다. 아내가 4년제 대학 졸업자로서의 품위만은 지켜보려고 아예 입을 꾹 다물고 있는 모습을 보고 있자니 차츰 불편해졌다. 아내의 기압이 올라갈수록 옆에서 세오의 상처의 깊이를 재보고 있는 여자아이 엄마의 선량한 두 눈도 전전긍긍하고 있었다.

"정말 죄송해요. 저희 애가 여자애치곤 좀 터프해요. 요즘 여자애들 다 그렇지만. 제가 데려가서 레이저 치료 해줄게요."

"안 돼! 세오가 자꾸 날 건드렸어. 못생겼다고 놀리고, 힘세다고 놀리고, 밥 많이 먹는다고…… 한글 시간엔 책상 밑으로 발로 툭툭 차고!"

여자애의 큼직한 두 눈이 눈물을 떨어뜨렸다. 아내는 당황했지만 세오는 홱 돌아앉더니 험악하게 여자애를 노려봤다. 인상을 더 구기자 목에 남은 아토피 자국 때문에 만화 속의 악동처럼 보였다. 너 죽어, 두고 봐, 가만 안 둘 거야, 하고 으름장을 놓는 듯했다. 누가 봐도 세오가 자꾸 놀려서 여자애가 대들었다는 아이들의 목격담을 증명해주는 모습이었다.

"김세오! 일어서! 아직도 싸울 일이 남아 있어? 선생님, 이 둘 떨어뜨려 놔주세요."

끝끝내 어른답게 아이들끼리 싸우다 이럴 수도 있죠, 라는 의례적인 말을 해주지 않고 아내는 세오의 손을 잡고 일어섰다. 결국 그가 나서서 뒷수습을 해야 했다.

"아, 아닙니다. 사내 녀석한테 이깟 흉터야 훈장이죠."

여자아이의 엄마는 사 들고 온 커다란 케이크 상자를 세오의 손에 쥐어주었다. 세오의 표정이 복잡했다. 그도 따라 일어서면서 깍듯하게 고개를 숙였다.

학교 건물 밖으로 나오자 벚꽃이 만발한 교정이 나타났다. 초등학교 교정인데도 백매화, 홍매화 같은 귀한 꽃나무가 있었다. 얼핏 조화처럼 보이는 개나리들이 교정의 삼면을 노란 띠처럼 감싸고 있었다. 흰 벚꽃 잎들이 땅바닥에 수북이 깔려 있는 스펙터클을 보고 있자니 그의 인생의 명도와 채도가 한꺼번에 몇 레벨 올라간 것 같았다. 이상하게도 무언가가, 아니 모든 것이 달라져 있었다. 그때 세오의 손을 잡고 몇 발자국 앞서 걷던 아내가 갑자기 그를 돌아봤다.

"여보, 우리 세오 달라졌지? 맞지?"

"그런…… 거 같아."

"여자애를 놀리고 개랑 싸우고 이런 거 첨이지? 세오야, 너 솔직하게 말해봐. 아영이랑 왜 싸웠어?"

"몰라, 몰라."

세오는 태풍같이 뛰어가버렸다. 겁이 날 정도로 빠른 속도였다. 넘어질까 봐 가슴을 졸이고 있는데 세오가 휙 돌아서서 부모를 향해 뛰어왔다. 제 엄마 앞으로 와서 빠진 앞니가 모두 드러나게 함박웃음을 보여주었다.

"이쁘잖아. 아영이가, 젤 이뻐!"

갑자기 세상 전체가 따스하고 쾌적한 훈풍에 휩싸여버린 듯했다. 아니, 그 자신이 훈풍의 출처가 된 것 같았다. 아내의 얼굴 근육들도 부드럽게 풀려 있었다. 아내가 그와 마주 보고 섰다.

"우리 세오, 진짜 변했어. 그치?"

그는 고개를 끄덕여주었다. 여러 번. 돌 무렵부터 심한 아토피에 시달린 세오는 꽤 오랫동안 현재의 상처와 흉터로 남은 과거의 상처를 함께 안고 살아야 했다. 다섯 살쯤 거울 속의 제 모습에 신경을 쓰게 되면서부턴 어린이집에도 가지 않으려 했다. 아이들과 뛰어놀면 스트레스도 얼마쯤 풀릴 텐데 한사코 굴속 같은 반지하 집에만 있었다. 소심한 성격은 아닌 듯한데 아내를 닮아 자존심이 지나치게 강했다. 작은방 두 칸과 주방을 겸한 거실이 있는 반지하 집에서 아내는 종일 아이의 상처, 짜증과 씨름하며 급속도로 황폐해져갔다. 불안정한 직장에서 종일 시달린 그도 퇴근 후엔 두 사람의 상처, 짜증과 함께 뒹굴어야 했다. 쳇바퀴를 함께, 열심히 돌리다 삐끗하면 서로를 먹어치워버릴 수도 있는 햄스터 가족. 그것이 그들 셋의 모습이었다. 그런데 정확히 언제부터인지 모르지만 세오는 변했다. 아내가 떨리는 손으로 그의 팔짱을 꼈다.

"우리 세오, 평범한 남자애로 크고 있어."

집은 동향인데도 시원했다. 전나무 숲 쪽으로 난 뒷베란다 창문을 반만 열어놓아도 숲에서 방출되는 피톤치드 섞인 공기가 들어오기 때문이었다. 고민 끝에 버티컬을 설치하지 않은 건 잘한 일

같았다. 6층이라는 높이가 참으로 적절하고 평온한 높이라는 걸 이
곳에 와서 깨달았다. 그는 숲의 바람을 맞으면서 구원의 냄새는 곧
산소의 냄새일지도 모른다는 생각을 했다. 무엇보다도 이 집에선
인생에서 자꾸 실패하고 있다는 느낌이 들지 않는 것도 좋았다. 딴
사람처럼 변한 아내의 모습이 그런 낙관을 만들어내는 걸까. 흑석
동 집에선 한 달에 한 번꼴로 광기에 가까운 분노를 터뜨리고 최소
한의 살림을 하는 시간 외엔 계속 자버림으로써 노골적으로 세오
의 수면을 유도하던 아내가 이곳에선 책을 읽어주고 한글과 연산
도 가르쳤다. 세오가 어린이집 종일반엘 가주니 피아노학원 강사
도 할 수 있었다. 혹, 하루 종일 불을 켜고 살게 했던 옛집의 어둠과
습기가 그의 가족들의 우울의 반을 생산해낸 것일까?

아내가 딸기 접시를 들고 다가왔다. 그의 입에 딸기 한 알을 넣
어주고 접시를 탁자 위에 놓더니 소파 위로 쓰러지는 그의 머리를
두 무릎으로 받쳐주었다. 그는 눈을 감았다. 더 이상 세오가 제 몸
을 긁으며 보채지 않고 아내가 자신을 파괴하지 않는 이 산뜻한 봄
날 오후와 같은 날들이 계속될 수만 있다면 무슨 일이든 할 수 있
을 것 같았다. 그때 아내가 그의 머리를 소파 위로 떨어뜨리고 일
어섰다.

"세오야, 손 씻고 케이크 먹자. 엄마가 썰어줄게."

"안 먹어요."

그는 몸을 일으켰다. 아내도 거실 쪽으로 걸어 나와 레고를 만지
고 있는 세오를 주시했다.

"왜? 왜 안 먹어?"

첼로의 음처럼 떨리는 목소리였다. 세오는 제 엄마를 올려다보곤 다시 레고를 맞추기 시작했다.

"엄마가 우유 들어간 음식 먹지 말랬잖아요. 요구르트, 요플레도 안 먹어!"

아내의 눈이 빨개졌다. 무수한 면역 치료와 식이요법 시도 끝에 유제품과 군것질이 주범임을 확신하고 금지시켰지만 세오는 반발했다. 다른 건 참는 시늉이라도 하는데 유제품은 더 찾았다. 욕구를 거절당하면 상처들을 마구 할퀴며 데굴데굴 굴렀다. 결국 나빠지는 걸 알면서도 먹일 수밖에 없었다. 그런데 지금 세오 스스로 거부하고 있는 것이다.

그때 그의 휴대폰 벨이 요란하게 울렸다. 액정을 켜고 들여다보니 주인 여자였다. 불시에 침입한 적군의 사이렌 같아서 그는 계속 울리도록 내버려두었다. 잠시 후 식탁 위에 놓인 아내의 폰이 진동하기 시작했다. 아내는 진저리를 쳤다.

"악마야, 악마. 하필 이런 때에, 내가 겨우 행복해지려 하는 순간에."

아내는 휴대폰을 꺼버리곤 식탁 의자에 털썩 주저앉았다.

"바로 보낸다고 하고 못 보냈어. 아아, 어떡하지? 원장에겐 말 더 못 하는데. 현금서비스 한도도 없고. 당신도…… 어렵겠지?"

4

다음 날 출근해서 10시 회의에 들어갔을 때부터 미세스 엄은 전화를 했다. 그를 난처하게 만들기로 작정한 듯했다. 그가 회의 중입니다, 하고 문자를 보내도 휴대폰은 계속 진동했다. 그의 목소리를 기필코 듣고야 말겠다는 듯이. 부장은 꿋꿋이 눈총을 주었고 그렇다고 휴대폰을 꺼버릴 수도 없는 그는 전전긍긍할 수밖에 없었다.

하는 수 없이 그는 밖으로 나왔다. 마침 봄비가 내리고 있었다. 뜻밖에도 대기엔 쿰쿰한 습기가 가득했다. 세상의 모든 벌레와 곰팡이들이 기지개를 켜며 일어날 것 같았다. 자신 역시 도심지의 허름한 건물 안에 구겨 박혀 퇴화해가는 병든 벌레가 돼버린 듯해서 그는 우울했다. 그는 담배 두 대를 피운 뒤 다시 문자를 입력했다. 제가 월급을 몇 달째 못 받았습니다. 죄송하지만, 이번 달엔 어렵습니다. 집사람도 이미 여러 번 가불을 했고요. 두 달분만 보증금에서 제해주시면 다음 달부턴 날짜를 지키겠습니다. 그가 전송 버튼을 누른 뒤 담배를 꺼내 피울 때 그의 폰이 진동했다. 미세스 엄이었다. 여자의 목소리를 듣는 게 죽기보다 싫어서 거절 버튼을 눌렀다. 담배를 피우면서 비상구 쪽 계단으로 내려갈 때 문자메시지 신호음이 들렸다.

'대화로는 안 되겠네요. 법대로 하겠습니다. 임대법엔 두 달 이상 월세를 안 내면 집을 비워달라고 소송을 할 수 있다고 나와 있습니다.'

그 순간 그는 살의에 육박하는 분노를 느꼈다. 140만 원을 빌리는 일도 가난한 세입자보단 집을 몇 채 소유한 사람에게 훨씬 쉬울 텐데, 단 두 달분만 봐달라는데, 그것도 보증금에서 제해달라는데. 반지하에서 쾌적한 지상으로 올라온 건 괜찮은 일이지만 그 대가로 이런 치졸하고 비정한 협박에 시달리고 있는 꼴이라니. 문제는 만성적으로 생계난에 시달리는 일개미들로 가득 찬 이곳에선 돈을 빌려볼 수도 없다는 것이었다. 양쪽 가족들에게 하소연해볼 수도 없었다. 이미 수차례 돈을 빌려온 그들이 늘 약속을 너무 늦게 지키거나 못 지켰기 때문에.

결국 금요일인 그날, 그는 거래처로 가 민감한 사안에 대해 토의하고 계약 성사의 발판을 다져야 한다는 임무를 미루고 퇴근 후 동료들과 술집을 전전했다. 외상의 몸집을 불려가며 필름이 끊길 때까지 마셨다. 근처의 모텔에서 한데 엉겨 자고 까칠한 모습으로 낮에 귀가했을 때 아내는 쿠키를 굽고 있었다. 함께 이른 저녁을 지어 먹고 설거지까지 마친 뒤 식칼로 멜론을 쪼개는 아내에게 상황을 얘기했다. 아내는 한동안 그를 봤지만 놀라지도 암담해하지도 않았다. 아내는 맵시 있게 썬 멜론 조각들을 접시에 담았다.

"너무 신경 쓰지 마. 설마 법대로 하겠어? 돈, 시간, 에너지 다 들여야 하는 일인데. 그냥 계속 상습적으로 늦을까 봐 기강 좀 잡으려는 거지. 뭐, 그 아줌마 특별하긴 해. 어느 정돈 줄 알아? 우리 도배했을 때 실크 벽지가 비싸서 그건 포인트로만 쓰고 대부분은 고급 종이 벽지 썼잖아. 근데 주인아줌마가 불쑥 나타나서 실크 벽지

속지 뜯어냈다고 변상을 하라는 거야. 다시 실크 도배할 땐 속지 붙여야 한다고. 속지 값, 인건비 다 내래. 난, 그 아줌마 진짜 싫어! 우리 세오 그렇게 자주 봤는데도 귀엽단 말 한마디 안 했다. 홍, 그러니 이혼당하지. 매일매일 열렬하게 돈을 벌면서도."

5

"전에 오셨을 때 약을 늘리라고 말씀드렸는데, 양을 잘 지키셨나 봐요."

"야, 약이요?"

아내의 큰 갈색 눈동자들이 한껏 커지더니 곧 풀어졌다. 평소보다 화장이 옅어진 아내는 바짝 다가앉았다. 40대 중반인데도 젊어 보이는 여의사는 아내의 온도의 반 정도로 반응해주기로 결정했는지 팔짱을 끼고 물러나 앉았다.

"사실 저도 권하면서도 확신은 못 했거든요. 부작용 없는 약이니까 권했지만. 그거 신약인데 특효약인가 봐요."

"선생님, 저희 약 안 먹였는데요. 이사하느라 너무 바빠서."

"그래요? 그런데 어떻게 호전이 됐죠? 혹시 민간요법?"

아내는 더 가까이 다가앉았다. 아내 몸의 세포들의 긴장이 고스란히 느껴졌다.

"민간요법은 전에 많이 써봤고요. 다 한계가 있었어요. 아, 변화라면 2주일 전부터 아이가 유제품을 안 먹었어요. 그리고 환경이 변했어요. 이사했거든요."

"지금, 시골에서 살고 계세요?"

"시골은 아니지만 숲이 있어요. 아주 큰 전나무 숲."

여의사가 일어섰다. 세오 앞으로 다가와 쪼그려 앉았더니 세오의 얼굴을 감싸 쥐고 살살 흔들었다. 그녀는 웃으면서 아내를 올려다 봤다.

"두 가지 다 이유네요. 너무 늦지 않은 시기에 방법을 찾아서 다행이에요. 더 늦었음 성격에도 공부에도 영향을 미쳤을 텐데."

여의사는 일어섰다. 가운 호주머니에 한 손을 넣은 채 다른 손으로 세오를 향해 작별인사를 해주었다.

"한 달 후에 오세요. 아니, 그 숲 옆에서 계속 살면 다시 안 오셔도 될 거예요."

돌아오는 길에 아내는 유기농 식품 숍에 들러 야채와 과일, 건어물을 샀다. 일주일 안에 다 요리해서 먹을 수 있을까 싶을 만큼 많은 양이었다. 망설임 없이 카드를 꺼내 결제하는 아내를 보면서 그는 아내의 우울증이 조울증으로 변모했는지도 모른다는 생각을 했다. 아내가 기쁨과 행복감 역시 과격하게 드러내는 모습을 보고 있노라면 왜 지루할 만큼 완만하고 반복적인 일상이 자신에겐 허용되지 않는 건지 의아해지곤 했다. 그때 기습이라도 하듯 아내가 그의 얼굴 앞에 얼굴을 들이댔다.

"엥겔지수 급상승하겠네. 물가도 많이 올랐는데. 그래도 우리 세오의 평화가 곧 우리 가족의 평화니까. 오늘부터, 본격적으로 식이요법 할 거야."

아내는 집에 들어오자마자 뒷베란다로 나가 창문을 활짝 열었다. 에어컨 광고 속의 여배우처럼 두 팔을 벌리고 눈을 감았다. 공기를, 바람을, 세상을 들이마시려 하는 포즈 같았다. 그가 옆으로 다가가자 아내는 두 팔을 벌린 채로 천진하게 웃어주었다.

"나, 오늘부터 이 전나무 숲을 숭배하게 될 거 같아. 미신 숭밴가? 아, 아파트 정문 앞에도 전나무 숲 있더라. 일부러 만들었나? 아님 원래 있었나? 경사가 져서 더 멋있던데. 꼭 아파트 담장 같아. 어쨌든 이 집에 이사 와서 세오가 나았어. 당연히 나도 덜 우울해. 맞아, 이 집이 진짜 우리 집이야. 난 첫눈에 알아봤어."

그도 베란다 새시를 붙들고 숲을 내려다봤다. 그새 비가 또 내렸을까? 뾰족한 나뭇잎들이 청결하게 씻겨 있었다. 처음 이 집을 보러 와서 발견했을 땐 숲이 와락 달려드는 것 같았는데, 지금은 아니었다. 거대하고 폭신한 초록색 이불 위에 올라앉아 있는 것 같았다. 숲에서 불어오는 향긋한 바람이 그의 얼굴과 머리카락을 어루만지며 속삭이고 있었다. 겁먹지 마, 걱정하지 마. 지금껏 삶이 어두운 한쪽 얼굴만 보여주었으니 이젠 다른 쪽 얼굴을 보여줄 거야. 따뜻한 얼굴, 낙천적인 얼굴, 쿨한 얼굴. 이 숲 위에 올라앉아 있기만 하면 나머지 일들은 저절로 풀려갈 거야. 그는 지금의 이 느낌이 또 다른 속임수라 해도 이 순간만큼은 천진하게 믿어보고 싶었다. 그때 아내가 그의 한쪽 팔을 아프게 쥐었다. 혹시 말이야, 이 숲 때문이 아니라 원장 따라 교회에 갔기 때문? 원장이 준 선물들이 어딨더라? 빨간 캐비닛? 아, 십자가부터 찾아봐야지.

6

아내의 예감은 맞지 않았다. 장마의 시작을 알리는 멘트가 9시 뉴스 메인으로 뜰 무렵 미세스 엄이 법무사에게 의뢰해 보낸 통고문이 날아든 것이다. 세입자의 귀책사유로 임대차 계약을 해지하고 명도 소송 및 금전 청구 소송을 제기하겠다는 내용이었다. 설사 관철시킨다 해도 시간이 오래 걸리는 일이고 또 그들이 돈을 내기만 하면 취하해줄 수도 있는 일이지만, 그는 불쾌했다. 어차피 늘 여러 자격들을 의심받으며 살아온 인생이지만 이젠 세입자 자격까지 의심받나? 하는 우울이 그를 손가락 하나 까딱할 수 없게 만들었다.

그는 주말 내내 안방의 우드 블라인드를 모두 내리고 침대에 누워 있었다. 집주인이라는 점 외엔 아무 상관도 없는 관계인데 그런 곳에서도 심장을 정통으로 찔릴 수 있다는 것이 놀랍고 무서웠다. 이젠 상처를 받으면 그것도 경험이라고 어떤 종류의 것인지 아물기까지 얼마만한 시간이 걸릴지 분석해보고 통계를 낼 수도 있었다.

아내는 거실 탁자 위에 놓인 종이를 봤을 텐데도 반응이 없었다. 주방에서 세오가 먹을 간식과 반찬을 만드는 데 온 힘을 기울였다. 새로운 요리라도 개발하는지 감자와 고구마, 단호박, 과일 등을 조합해 샐러드를 만들고 채소들을 데치고 볶고 해서 나물들을 만들었다. 양념들을 사기 위해 컴퓨터 책상 앞에 앉아 쇼핑몰을 뒤지는 아내의 뒷모습을 봤을 때는 다시 염증을 느꼈다. 저 여자는 왜 회복과 안정을 위해 하는 일도 조용히 못 해내는가? 햇빛, 공기 같은 것으로 흡수해내지 못하는가? 혹, 저 불균형이 그들을 불행하게 만든 주범은 아니었을까? 그는 아내와 싸우고 싶은 충동을 참느라고 이를 악물었다.

아내가 약재를 파는 재래시장에 가보자고 했을 때도 그는 순순히 세오의 손을 잡고 따라나섰다. 세오의 손을 잡은 손에 힘을 꼭 준 건 그 자신을 붙들어놓기 위해서였다. 정말 아들의 손조차 놓아버리면 그는 공기보다 더 가벼운 것이 되어 증발해버릴 것만 같았다.

돌아오는 길엔 또 폭우가 내렸다. 버스 정류장에서 내려 우산을 펴자마자 살들이 뒤로 꺾여버려서 오래 허둥거려야 했다. 창살 같은 빗줄기들이 행사하는 중력과 싸우며 한 발 한 발 걸을 때는 올해 강수량이 태풍으로 인한 인명 피해가 가장 많았던 1959년의 그것과 비슷하다고 걱정했던 뉴스가 떠올랐다. 아닌 게 아니라 장마도 2주 정도 빨랐다.

아파트 정문을 2백 미터쯤 남겨두었을 때였다. 어디선가 밀려온 흙탕물에 샌들이 잠기기 시작했다. 빗속에서 시골의 비포장도로를 걸을 때보다 더 무겁게 두 다리가 질척거렸다. 아파트 앞에서 만난 흙탕물의 질감과 압력은 기묘한 공포감을 주었다. 기우뚱거리던 세오가 겁에 질려 울기 시작했다. 그는 아이를 번쩍 안아 올렸다. 정문을 지나 집이 있는 105동의 입구를 향해 걸어갈 때였다. 세오가 두 팔로 그의 목을 꼭 끌어안았다.

"아빠, 저기 마녀 아줌마 차!"

105동 4라인 출입구가 정면으로 보이는 곳에 미세스 엄의 SM V가 있었다. 빗물을 흠뻑 뒤집어쓴 새까만 중형차는 점령군의 선발 차량같이 히스테리컬해 보였다. 이번엔 아내가 그의 다른 쪽 팔을 잡았다.

"어제 인터폰이 고장 났는데 고쳐달라고 안 했어. 전화 안 받아도 되는 핑계가 되잖아. 통화가 안 되니까 아예 집 앞에 진 치기로 했나 봐."

그를 올려다보는 아내의 두 눈은 절박했다. 세상에서 가장 단순한 절박함이었다. 그는 자신도 단순해지는 것을 느꼈다. 그리고 지금은 무언가를 해야 할 때였다. 그는 담배를 꺼냈다.

"좀 기다렸다 저 차 간 뒤 들어가자. 통화도 내일 해야지. 나 오늘 저 여자랑 싸우면 일낼 거 같아."

"정말 휴대폰도 없애버리고 싶어. 투명인간이라도 돼버렸음."

그때 누군가가 그와 세오가 함께 쓰고 있는 우산 속으로 뛰어들어왔다. 놀란 아내가 비명을 질렀다. 그는 아내의 입을 틀어막았다. 아파트 경비 일을 하는 늙은 남자였다. 우비를 쓴 그의 얼굴의 주름들에도 빗물이 괴어 있었다. 주름진 입이 열렸다.

"왜 이렇게 사람 말을 안 들어요? 정문 쪽으로 다니지 말라고 어
제 종일 방송했는데, 못 들었어요? 내일은 아예 정문 앞을 봉쇄할
거요. 아파트 정문 앞 길에 조성해둔 작은 전나무 숲이 상태가 나
빠요. 너무 드문드문 심은 것도 문젠데 밑에서 받치고 있는 축대의
돌들도 하나둘 튀어나오고 있어요. 산사태만큼은 아니어도 운이
나쁘면······."

7

"아악, 여, 여보!"

아내의 비명 소리였다. 막 퇴근하고 침대에서 쉬고 있던 그는 현
관으로 달려갔다. 불이 켜진 현관엔 우비를 입은 미세스 엄과 아내
가 마주 서 있었다. 검은 장우산을 지팡이처럼 짚고 선 미세스 엄
의 얼굴에 박힌 입술은 일직선이었다. 물에 담갔다 꺼낸 면도날의
측면처럼 예리해 보였다. 사흘 동안 전화를 받지 않았을 땐 조만간
집으로 찾아올 거라고 예상은 했지만 이렇듯 폭우 내리는 음산한
밤에 올 거라곤 예상 못 했던 그는 다리가 후들거렸다. 아내는 그
보다 더 당황했는지 아예 쩔쩔맸다.

"죄송해요. 저희 집 전화기가 고장 났어요. 마침 제 휴대폰도 배
터리가······."

"전화 받고 안 받고 그런 거 신경 안 써. 그냥 집 비워줘요. 댁들
은 내내, 계약 끝나는 날까지 내 피를 말릴 사람들이야. 차라리 팔
아치우고 싶지만 안 팔리는 거 잘 알잖아. 나 신경 쓰면 혈압 뚝뚝
떨어져. 늙은이 건강에 적선하는 셈 치고 딴 집 알아봐요."

"일단, 들어오세요. 들어오셔서 말씀하세요."

뜻밖에도 미세스 엄은 순순히 들어왔다. 장우산도 든 채로. 우비
에서 물이 뚝뚝 떨어지는데도 개의치 않고 표지판처럼 우뚝 서서
집 안을 둘러봤다. 아내는 미세스 엄의 팔을 잡아끌었다.

"저기, 소파에 앉으세요."

미세스 엄은 우비도 벗지 않고 천 소파 위에 풀썩 앉았다. 그래
도 아내는 얼굴을 구기지 못했다. 아내가 낮에 구운 쿠키와 차가운
홍차까지 가져다주었지만 그녀는 거들떠보지도 않고 앞 베란다만
집요하게 노려봤다.

"폼만 재는 저런 문은 뭐하러 달아? 차라리 확장을 해놨음 집 팔
때 더 받기라도 하지. 나도 나갈 때 보증금에 3백은 얹어줬을 거고."

"저희가 생각이 짧았어요, 사모님. 그리고 뒷베란다도 다시 흰색
으로 칠해놓을게요."

아내가 유순해질수록 미세스 엄의 눈빛은 공격적으로 변해갔다.
아내가 민트색으로 칠해놓은 뒷베란다를 보더니 천천히 소파 옆
에서 여전한 존재감을 과시하고 있는 그랜드피아노로 시선을 돌
렸다. 그들은 숨을 죽였다. 이사 온 날부터 미세스 엄이 놀라워하
며 봤던, 어쩌면 그들 부부에 대해 못마땅해하는 무언가의 상징과

도 같은 물건이었다. 그리고 상대의 시선과 입매에 감도는 익숙한 조소는 그들이 가장 예민해하고 두려워하고 싫어하는 무엇이었다. 하지만 피아노는 명문 여대에서 고전음악을 전공한 아내의 청춘의 유일한 증거물 같은 물건이었다. 아내가 얼마나 까다롭게 굴었는지 아기였던 세오조차도 저 피아노만큼은 잘도 피해 다녔었다.

다행히 미세스 엄은 피아노에 대해선 아무 말도 하지 않고 장우산을 짚고 일어섰다. 아내는 뛰어가서 여자를 부축했다. 그도 따라서 일어섰다.

"저흰 이 집을 저희 집처럼 여기고 가꾸며 살고 있습니다. 2년째 될 땐 반전세, 그 2년 후엔 전세로 바꾸는 것도 생각하고 있습니다. 그러면 더 이상 월세 때문에 폐를 끼치는 일도 없을 거고요. 만약, 나중에 사모님이 파신다면 이 집을 사는 것도 생각하고 있습니다."

막 젖은 구두를 신으려 하던 미세스 엄이 그를 돌아봤다. 부축하는 아내의 손도 단호하게 뿌리쳤다. 차갑고 싸늘한 얼굴이었다.

"살면서 본 적 없는 캐릭터들이네. 월세 하나 날짜 맞춰 낼 능력도 없는 사람들이 자꾸 집 산다 산다 말하는 거. 첫 달 월세 줄 때도 그랬지? 내가 저런 황당한 피아노 끌고 다니는 거, 저런 허연 문 다는 거 보고 다 알아봤지만."

"말씀이 심하시네요. 이건, 아닌 것 같습니다. 아무리 저희가 어수선하고 힘들게 살고 있다 해도."

"사과하세요!"

돌변해버린 아내가 그의 옆에 서서 여자를 노려보고 있었다. 아내의 눈이 뜨거웠다.

"빨리 사과하세요. 사과하기 전엔 못 나가요!"

"뭐야? 이제 협박이야? 이거 아주 미친년 아냐? 정상은 아니라는 거 내 첨부터 알아봤지만."

미세스 엄이 성큼성큼 걸어 들어왔다. 아내의 얼굴에 자신의 얼굴을 들이댔다. 그녀의 입에서 쇳소리가 흘러나왔다.

"넌 이 집이 아예 니 집 같지? 그러엄, 저 귀신 같은 피아노 팔아서라도 월세를 내! 내고 살앗!"

"나가! 나가! 내 집에서 나가!"

아내가 두 팔을 휘저으며 미세스 엄에게 달려들었다. 머리카락을 다 뽑아버릴 기세였다. 뒷걸음질 치던 미세스 엄은 현관문에 뒤통수를 찧었다. 맨발인 채로 그녀는 돌아서서 허둥지둥 문을 열고 나갔고, 아내는 그녀의 등을 세게 떠민 뒤 번호키를 잠가버렸다. 밖에서 문을 두드리는 소리가 났지만 아내는 손잡이를 꼭 움켜쥐었다.

"이 집에 대해 아무것도 모르면서, 좋아하지도 않으면서, 필요도 없으면서! 이 집도 저 숲도 모두 저 여자 싫어해!"

그때 빗소리가 더 크게 들리기 시작했다. 그는 거실을 가로질러 앞 베란다로 갔다. 빗줄기가 훨씬 굵어져 있었다. 제 방에 숨어 있던 세오가 나와 울기 시작했다. 사이렌 소리 같았다. 그는 앞 베란다 창문을 활짝 열었다. 사선으로 쏟아지는 빗줄기가 그를 덮쳤다. 그는 눈시울을 좁히고 아파트 정문 앞을 더듬었다.

정문 앞을 막아둔 플라스틱 드럼통과 표지판들이 모두 사라지고 없었다. 그것들 역시 물에 떠내려갔을 것이다. 아마 상황을 모르는 미세스 엄은 올 때 정문으로 왔을 것이다. 제정신이 아니어서 변화를 알아차리지 못했을 수도 있다. 그는 뒤로 물러섰다. 어느새 아내가 다가와 함께 밖을 내다보고 있었다. 아내의 눈은 푸르고 고요했다. 당신이 무슨 생각을 하는지 알아요. 무엇을 원하는지 다 알아요, 하고 속삭이는 눈이었다. 아내가 더 다가와 그의 두 뺨을 감싸 쥐었다.

"내버려둬. 그냥, 내버려둬. 양 한 마리보단 양 세 마리가 훨씬 중요해."

그는 두 팔을 떨어뜨렸다. 무언가를 시도해보려 했던 에너지가 사라지고 없었다. 그때 묵직한 물건이 바닥에 떨어지는 소리가 들렸다. 아내가 거실 벽시계 옆에 걸어놓은 십자가였다. 그는 돌아서서 창문을 더 활짝 열어젖혔다. 미세스 엄의 새까만 차가 단지를 빠져나가고 있는 것이 보였다. 예상대로 정문을 향해 질주하기 시작했다. 그는, 눈을 감았다. 그는 미세스 엄이 직면할 수 있는 비극 역시 확률의 문제라고 생각했다. 늘 그렇듯이 저 여자에게도 기회는, 많았다. 누군가의 꿈을 정면에서 비웃는 건 악마나 하는 짓인 것이다. 그는 거실을 향해 돌아섰다. 어느새 아내가 망치를 가져와 한 손으로 십자가를 벽에 꼭 붙인 채 다른 손으로 힘껏 못을 두드리고 있었다.

의
드
프

컨
이

그
세
라

자신을 강 대리라고 소개했던 남자는 그가 상환해야 할 이자에 대해 친절하게 설명해주었다. 또 가능한 추가 대출 금액도 알려주었다. 그가 정중한 인사와 함께 전화를 끊었을 때, 그는 어린 짐승을 삼키고 과시하듯 포효하는 맹수의 피 묻은 입 속을 봤다. 손가락만 한 태아로 퇴행해버린 그가 붉은 구멍 속으로 훌쩍 뛰어내렸다. 그는 검은 듀오백 의자에 앉은 채 목을 뒤로 젖혔다.

30분 안에 그는 직원들의 급여 통장으로 지난달 월급의 미납분을 넣고 아내의 통장으로 11월 생활비를 입금할 것이다. 집과 토지를 담보로 대출한 돈으로 세 번에 걸쳐 한 주식 투자에서 실패한 뒤 받아온 신용 대출이 오늘로 세번째다. 부채의 상환은 어려울 것이다. 아내 몰래 토지를 급매물로 내놓긴 했지만 요즘 같은 불황엔 채권자인 은행에 넘어갈 가능성이 농후했다. 어떻게 하는 것이 현명한 처신인지에 대해서도 그는 이미 알고 있었다. 그만 이쯤에서 모든 것을 멈추는 것. 그러나 그것은 아직은 가능한 일이 아니었다.

이 모든 것은 예측 못 한 상황은 아니었다. 5년 전부터 부동산 전문 변호사가 급증하면서 수주 경쟁이 치열해졌는데, 그는 고용되어 일하기엔 너무 늦은 40대 중반이 돼 있었다. 지금 당장 직원들을 내보내는 것도 할 수 있는 일이 아니었다. 사무실도 비서도 없는, 무능과 불운의 상징과도 같은 변호사 사무실에 어떤 의뢰인이 찾아오겠는가.

집의 상황이라면 다를 수도 있을 것이다. 한 달 뒤 아내가 큰아이를 미국 영어 연수만큼 비용이 드는 필리핀 일대일 관리형 유학을 보내려 할 때 저지함으로써 무능을 고백하게 될 테니까. 그때부터 생활수준을 낮추는 문제를 두고 아내와 벌일 신경전과 그 후유증을 생각하면 벌써 머리가 뻐근하고 손바닥에 찬땀이 고였다.

언젠가 인터넷에서 현대인에게 생활수준은 종교보다 막강한 무엇이라고 쓴 기사를 본 적이 있다. 그는 전적으로 동의했다. 더 나아가 종교를 넘어 생존과 직결된 문제일 수도 있다고 생각했다. 생활수준을 바꾼다는 건 곧 관계들을 바꾼다는 것이고, 그것은 사람에 따라선 생 자체를 버려버리고 싶다고 느끼게 할 수도 있는 일일 것이다.

불면증이 시작된 걸까. 자정이 넘었는데도 몸도 정신도 이완되질 않았다. 그의 몸 중 가장 긴장해 있는 빨간 두 눈이 63평 집 안을 둘러봤다. 둘째 아들 방의 침대에서 아이에게 책을 읽어주던 아내는 도중에 함께 잠들어버렸는지 조용하다. 일찌감치 기형적일 만큼 독립적으로 훈육이 된 큰아들은 깨끗이 샤워한 몸에 잠옷을 껴입고 제 방 침대의 흰 이불 속에서 잠들어 있을 것이다. 말랑한 어린 뇌와 작은 가슴 속에선 엄마가 주입한 목표들에 짓눌린 채 반항하는 법도 잊어버린 어린애가 공포를 무럭무럭 키워가고 있을 것이다.

그러나 아내가 아이들에 대해 열정을 품고 있는 한 아이들 교육은 그가 간섭할 수 있는 영역이 아니었다. 애초에 그가 샅샅이, 끝까지 손을 댈 수 있는 영역이 아닌 데다 무책임한 폭발은 아이들에게도 좋지 않을 것이다.

그때 해일처럼 극심한 피로가 몰려왔다. 두 어깨 위로 무언가가 턱, 내려앉는 듯한 느낌과 함께 옆구리와 등 위쪽 근육이 몹시 아팠다. 근육 파열의 전조 같기도 한 이 예리한 통증은 밤이 되면 훨씬 심해진다. 낮엔 잊고 지내기까지 하는데 말이다.

오감을 넘어 여섯번째 감각을 가진 사람들은 타인들의 어깨 위에 귀신이 올라앉아 있는 모습도 본다는 말을 들은 적이 있다. 정말 나도 언제부터인가 유령과 함께 돌아다니고 있는 걸까. 잠시 후 통증이 순해지자 그는 불 꺼진 베란다에서 바람에 휘청거리고 있는 관엽식물들을 바라봤다. 허약해진 자신의 형상을 보기라도 한 듯 쓸쓸해졌지만 그는 아내를 깨우고 싶지도, 그녀와 한 침대에 눕고 싶지도 않았다. 밤에 아내 옆에 누우면 긴장이 풀리면서 다른 차원의 감정과 감각들이 깨어나던 신혼 시절의 충만감은 다시 찾아와주지 않았다.

다행히 아내도 큰아이가 영재성 검사에서 최상위 안에 든다는 결과를 접하고 본격적인 교육을 시작하면서부터는 자주 그를 잊었다. 아내를 습관적으로 안은 뒤 곯아떨어졌다 불쑥 깨어 옆에 누운 벌거벗은 아내를 보고 놀랄 때도 있었다. 아내가 낯설어서기도 했지만 그 감각 뒤에 놓인 권태의 싸늘한 질감을 느꼈기 때문이다. 정말이었다. 그 권태는 한 욕망이 쇠잔해가는 지점에서 새 욕망을 탐하는 허기진 권태가 아니었다. 그것은 삶의 격통들조차도 태연하게 관조하는 시체의 권태 같았다.

그의 몸이 서걱거리며 일어나 현관 옆에 있는 작은방으로 들어 갔다. 가장 많은 책을 소유한 큰아이에게 방을 내주고 대신 서재로 써온 그 방은 소속감을 없애주는 위력을 갖고 있었다. 그는 부모 몰래 피시방 담배 연기 속에서 게임에 미쳐가는 소년처럼 다급하게 컴퓨터를 켰다. 세컨드라이프로 접속해 들어갔다. 담담한 색들과 간결한 선으로 이루어져 모험의 세계로 들어선 듯한 시원스러움마저 주는 화면 속으로 아바타를 끌고 나오자 가슴이 툭 트였다. 상체도 한결 가뿐해졌다.

사이버 아내 테리가 사준 버건디색 페라가모 스웨터를 입은 그는 두 달 전 가상 토지를 매입해서 지은 집으로 들어갔다. 30만 린든 달러를 들여 지은 이 집은, 굳이 분류한다면 모던 컨트리풍이라고 할 수 있다. 낡지도, 변색되지도, 먼지를 끌어모으지도 않는다는 최고급 오크로 가구들을 짜 넣어 담백하면서도 안락하게 느껴지는 실내는 그의 마음에 쏙 들었다.

그는 처음부터 이 집이 현실의 집보다 훨씬 좋았다. 그의 취향에 동의해주었을 뿐만 아니라 공사 막바지에 내장 비용이 예상을 초과하자 돈을 보태주기까지 한 테리의 체취가 느껴지는 공간이기 때문일 것이다. 집들이 파티가 끝난 뒤 그는 아내를 꼭 안아주며 조만간 자신의 고마움을 담아낼 만한 인상적인 선물을 해줘야겠다고 생각했었다.

아내는 집에 없었다. 거실에도 침실에도 허브 화분들을 잔뜩 들여놓고 미니 서재로 꾸며놓은 베란다에도. 집 근처의 앤티크 숍에 들러 아내가 좋아하는 중국 가구들을 구경하고 돌아왔을 때도 아내는 없었다. 하는 수 없이 소파에 앉아 로이터 통신에서 실시간으로 제공하는 뉴스를 보고 있을 때 큼직한 쇼핑 봉투를 안은 아내가 들어섰다.

무채색 인테리어 때문에 더 돋보이는 붉은 실크 원피스를 입고 금발로 염색한 아내는 영화 〈러브 어페어〉에 나오는 전성기의 아네트 베닝 같다. 지금은 오십이 넘은 데다 아이 넷을 낳고 보톡스도 없이 너무 편하게 늙어가는 걸 보면 허탈해지기도 하지만 그녀는 그가 가장 좋아하는 여배우였다. 아내의 이름 테리도 〈러브 어페어〉의 여주인공 이름에서 따온 것이다. 그는 음성 채팅 장치를 작동시켰다.

"대체 어디에 가 있었지? 한참 기다렸는데."

"오늘 밤 수잔 베가의 라이브 공연이 있다고 말했잖아요. 객석에서 일어나 환호도 하고 크게 따라 불러보고도 싶었는데. 에이, 미리 멘토에게 신청을 해둘걸."

"그렇게 우아하게 차려입고 10대처럼 법석을 떤다고? 귀엽긴 하겠군. 그런데 오늘 들은 노래들 중 어떤 게 제일 좋았지?"

"〈루카〉도 좋고 〈톰의 저녁 식사〉도 좋았지만 역시 〈고독이 서 있네〉가 최고였어요. 그 노래 가사 알아요? 고독이 창가에 서 있네. 내가 방으로 들어가자 그녀는 고개를 돌렸어. 그녀는 늦은 오후의 햇빛 속에서 계속 날 기다렸나 봐. 그녀는 내 쪽으로 돌아서며 손을 내밀었어. 그녀의 손바닥엔 눈부신 꽃이 놓여 있어. 고독이 문가에 서 있어. 그녀의 뒷모습과 서늘한 시선, 침묵에……. 얼마나 외로우면 고독과 연애하는 기분이 들까요? 하긴 가장 안정된 연애긴 하겠네. 돌아오는 길엔 최근 몇 년 동안 외롭게 보낸 시간들이 떠올라 몹시 우울했어요."

"저런, 우울증은 저절로 낫지 않는다던데. 당신을 완치해주려면 내가 내 사랑을 증명해줘야만 할 것 같군. 늘 나를 배려해준 당신에게 기억에 남을 만한 선물을 해주고 싶어. 지금 당장 당신이 탐냈던 쇼메 반지를 사러 갈까?"

잠깐 통장에 든 돈이 신용 대출을 받은 돈이라는 데 생각이 미쳤지만 남자답게, 수컷답게 호기를 부려보고 싶은 욕망이 훨씬 강했다. 또 린든 달러는 현실의 돈인 달러의 3백 분의 1이니 타격을 줄 만한 액수도 아닐 것이다. 이상했다. 수컷의 의무가 지긋지긋한데도 숨을 쉴 만하면, 아니 누군가 힘겨움을 알아주기만 하면 그것은 파릇하게 되살아났다. 꼭 배고픔처럼. 아내는 진지한 표정이 되어 몇 걸음 물러서더니 흰색 소파 위에 앉았다.

"당신이 꼭 사줬으면 하는 건 아니지만, 갖고 싶은 건 있어요."

"그게 뭐지?"

"하늘색 벤츠예요. 스포츠카데요. 〈천국의 문을 두드리며〉라는 영화에서 봤어요. 뇌종양 선고를 받은 한 청년이 골수암을 앓는 청년과 함께 병원을 뛰쳐나와 갱들의 차인 하늘색 벤츠를 훔쳐 타고 여행을 떠나요. 목적지는 바다예요. 둘 다 유럽 내륙에서 태어나고 자라서 바다를 본 적이 없거든요. 도중에 은행을 털어 백만 불을 손에 쥔 그들은 평소에 꼭 하고 싶었던 일을 해요. 한 청년은 두 여자와 함께 하룻밤을 보내고 다른 청년은 분홍 캐딜락을 사서 곧 아들을 잃게 될 엄마에게 선물하고 다시 떠나요. 솔직히 분홍 캐딜락이 탐났지만 그건 어마어마하게 비쌀 테고, 난 하늘색 벤츠면 돼요."

"좋소. 그렇게 아름다운 의미를 가진 선물이라면 내 사주지. 오늘 뜻밖의 돈이 생겼거든."

"정말요? 고마워요."

아내의 아바타가 대뜸 그의 아바타의 허리를 껴안았다. 상체를 밀착시키며 볼을 비볐다. 현실에선 만나본 적이 없는 그녀의 목소리와 실크 원피스의 감촉이 뒤엉켜 마법이라도 부렸는지 그녀의 피부가 생생했다. 그는 숨을 멈췄다. 그녀가 속삭였다.

"그 벤츠를 타면 먼 옛날 툭 트인 초원에서 당신 품에 안겨 말을 타고 달리는 것 같겠지. 무섭지도 않고, 내장이 흔들리다 뒤죽박죽

될 것만 같은 아픔도 못 느끼고."

그는 그녀의 수다가 싫지 않았다. 예술 애호가 같기도 하고 감상에 피클처럼 전 문학소녀 같기도 한 그녀의 몽롱함, 촉촉함이 좋았다. 그녀가 세컨드라이프에서 꾸려가는 빈티지 옷 숍에서 얼마만한 수완을 보이는지는 알 수 없지만, 사람의 마음이 촉을 바꾸는 순간만큼은 귀신같이 알아차리는 여자였다. 충분히 현실적인데도 삶이 그것에 국한되는 걸 싫어하는 그녀에겐 영원하고 집중된 무언가에 대한 갈망이 있었다. 그는 그녀의 풍성한 금빛 머리카락에 뺨을 묻었다.

그때 그는 몸이 변해가는 걸 느꼈다. 페니스가 부풀어 있었던 것이다. 그러나 그것은 반드시 채워야겠다고 우기는 욕망이 아니라 따뜻한 빵 반죽 같은 행복한 팽창이었다. 그는 눈을 감고 숨을 멈췄다. 그때 갑자기 방이 환해지면서 낯선 목소리가 그의 등을 찔렀다.

"당신, 안 자고 뭐 해요?"

그는 엉겁결에 컴퓨터의 전원을 껐다. 당황한 그의 몸이 일어서서 뒤를 돌아봤다. 머리가 헝클어지고 화장도 지우지 않아 피에로 같은 아내가 무례하게 쳐들어와 있었다. 그의 진짜 몸이 뻣뻣해졌다.

"왜 노크도 안 해?"

"지금이 몇 신 줄 알아요? 새벽 4시 반이에요. 내일 출근 안 할 거예요?"

"해, 해야지. 벌써 시간이……."

아내의 얼굴에서 잠기운이 걷히며 윤곽이 또렷해졌다. 아내는 방전된 컴퓨터 앞으로 다가섰다. 번진 마스카라 때문에 더 커 보이는 아내의 눈이 그의 눈을 쳐다봤다.

"당신, 인터넷 게임 사이트에서 법률 상담 코너를 운영한다고 하더니…… 일을 하긴 하는 거예요?"

"응? 그럼. 계속 시장조사 중이지. 생각보다 시간이 많이 걸리네."

초기에 시장조사를 하다 시기상조라는 결론을 내리고 아내가 상상도 못 할 엉뚱한 즐거움에 빠져버린 그는 다시 등에 통증을 느꼈다. 아내는 팔짱을 끼고 거실로 나가더니 다시 돌아와서 눈을 빛냈다.

"그 세컨드라이프라는 사이트 특이하다던데. 이기거나 지는 게임도 아니고, 현실에서 하는 행동들을 다 해볼 수 있고. 아냐, 그럼 현실에서 못 해본 행동들도 해볼 수 있다는 건가? 사실은 나도 해보고 싶은데. 난 컴퓨터에 서툴러서 안 되겠죠?"

*

사무실의 상황은 그가 예측했던 두 방향 중 나쁜 쪽으로 진행되고 있었다. 수요와 공급의 균형이 깨져 모두 신경이 곤두서 있는 상태에서 유입되는 일거리 자체가 줄어들고 있었던 것이다. 부동산법 소송이란 게 경기가 나빠져 부동산 거래가 위축되면 타격을 받을 수밖에 없는 분야지만 이제 피부로, 온 신경으로 절감할 수밖에 없는 시기가 도래한 것이다.

파이 자체가 작아져버린 상황에서 법조 타운 빌딩 속 업체들은 쓸데없이 각을 세우며 에너지를 소모했다. 먼저 못 버티고 나가 역술가들처럼 인터넷 상담 사이트를 열고 휴가철 바가지 상거래 같은 비싼 전화 요금을 매기는 변호사들을 비웃던 사람들도 없어졌다. 과연 자신의 비웃음이 합당했나, 혹 그것도 일종의 벤처 정신의 발현은 아니었나, 하고 되묻고 있는 것 같았다.

웰메이드 공상과학영화에서 보던 디스토피아를 닮은 살벌한 타운의 공기는 그의 사무실에도 어김없이 스며들었다. 그가 금전적 손해를 감수해가며 안정시켜보려 했던 다섯 명의 사무장들과 비서도 리드미컬한 파도를 타듯 동요하는 것이 눈에 환히 보였다. 유일한 여직원인 비서는 평정심을 잃고 사무실 전화로 다른 잡을 알아보는 만행까지 저질러 그의 기분을 엉망으로 만들었다.

그들의 동요가 지금 당장 처리해야 하는 일들에까지 영향을 미칠까 봐 전전긍긍하다가도 기가 막히곤 했다. 내가 무엇을 위해 신용 대출까지 해가며 버텨왔던가 싶어서였다. 그런데도 무언가를 약속할 수도 단정할 수도 없는 상황이어서 고용주답게 실컷 야단을 칠 수 없다는 것도 짜증스러웠다.

산만한 공간에서 느릿느릿 흘러가는 시간의 결을 견뎌야 하는 그에게 유일한 현실적 위안은 마사지를 받는 시간뿐이었다. 옆 사무실의 변호사에게 이끌려 다니기 시작했지만 이젠 그가 더 자주 가는 그곳에서 통증과 쾌감을 함께 느끼며 까부라지는 시간을, 그는 즐겼다. 잠깐잠깐 죽는 그 막간의 시간이 없다면 다시 삶 속으로 돌아오지 못할 것 같았다.

*

2주일째 냉전 중인 집안은 각얼음들이 버석버석 얼어가는 냉동고 같았다. 아내가 온몸으로 뿜어내는 냉기와 발작적인 짜증이 아이들을 불안하게 하고 있지만 그는 아무런 대응도 하지 않았다. 오히려 일이 끝나면 곧장 귀가했다. 어차피 겪어내야 할, 아니 당해주어야 할 과정이지 싶어서였다.

이 모든 것은 그가 큰아이를 필리핀에 보내줄 수 없다고 선언하면서 시작되었다. 그의 짐작대로 상황은 남편의 일시적 시련이나 불운으로 받아들여지지 않았다. 아내는 척추뼈라도 부러진 사람같이 휘청거렸다. 대학 입시에 실패한 것도 아니고, 그깟 돈만 있으면 다 가는 관리형 유학을 못 가게 된 것뿐인데도 파산이라도 한 듯 절망했다. 아내에겐 아이에게 그런 교육을 시켜줄 수 있는 레벨에서 사는 것, 그리고 같은 레벨의 여자들과 어울리는 것이 중요했던 것이다. 물론 그것은 그가 결혼과 동시에 아내에게 선물해준 것이었고, 한때는 그녀가 행복에 겨워하는 모습을 사랑스러워하기도 했었다.

그렇다면, 그가 아내와 결혼하면서 원한 것은 무엇이었던가? 바로 소소한 행복이었다. 지금의 아내는 그에겐 두번째 아내였다. 캠퍼스 커플이었던 첫 아내와는 아이도 없이 심한 고부갈등을 겪으며 살다 꽤 많은 위자료를 주고 헤어졌다. 그때 비서였던 지금의 아내와 깊은 관계가 돼 있지 않았다면 그녀와의 관계를 회복하려고 노력했을 거라는 생각도 나중에야 했다. 평범한 처녀였던 새 아내의 화사함과 쾌활함에 사로잡혀 있던 그는 그녀가 자신의 인생에도 색을 입혀줄 거라고 기대했던 것이다.

역시 아내라는 존재의 위력은 대단해서 지금도 어김없이 저녁 식탁의 공기를 선뜩한 얼음 알갱이들로 바꿔가고 있다. 두번째 결혼이란, 조금 과장하자면 확인 사살 같았다. 수저를 놓고 일어서서 의자를 뒤로 빼는데 또 어깨가 아팠다. 누군가 울퉁불퉁한 돌 두 개를 그의 어깨 위에 올려놓은 것 같았다. 그는 신음 소리를 내며 얼굴을 구겼지만 아내는 관심조차 보이지 않았다. 그는 천천히 걸어서 현관 옆의 방으로 갔다.

마호가니 책상의 맨 위 서랍을 거칠게 열자 최근에 사 모은 영양제들이 나타났다. 헤비 스모커의 필수품이라 할 수 있는 고단위 비타민 C와 아르지닌 성분이 잔뜩 든 남성용 강장제, 캡슐에 담긴 채로 혈행 보조제 노릇을 해준다는 홍삼, 몸 안의 독소 배출을 도와주는 클로렐라, 그리고 일상에서 면역력을 강화시켜주는 프로폴리스…… 건강에 대한 강박관념에 쫓겨 사 모은 약들을 만지작거리다 문득 깨달았다. 두 달 전 그가 사이버 결혼을 하기로 마음먹은 건 혼자 수주 경쟁 스트레스를 앓다 대상포진에 걸려 고생을 하고 난 직후라는 것을. 신경이 분포된 부위에 생기는 염증답게 암의 그것에 버금간다는 끔찍한 통증이 그에게 계속 살아내려면 에너지를

80

공급해주는 다른 관계를 만들라고 충고해주었던 것이다.

자정쯤 그는 세컨드라이프에 들어갔다. 친구의 부동산 사무실에 들렀다가 느닷없이 축하 인사를 받았다. 지금 그가 살고 있는 집을 백만 린든 달러에 사고 싶어 하는 고객이 나타났다는 것이다. 집이 완공됐을 때 집의 시장가치나 알아보라는 권유를 받고 내놓아봤을 뿐인데, 예상 금액의 세 배가 넘는 돈이 매겨진 것이다. 드디어 행운이 그를 지목했다는 사실에 요동치던 그의 심장이 잔잔해졌을 때 새삼 깨달았다. 그의 인생에서 유일하게 결핍돼 있던 것이 바로 이런 드라마틱한 반전이라는 것을.

백 층 빌딩에서 뛰어내려도 살아남게 해줄 쿠션이 있다면 그건 돈뿐이라는 걸 눈치챈 그가 돈을 좇으면 좇을수록 그것은 술래처럼 달아났다. 그는 초조했다. 남자 나이 오십이면 인생에서 결판이 나버리는 게 보였으니까. 한 남자가 살면서 가질 수 있는 돈의 수준, 명예의 수준, 취향의 수준이 또렷이 갈리고 있었다. 일단 결정이 돼버리면 길은 두 가지뿐인 듯했다. 포기와 체념조차 예쁘게 포장해가며 수양을 하든지 전철을 갈아타듯 또 하나의 환상을 만들어 맹렬히 달려보든지.

그때 흑갈색 단발로 헤어스타일을 바꾼 테리가 집으로 들어왔다. 일본의 리조트라도 다녀왔는지 흰색 빈폴 셔츠와 청바지를 입은 그녀는 그를 가볍게 안아주었다. 땀 냄새가 향긋하게 풍기는 것 같았다. 흥분한 그는 그녀를 꼭 껴안으며 오늘 일어난 일에 대해 말해주었다. 이번 기회에 집을 팔고 싶다는 말도 덧붙였다. 아내가 그에게서 떨어졌다.

"정말요? 왜요?"

"왜? 팔 수도 있지. 생각해봐. 이렇게 짓고 팔고를 몇 번 하면 상당한 차익이 생길 거야. 그게 일정한 린든 달러가 되면 달러로 환산해. 그럼 진짜 재산이 되지. 실제로 미국에선 그렇게 백만장자가 된 사람도 있어. 뭐, 비즈니스가 아니라 해도 상관없어. 지금 이 집 가격이면 어디서든 멋진 집을 구할 수 있을 거야. 왜, 다른 스타일의 집에서 살아보는 것도 좋잖아?"

"겨우 이 집에 정이 들었는데. 하지만…… 당신이 팔고 싶으면 파세요. 난 괜찮아요."

"지역은 어디로 할까? 강을 낀 도심지? 근처에 휴양림이 있는 교외? 아님 북한산 같은 멋진 산 밑? 그렇다면 스타일은? 주상복합 아파트? 전원주택? 외국인 건축가가 설계한 타운하우스? 아니면 미니 신도시 안에서 주택 유형을 선택하고 아파트도 단지마다 다른 디자인과 컬러를 선택할 수 있는 곳?"

아내는 그를 물끄러미 봤다. 와인이 마시고 싶어졌는지 와인 냉장고 쪽으로 걸어가던 그녀는 다시 돌아와서 소파 위에 얌전히 앉았다.

"당신이 살고 싶은 집이라면 난 어떤 집이든 상관없어요. 스타일도 중요하지 않아. 그런데 당신, 요즘 나에게 하고 싶은 말 없어요?"

"말? 무슨 말?"

"내가 도와주거나 해결해주진 못해도 들어줬으면 하는 말이요. 처음 두 달 동안은 당신이 내 얘기를 들어주기만 했잖아요. 남편의 연애 땜에 상처받은 여자의 진부한 이야기⋯⋯. 덕분에 난 이혼하지 않았어요. 기회를 놓친 건지도 모르지만. 어쨌든 당신, 요즘 안 좋죠?"

"글쎄, 나도 평범한 남자니 평범한 고통이야 있지. 요즘은 대기업에 다니는 친구들이 부러워. 40대 중반쯤 나오는 사람들도 많으니까. 좀 버벅거려도 아, 커브를 돌고 있나 보군, 하더라고. 그런데 변호사의 고충 앞에선 달라져. 세상 햇빛을 혼자 다 받는 듯 깝죽거리더니 드디어 줄에서 떨어졌군, 하는 분위기야. 그래선지 친구놈들 앞에서도 허심탄회해지지가 않아. 그렇다고 허세를 부리는 것도 싫고. 가족이 편하냐 하면, 글쎄, 그들이 자신들의 욕구를 채워주지 못하는 나를 좋아할까? 결국 나는 또 당신에게 오게 되고."

"내가 무슨 힘이 되겠어요? 당신 인생과 아무 상관이 없는데. 그래도 당신에게 가장 가까운 사람이고 싶다는 욕심만은 버릴 수가 없네요."

"내가, 내가⋯⋯ 어떻게 하면 되지?"

"당신은 그대로 있어요. 난 허세 부리는 당신도 좋고 의기소침해진 당신도 좋아요. 당신 말대로 허심탄회하기만 하면 돼요."

그 순간 그가 안타깝게 여긴 것은 단 한 가지뿐이었다. 당장 그녀를 안을 수 없다는 것, 그녀의 검고 따뜻하고 촉촉한 내부로 들어갈 수 없다는 것. 그는 현실에서 만나자고 말하고 싶은 충동을 가까스로 참았다. 애초에 사이버 결혼을 할 때 그는 현실에선 만나지 않는 것을 원칙들 중 하나로 정했다. 현실을 견뎌내기 위해 만든 환상이 현실을 위협해선 안 된다고 생각했던 것이다. 또 외도였던 연애를 두번째 결혼으로 완성시켜본 적이 있는 그에게 외도는 신비로운 터부도 아니었다.

그러나 지금 그가 느끼는 충동은 옛날과 비교도 할 수 없을 만큼 강렬하고 간절했다. 한 가지 대안은 있었다. 사이버 섹스를 해보는 것. 실제로 성적 접촉이 허용되는 모텔이나 누드비치에서 전라 상태로 섹스를 나누는 아바타들을 본 적도 있다. 그러나 현실에서의 마스터베이션이 수반될 그 행위는 색다른 체험을 넘어 변태적인 행각이 될 가능성이 많다. 마약 못지않게 중독성도 강해서 다시는 평범한 중년 남자로 되돌아오지 못할 수도 있다. 그는 서둘러 작별인사를 하고 사이트를 빠져나왔다.

거실로 나와 보니 새벽 3시였다. 가족들은 평소의 패턴대로 잠들어 있고, 바닥은 색색의 레고들로 어질러져 있었다. 그는 베란다로 나가 쭈그리고 앉아 주홍색 군자란꽃을 들여다봤다. 그는 생각했다. 그녀는 왜 나에게 만나자는 말을 하지 않는 걸까? 그들이 만난 지도 6개월이 넘었다. 세컨드라이프에서 만난 사람들이 현실에서도 만나는 일은 비일비재했다. 현실에서 부대끼다 환상까지 깨어져 헤어진 사람들도 있고, 현실과 가상 세계 모두에서 만남을 이어가는 사람들도 있었다. 만약 그녀가 그와 똑같은 생각을 하고 있다면? 그녀는 욕심이 대단한 여자다. 아니다. 이 상황은 의외로 단순한 것일 수도 있다. 즉, 그녀가 외모에 열등감을 느끼는 여자일 수도 있는 것이다.

그는 담배를 꺼내 피웠다. 만약 그녀가 아름답지 않다면? 20대엔 그도 평범한 청년들처럼 액세서리같이 깜찍한 여자를 선호했다. 30대엔 감각이란 감각은 죄 깨워줄 것 같은 관능적인 여자를 동경하기도 했다. 생존경쟁에 지쳐버린 지금은 그를 받아주고 위로해줄 것 같은 여자가 예뻐 보였다. 실제로 전 같으면 눈길도 주지 않았을 평범하고 유순한 여자에게 생생하게 관능을 느낀 적도 있다. 결국, 감각도 생존을 좇아 진화하는 것일까?

*

"여기, 여기가 아프다고요?"

그의 두피의 경락들을 만져주던 마사지사는 목과 어깨 사이의 뼈를 힘껏 눌렀다.

20대 중반쯤으로 보이는 처녀는 힘은 넘치지만 섬세하게 조직되진 못한 악력으로 그의 등을 천천히 어루만졌다. 피로가 급류에 휩쓸리는 모래처럼 몸 밖으로 흘러 나갔다. 적당한 통증과 오묘한 쾌감이 교차되는 이 순간의 감각엔 꽤 진한 중독성이 있다. 그는 눈을 감았다.

그러나 처녀가 어깨 바로 밑의 뼈와 그 주위를 눌렀을 때 그의 상체가 튀어 올랐다. 입에선 비명이 터져 나왔다. 그는 처녀의 손길을 피하려고 일어나 앉았다. 처녀는 흔히 겪는 일은 아닌지 눈을 크게 뜨고 근육이 빈약한 그의 상체를 훑어봤다. 신중함이나 망설임과는 무관해 보이는 큰 눈과 뾰족한 턱을 가진 그녀는 다시 다가와서 똑같은 부위를 눌렀다. 그는 상체를 활처럼 젖히고 소리를 질렀다. 여자가 뒤로 물러섰다.

"이상하네요. 전에 있던 숍의 사장님께서도 그 부위가 아프다고 하셨는데. 나중에 보니 그분……."

"그분은?"

"폐암이셨어요. 또 다른 고객분도…… 아, 아니에요. 그분들은 그쪽으로 전이가 된 거겠죠. 손님 증상은 흔한 근육통이에요. 맞아요. 신경 쓰지 마세요."

경솔한 처녀는 다시 사과를 한 뒤 그의 몸의 다른 부위를 만졌지만 그는 단호하게 뿌리쳤다. 그는 대웅전의 불상 같은 포즈로 눈앞의 벽만 노려봤다. 핑크빛 바탕에 박힌 샹들리에 무늬들이 군무를 추고 있었다. 갑자기 일어날 때 얼굴에서 흘러내린 로션이 그의 손등을 적시고 바지 밑 허벅지로 파고들었지만, 이미 망상들의 창고가 돼버린 그는 처녀의 말을 반추하고 해부하고 다각적으로 해석하고 있었다.

현관문을 열자마자 그의 얼굴을 덮친 것은 집 전체를 장악한 써늘한 기운이었다. 정말 북국의 겨울바람이 잠깐 도시에 들른 것 같았다. 아이들도 없었다. 거실로 들어서자 검은 가죽 소파 위에 정좌

하고 있던 아내가 그를 향해 포문을 열었다.

"당신, 나랑 얘기 좀 해요."

집으로 오는 길에도 계속 망상에 시달렸던 그는 짜증이 치미는 걸 꾹 참고 아내와 눈을 맞췄다. 아내는 자신 앞으로 다가서는 그의 복부를 노려봤다.

"당신이 매일 밤 들어가는 세컨드라이프 말예요. 거기서 정말 일을 하긴 해요?"

"이것저것 알아보는 중이라고 했잖아! 진짜 세상처럼 인맥이 필요하니 사람들도 사귀어야 하고, 그러려면 취미 생활을 공유하는 게 좋고. 바쁠 수밖에 없지."

"사람들이요? 흥, 그 여자 하나가 그 모든 사람들 역할을 해주나 보죠?"

"여자?"

"제발 그만해! 당신을 죽이고 싶어질지도 모르니까. 나 당신 지난달 카드 고지서 봤어. 당신이 하도 절약 절약, 외치니까 도대체 어떻게 돼가고 있나 싶어서. 그런데 당신, 세컨드라이프에서 아이템들을 사는 데 꽤 많은 돈을 썼대. 그래서 어젯밤 당신 방에 들어가봤어. 상대가 못 알아차리니 본의 아니게 엿본 게 됐지. 내가 두 번이나 불렀는데도 못 들을 만큼 당신은 깊이 빠져 있었어. 왜, 내가 노크도 안 하는 교양 없는 여자라고 말하고 싶어요?"

그는 털썩 주저앉았다. 종일 난방을 하지 않은 듯 바닥이 찼다. 그는 책상다리를 하고 앉아 베란다의 군자란 화분을 봤다. 어느새

시들어 떨어진 꽃들이 더러운 휴지의 형상을 하고 있었다. 그는 한숨을 내쉬었다.

"별거 아냐. 그냥 심심하고 허전해서 그곳 거주자들이 하듯 채팅을 해본 것뿐이야. 밤에, 그리고 주말 몇 시간 동안 진솔하게 사는 얘기를 나눴어. 그건 그냥 술집에서 친구와 술 한잔 하는 거랑 똑같은 거야."

"이젠 내가 아예 바보로 보이나 보지? 얼굴도 모르고 섹스도 하지 않는 여자랑 매일 밤 얘기하고 생활하고 껴안고 별짓을 다해? 당신이 사춘기 소년이야? 아님 몸도 못 가누는 백 살 노인이야? 아, 아니지. 그러니까 아바타가 한 건 당신이 한 게 아니란 말이지? 그치?"

"제발 쓸데없는 상상 좀 하지 마! 내가 말한 게 전부야. 그러니까 믿어."

"못 믿어! 당신이라면 믿겠어?"

"그럼, 믿지 마!"

그는 총을 쏴버리듯 외친 뒤 집을 나와버렸다. 아내가 무언가 둔탁한 것을 현관문을 향해 던졌다. 곧 또 다른 물건이 바닥에 떨어져 깨지는 소리도 들렸다. 잠에서 깬 두 아이의 울음소리가 낭랑하게 울려 퍼졌지만 그는 돌아가지 않았다. 사태 수습이나 관계 회복에 쓸 에너지가 없기도 했지만 애쓴다 해도 그 무엇도 돌이킬 수 있을 것 같지 않았다.

그는 1층으로 내려왔다. 곧장 아파트 후문 쪽의 꼬치구이 집으로 갈까 하다가 놀이터로 갔다. 아이들이 타는 그네 위로 올라앉자 슬리퍼에 담긴 두 발이 모래에 푹 파묻혔다. 축축한 모래알들이 푸근해서 따뜻했다. 그는 자신의 집을 올려다봤다. 17층에 있는 그의 집은 여전히 환했다. 갑자기 저 조그만 공간 안에서 역할극을 하며 평생 살아가야 한다는 것이 형벌처럼 느껴졌다. 그는 일어섰다. 정자로 가서 더러운 바닥 위에 대자로 누워버렸다. 홀가분하고 청결한 무중력 상태가 찾아왔다. 정말 이 순간만큼은 가상 세계의 아내조차도 끌어들이고 싶지 않았다.

몇 년 전 유럽 여행을 갔을 때 영국 홈리스들을 본 적이 있다. 시스템이 완강한 나라의 노숙자들답게 그들에겐 유난히 강한 원심력이 있었다. 펑크족만큼이나 철저히, 전격적으로 집을 버려버리는 그들은 낙오자가 아니라 반항적인 자유인이었다. 버스 정류장이나 공원에서 서슴없이 돈을 달라고 손을 벌리고 레스토랑 창밖에서 홀 안을 지켜보다 손님들이 음식을 남기면 들어와 접시를 챙겨 가는 그들은 일종의 사회주의자들이었다. 그는 그런 종류의 구분엔 관심이 없었지만 단 며칠만이라도 그들처럼 살아보고 싶다는 욕망만큼은 강하게 느꼈었다.

그러나 막상 주점으로 가 술을 마시고 나자 그는 변해버렸다. 아이들의 머루포도 같은 눈동자와 뽀얀 뺨, 만취해 들어와 번쩍 안아올릴 때의 어깻죽지가 떠올라 가슴이 시큰했다. 아내의 육감적인 쇄골과 흰 목, 애교를 부리며 안겨 올 때의 느낌까지 떠오르자 그는 당황했다.

결국 그는 술을 더 들이부었고 더더욱 감성적이 되어 아내에게 전화를 걸고 말았다. 정말 미안해. 당신이 본 그 채팅은 아무것도 아니야. 게임 사이트에서 하는 게임에 불과해. 내가 정말 여자를 만나고 싶으면 그런 유치한 짓을 했겠어? 난 거기서, 그냥 횡설수설한 거야. 뜻밖에도 아내는 훌쩍훌쩍 울지 않았다. 그는 초조해졌다. 아, 아니야. 그건 횡설수설이 아니었어. 사실은 당신에게 하고 싶었던 말이겠지. 단지 당신이 너무 가까운 사람이어서 못 했을 뿐…….이해 못 하겠어?

*

"등 위쪽과 왼쪽 옆구리가 심하게 저리고 기침이 안 멎는다고요? 내과에서 감기약 처방을 받았고 이비인후과 약까지 복용했는데도 계속 기침을 한다…….'

"두번째로 간 이비인후과에서 큰 병원에서 정밀 검사를 받아보라고 했습니다. 아무래도 제가 많이 불안하니까…….'

"그럼, 환자 본인의 판단으로 이곳에 오신 셈이네요."

의사가 싱긋 웃으며 고개를 들었다. 차갑고 단정한 윤곽을 가졌는데도 웃으면 영리한 소년처럼 보이는 얼굴이었다. 세상 무서운 것 모르는 젊은 의사의 눈에 건강 강박증에 시달리는 자신이 동물원 우리 안의 갱년기 짐승같이 보일까 봐 그는 거북했다.

"기, 기침이 전혀 낫지 않은 건 아닙니다. 그런데 속도가 너무 더

디고 또 무엇보다도 상체 곳곳을 돌아다니는 통증이 심각하고, 앓다 보면 미열이……."

"시티를 찍어봅시다."

"……."

"만약 걱정하시는 일이 진행 중이라면 엑스레이로도 알 수 있지만 그건 이미 찍어보셨을 테고. 또 지금 상태론 보이는 대로 믿지도 않으실 테니, 개운하게 찍어봅시다."

그가 시티촬영을 마친 뒤 두 시간가량 병원 주변을 배회하다 돌아와 환자용 의자에 앉았을 때 의사의 표정은 진지했다. 의미심장한 것 같기도 하고 트릭을 감춘 것 같기도 한 그 얼굴을 보며 그는 긴장했다. 의사는 시티 사진 두 장을 필름 판독기 위에 걸었다.

"기관지와 폐 전체에 긴 뿌연 안개 같은 것은 환자분이 흡연자라는 증겁니다. 건강한 비흡연자의 폐와 같을 순 없어요. 문제라면 이 동그란 부위인데, 흉부외과 전문의인 저의 소견으론 이건 캔서가 아닙니다. 기관지염입니다. 정 믿을 수 없다면 옆의 폐암 환자 사진과 비교해보십쇼."

고시생 시절 법 사전을 외울 때처럼 그는 두 사진을 꼼꼼히 살펴봤다. 미세한 차이들까지 놓치지 않으려 하는 그를 지켜보던 의사의 눈에 결국 짜증이 고였다. 그가 직업적인 권태를 깨워버린 것일까. 의사는 퉁명스러워졌다.

"정 불안하고 걱정이 되면 담배를 끊으시죠. 요즘은 금연보조제도 다양합니다."

*

일상은 태연하게 흘러갔다. 아내는 정말 그의 말을 믿어버린 것 같았다. 변함없이 신중하면서도 열정적으로 두 아이의 사교육에 열중했다. 아내가 그의 말을 믿기로 한 이유가 아이들 교육을 차질 없이 진행하기 위해서였나 싶을 정도였다. 이미 아내의 환상의 대상은 그에서 미래의 아이들로 대체되어 있었다. 그런데도 아내는 그를 위로해주진 않았다. 그를 위로하는 것이 곧 현실을 인정하는 것이 될까 봐 두려운 걸까. 그는 의식 속에선 끊임없이 아내를 배반해왔으면서도 정면으로 마주친 아내의 무심함엔 배신감을 느꼈다.

그러나 아내는 알뜰해지려고 노력하는 모습만큼은 보여주었다. 그가 사무장들을 한 명만 남겨놓고 다 내보내고 여비서도 해고한 날에는 가계부를 샀다. 무얼 유지하고 무얼 버려야 할지 몰라 쩔쩔매긴 했지만 의식주에선 절약해야 한다는 원칙만큼은 지켰다. 그러다가도 어떤 포화 상태에 이르면 아내의 입술은 분화구가 되어 격렬한 짜증을 터뜨렸다. 아이들은 예측 못 한 상황에서 자주 엉덩이와 등짝을 맞고 울었다. 나중엔 본인도 수양이 필요하다고 생각했는지 비디오를 보고 요가를 배우기 시작했다. 키는 작지만 볼륨 있는 육체를 가진 아내가 거실 한가운데서 연출해내는 요가 체위들은 그를 또 다르게 압박해왔다. 천성적으로 유연한 아내가 쉽게 익힌 뱀 자세, 나비 자세, 낙타 자세 등이 휴식이 아닌 공격을 위한 일보 후퇴의 포즈로만 보였던 것이다.

불편한 현실을 견뎌가는 내내 그는 자주 사이버 아내를 떠올렸다. 가상공간의 집에서 이젠 진짜 남편보다 더 친밀한 존재가 돼버린 그를 기다리며 망상에 시달리고 있을 테리를 떠올리면 가슴이 미어졌다. 그러나 그는 세컨드라이프에 들어가서도 집엔 가지 않았다. 아니, 갈 수가 없었다. 그만큼 그의 위기의식은 강했다. 지금 현실의 손을 놓아버리면 정말 그것은 어린아이가 놓친 풍선처럼 훌쩍 날아가버릴 것이다. 그리고, 그는 환상을 믿을 수 없었다. 과연 환상이 그의 여러 모습들을 견뎌줄까? 종국엔 버림받고 마는 게 아닐까?

대신 그는 테리와 함께 여행했던 장소들을 미친 듯이 돌아다녔다. 산호초와 열대어들을 가득 담은 비취색 바다 위에 밀짚 지붕을 인 리조트들이 둥둥 떠 있던 몰디브, 여러 문화권의 충돌이 빚어내는 강렬한 에너지가 해안의 흰 집들은 물론 햇빛과 과일들에까지 스며 있던 지중해, 비현실적으로 아름다운데도 해변을 걷다 보면 통속의 거리 한가운데에 와 있는 듯한 안온함을 느끼게 하던 카리브 해, 그리고 따끈한 다다미방의 작은 창문을 통해 순백의 설경을 내다보며 만감을 느끼게 해주던 후쿠오카의 리조트…….

그는 그곳에서 느낀 감상들까지도 기억했다. 전용 비행기를 소유한 부호들의 호화 별장과 똑같은 집의 발코니에서 테리와 함께 카리브 해를 내려다볼 땐 세상에서 가장 강한 남자가 된 듯했다. 공부만큼은 탄탄대로를 달리던 사춘기 때처럼 지구를 공같이 손에 쥐고 부숴버릴 수 있을 것 같았다. 꼭 10년 후 사법고시에 합격했을 때처럼 아무것도 걱정하지 말라고, 나만 믿고 따라오라고 큰소리치고 싶은 충동도 느꼈다. 그리고 후쿠오카의 다다미방에서 테리와 마주 앉았을 때는 과거의 상처들과 현재의 고통에 대해 밤을 새워 얘기했다. 스쳐 갈 수도 있다고 생각했기에 제 존재의 바다까지 뒤집어 보여주고 말았지만 바로 그 때문에 쉽게 헤어질 수 없는 남녀가 돼버렸다는 것도 나중에야 알았다.

두 쪽으로 분열돼버릴 것만 같은 위기감을 느낄수록 그는 자신을 현실 쪽에 붙들어 매기 위해 노력했다. 새벽까지 인터넷 서핑을 하더라도 퇴근은 빨리했다. 아내가 잠든 후에도 꼭 침대 속으로 들어가 잤고, 적어도 열흘에 한 번은 섹스하려고 노력했다. 상대적으로 한가해진 사무실에서 틈틈이 포르노 필름을 다운받아 보기도 했고, 이미 섹스를 연상시키는 공간이 아닌 집에서도 최대한 성적 감흥을 유지하기 위해 노력했다.

우여곡절 끝에 교접에 성공해 피스톤 운동을 시작하면 뜻밖에도 아내는 세포분열을 해버렸다. 그를 받아들인 여자는 지금껏 그를 한 번도 튕겨낸 적이 없는 테리 같기도 했고, 네이버 이미지 블로그에서 세상에서 가장 우아한 누드를 보여준 진짜 아네트 베닝 같기도 했다. 또 가끔은 엉겁결에 헤어진 첫 아내 같기도 했다. 아내가 갑자기 몸을 빼낸 뒤 그의 뺨을 후려치고 협탁 위의 스탠드를 집어 던졌을 때에야 자신이 사정을 하면서 아아 테리, 하고 외쳤다는 걸 알았다. 위기 대처 본능이 발동했는지 그의 몸은 안방 문을 박차고 따라 나가 횡설수설했다.

"테리는 영화 속 여주인공 이름이야. 낮에 사무실에서 〈러브 어페어〉를 다운받아 봐서 그 인상이 남아 있었나 봐. 내가 원래 아네트 베닝을 좋아했잖아!"

*

4개월 후 그는 코트 호주머니에 두 손을 찌른 채 동네 이비인후과 병원 계단을 올라가고 있었다. 25미터쯤 되는 계단을 올라가면서도 그는 두 번 쉬었고 허리를 끊어뜨릴 것 같은 기침을 세 번이나 했다. 계단을 올라가는 것도 점점 힘겨워지고 있었다. 깡마른 손으로 찬 벽을 움켜쥐며 그는 생각했다. 정말 망상은 무서운 것이구나. 이토록 생생한 고통이라니……. 6개월 전에 본 흉부외과 의사 말대로 이건 환통이야. 기침만 잡히면 운동을 시작해야겠어. 테니스를 하든 수영을 하든 아내처럼 요가를 하든.

진찰을 받고 엑스레이를 찍은 뒤 환자용 의자에 앉았을 때 구면인 늙은 의사는 그의 눈을 피했다. 눅눅해진 바게트 같은 긴 얼굴을 가진 의사는 필름 판독기 위에 걸어놓은 엑스레이 사진만 쳐다봤다. 의사가 입을 열 땐 바게트가 뒤틀리는 것 같았다.

"기침이 언제부터 심해졌습니까?"

"기침이 완전히 나은 적은 없습니다. 기관지염 약을 계속 먹었지만 완치되진 않았어요. 그래도 지낼 만했는데 2주 전부터 심해졌습니다. 요즘은 체중도 줄었어요. 친구들처럼 복부 비만 걱정을 안 해도 되는 건 괜찮은데……. 아, 한 가지 좋아진 게 있습니다. 바로 등의 통증이 깨끗이 사라진 겁니다. 마인드 컨트롤이 얼마나 중요한지 저 자신을 보고 알았습니다."

한참 떠들던 그는 여전히 사진만 보는 의사를 보자 등에 땀이 차오르고 온몸이 축 처지는 걸 느꼈다. 의사가 엑스레이 촬영을 한 뒤 처음으로 그와 눈을 맞췄다.

"아무래도 조직 검사를 해봐야겠습니다."

"조직 검사라뇨? 엑스레이로 판독이 어려우면 시티를 찍어보는 게 순서 아닌가요? 왠지 오버하는 것 같아서……."

"아, 원하신다면 시티를 찍어볼 수도 있죠. 어쨌든 열어보긴 해야 할 것 같습니다. 그동안 스트레스가 심하셨나 봅니다."

그는 집에 들어서자마자 컴퓨터를 켜고 세컨드라이프로 들어갔다. 그는 곧장 테리와 살던 집으로 갔다. 그녀가 종종 들렀는지 인테리어가 바뀌어 있었다. 내추럴한 분위기는 서재에만 남아 있고, 그들이 자주 머물렀던 거실과 안방은 오리엔탈풍으로, 정확히 중국풍으로 변해 있었다. 은은한 골드빛 모란꽃들이 수놓아진 은회색 실크 벽지와 보라색 공단 커튼, 느릅나무 원목에 검은 가죽을 씌우거나 검은 무광 칠을 해서 만든 북경 스타일의 장중한 가구들, 노란 도자기 스탠드, 빨간 난초장…….

그는 침실로 들어갔다. 창문은 기하학적 무늬들이 있는 모노톤의 병풍으로 가려져 있고, 역시 북경 스타일인 검은 침대엔 광택 있는 주홍색 침구가 깔려 있었다.

그는 침대에 걸터앉아 이불을 만져봤다. 오래됐어도 열정이 아직 식지 않은 부부가 사용해온 침구 같았다. 사각거리는 천의 감촉이 그의 아바타의 손을 거쳐 마우스를 쥔 진짜 손에 전해지더니 심장으로까지 파고들었다. 그는 전율했다. 테리의 감촉이었다. 정말 이 순간만큼은 그와 테리가 중국 황족으로 2천 년쯤 함께 살아온 부부 같았다. 오히려 현실의 두 아내야말로 잃어버린 진짜 아내를 찾아 헤매는 중에 만난 허상들이 아니었을까?

그때 놀랍게도 화려한 중국풍 가운을 입은 테리가 들어왔다. 그의 아바타는 그녀를 향해 걸어갔다. 여전히 아름다운 테리는 뒤로 물러섰다.

"믿을 수 없어요. 당신이 와 있다니……. 정말 집에 온 거예요?"

"그동안 잘 지냈어?"

"어떻게, 어떻게 그런 질문을 해요? 난 서울을 다 뒤져서라도 당신을 찾아내 실컷 때려주고 싶었는데."

"그래, 오지 않으려고 했어. 엄청나게 노력했지. 하지만 오고 말았어. 왜냐하면…… 왜냐하면 오지 않을 수 없었거든."

"당신답지 않게 말장난을. 무슨 일 있어요?"

"아, 아냐. 일은 무슨. 또 나 같은 놈에게 일이 있어 봤자지."

"당신, 혹시 아파요? 맞죠? 어디 아프죠?"

"……캔서인 것 같아. 아니, 캔서가 틀림없어. 조직 검사를 해봐야 알지만."

그 순간 그는 자신이 아직 아내에게도 그 사실을 말하지 않았다는 걸 깨달았다. 엄청나게 어려운 숙제로만 느껴졌던 그것을 테리 앞에선 이토록 순순히 털어놓다니……. 온몸이 뜨끈해지더니 두 눈에서 눈물이 터졌다. 조그만 아이로 오그라든 채 길을 잃고 헤매다 엄마 같은 절대적인 존재와 마주친 느낌이었다. 그동안 자신이 얼마나 편하게 무너져 내리고 싶어 했는지 알 수 있었다. 그러나 심한 충격을 받은 사람처럼 차려 자세로 서 있는 테리를 보자 다시 불안해졌다. 표정 변화가 없는 흰 얼굴도 낯설고 두려웠다. 그러나 곧 테리가 달려와 그의 아바타를 와락 끌어안았다. 그의 가슴이 뭉클해졌다.

"괜찮겠어? 이렇게 아픈 나라도."

"그럼요. 왜 진작 내게 오지 않았어요? 이렇게 나빠지도록."

"난 당신에게 아무것도 줄 수 없을 거야. 이런 내가 너무 싫지만."

"애초에 내가 원한 건 마음뿐이었어요. 단 백 퍼센트의 마음! 다이아몬드처럼 투명하고 단단한 마음이오. 당신, 걱정하지 말아요. 내가 낫게 해줄게. 병원이든 한방이든 민간요법이든 해볼 수 있는 건 다 해볼 거야."

"아니, 난 이곳에선 병 따위 잊고 싶어. 망가진 남자로 살고 싶지 않아. 내 인생에 속한 사람들 다 잊어버릴 거야. 나와 당신만 생각할 거야. 당신은 그냥 날 진짜 남자로 대해주기만 하면 돼."

그는, 그의 아바타는 테리를 으스러지게 끌어안았다. 거짓말처럼 테리에게서 체온과 향기가 살아났다. 한동안 테리의 얼굴을 들여다본 뒤 다시 허리를 끌어안고 입을 맞추려 하자 그녀는 순순히 응해주었다. 그동안 환상이라 여기고 경계했던 것이 미안할 만큼 예쁘고 따뜻한 진짜 아내였다.

그는 그녀를 번쩍 안아 올린 뒤 침대를 향해 걸어갔다. 종양은커녕 어떤 염증의 기미도 없는 건장한 육체를 가진 그의 아바타를 통해 그는 몸의 뿌리에서부터 온 신경 가닥가닥으로 퍼져가는 욕망을 느꼈다. 그는 중얼거렸다. 아아, 나는 아프지 않다. 나는, 이곳에서 살 것이다.

이
눈   에
어   둠   때
익   을

1

좌석이 비행기 날개 쪽 자리라는 걸 안 건 착석하고 안전벨트를 맸을 때였다. 창밖으로 거대하고 둔중하고 결이 거친 회색 날개가 보였을 때, 그녀는 숨이 막혔다. 그 덩어리의 양쪽으로 잘게 찢은 솜 같기도 하고 새의 몸통에서 뗀 깃털 같기도 한 구름들을 봤을 때에야 비행기 날개에 붙어 있다는 걸 실감했다. 청회색 물비늘들이 찰랑거리는 동해 바다가 보였을 때는 한결같은 긴장으로 허공에 걸려 있는 기계의 부력에 대해 경외감마저 느꼈다.

그녀가 비행기 여행을 좋아하게 된 건 서른다섯 살부터다. 그 전엔 기차 여행을 좋아했다. 지루하지만 신비롭던 기차 여행에 싫증을 느낀 건 세상과 사람에 대한 흥미를 차츰 잃고 생에 대한 날카로운 자의식을 버릴 때쯤이었다. 자신이 점점 작아지고 있다고 느끼면서 비행기의 위압적인 느낌을 즐기게 된 것이다. 그녀가 아파트 융자를 갚아가면서도 작은 적금을 꼬박꼬박 붓는 이유는 단 하나, 주기적으로 해외여행을 하기 위해서였다.

한국어와 영어, 일어 멘트가 차례로 흘러나오는 동안 조종실 쪽 벽 화면 가득히 낙하산이 떠올랐다. 다소 짙은 화장을 한 스튜어디스가 화면 앞에 서서 기계적인 동작으로 구명조끼를 조립해 입어 보였다. 그녀의 흰 얼굴에서 진홍색 입술만 색종이 꽃처럼 돌출되었을 때 돌연 모든 것이 정지되어버렸다. 사물들은 물론 사람들도 각기 다른 그림들을 컷으로 찍어 연결시킨 애니메이션 속 존재들 같았다. 아침에 대구 공항에서 만나 남편의 소개에 따라 인사를 나눈 아홉 명의 일행들의 실루엣도 흐릿해졌다.

그녀는 기내식으로 나온 샌드위치엔 손도 대지 않고 곁들여진 오이 피클만 잔뜩 먹었다. 혀끝이 아린데도 아, 이 새콤한 맛 위에 톡 쏘는 겨자의 맛을 뒤덮으면 좋겠는데, 하고 생각했다. 그만큼 그녀는 나른하고 몽롱했다. 면도날로 손등을 그어도 피가 터져 나오지 않을 것 같은, 아니 피의 붉은색을 봐도 통증을 느끼지 않을 것 같은 느낌. 그녀는 눈을 감아버렸다. 비행기가 고도를 높여가는지 귀가 먹먹했다. 멀미 기운이 왔다 사라졌을 때 눈을 떴다.

아직 뽀얗고 여린 느낌이 남아 있는, 늘 나른하고 게으른 캐릭터일 거라고 의심받게 하던 긴 손가락들이 보였다. 생기 없는 왼손 약지 손가락엔 2년 전 마흔 살 생일에 남편에게 선물 받은 반지가 끼워져 있다.

햇빛 속에서 연분홍빛 광채를 내는 작은 진주알은 꼭 그녀만큼 몽롱해 보였다. 돌연 손가락을 감싼 고리의 형태가, 각진 곳 없이 둥글둥글한 그 포만함이 역겹게 느껴졌다. 끝도 시작도 없는 그 원형을 오래 보고 있으면 한여름 햇빛 속에 아득하게 펼쳐진 레일 위를 걷는 듯한 착각을 하게 된다. 그녀는 슬그머니 반지를 뽑아 휴지에 싸서 가방 안쪽 주머니에 넣어버렸다.

좌석에 등을 묻고 눈을 감은 그녀는, 그러나 팔에 닿는 축축한 이물감 때문에 눈을 떴다. 흰 민소매 원피스 차림인 그녀 옆엔 읽던 신문을 말아 쥐고 역시 잠을 청하고 있는 남편밖에 없다. 그녀는 남자치곤 피부가 좋고 털이 없어서 매끈한, 한때는 늘 팔베개를 해서 자신을 재워주곤 하던 그 팔뚝을 내려다봤다. 원래 땀이 많은 타입이기도 하지만 그제 밤 마신 폭탄주의 여운 탓에 서늘한 기내에서도 촉촉해져 있는 그 팔뚝으로부터 자신의 팔을 떼어냈다. 남편이 눈치채지 않도록. 그녀는 냉방이 지나치다는 생각을 하며 잠깐 진저리를 쳤다.

2

오사카의 간사이 공항에 도착해 입국 절차를 마쳤을 때, 그녀는 거의 모든 사물들이 한국의 3분의 2 크기밖에 되지 않는 공간으로 들어와버렸다는 걸 깨달았다. 천장의 높이도 에어컨의 크기도 한국의 3분의 2여서 사람들은 비좁은 집에 들어선 손님처럼 어정쩡해 보였다. 캐리어의 손잡이를 움켜쥔 그녀는 인천 공항에서 조금 친밀해진 일행들을 살펴봤다.

체격이 크고 윤곽이 어글어글하지만 개구쟁이 소년처럼 보이는 은 교수는 이번 일본 건축 기행 팀 팀장이었다. 남편의 은사이기도 한 그의 말투가 호쾌한데도 왠지 소심한 성격일 거라고 추측하게 되는 건 그의 손등을 가득 덮은 습진 때문이었다. 그와 비슷한 연배지만 훨씬 푸근해 보이는 멋진 초로의 신사는 큰 건축 사무소 소장으로, 이 모임의 비공식 경비를 대는 정신적 지주라고 했다. 또, 역시 건축 사무소를 경영한다는 30대 후반의 남자가 둘, 그다지 학구적으로 보이진 않는 30대 초반의 대학 강사가 둘, 여자들이 셋이었다.

은 교수가 미스라고 소개한, 골격이 크고 피부가 깨끗한 30대 중반의 두 여자는 신축 대학병원 감사였다. 노교수 옆에 액세서리처럼 붙어 다니는 조교는 아직 귓가에 솜털이 보송보송한, 육감적이기보단 귀여워 보이는 도톰한 엉덩이를 가진 처녀였다.

그때 그녀는 비행기에서 통로를 사이에 두고 앉았던, 검은 티셔츠와 검은 바지를 입은 젊은 남자가 가이드라는 것도 알았다. 유독 검고 큰 눈망울과 푸근해 보이는 검은 피부를 가진 그는 기내에서의 짧은 잠으로 4박 5일의 강행군에 필요한 에너지를 축적했다는 듯 햇빛이 이글거리는 공항 밖으로 걸어 나갔다. 30대 여자들은 벌써 카메라를 꺼내 간사이 공항의 구조와 입국 시스템을 엿볼 수 있는 컷들을 부지런히 찍어댔다.

오사카 시내로 들어가기 위해 소형 버스에 올랐을 때 여행 전날 밤 남편에게 받은 자료들을 꺼내 봤다. 여행 일정과 탐사 대상의 사진, 특징들을 기록한 복사물이었다. 나라와 교토의 고대 건축물들을 제외하곤 모두 오사카와 고베의 현대 건축물들이었는데, 대학원생들에게 초점이 맞춰진 빡빡한 일정인 만큼 산책을 하거나 쇼핑을 할 여유는 없어 보였다.

사실 그녀가 건축에 대한 호기심 때문에 이 여행에 뛰어든 건 아니었다. 늦봄의 주말에 언제부터인가 가족 여행을 시큰둥해하는 두 딸을 깨워 세 시간을 달려 내장산에 갔을 때였다. 산을 절묘하게 휘감으며 산속으로 파고드는 길을 따라가 희귀 수종인 활엽수들의 찬란한 녹색을 보고 되돌아 나와 산 입구 쪽 식당의 평상 위에 앉았다.

산채 백반을 주문했는데 뜻밖에도 음식들은 맛이 없었다. 햇빛 속에 드러난 질척한 양념들이 혐오감마저 느끼게 했다. 그녀는 느린 젓가락질로 음식을 먹으면서 문득 아이들이 다 자라버렸다는 걸 깨달았다. 가능한 한 부모로부터 떨어져 둘이 똘똘 뭉쳐 다니는 아이들은 이미 보호색을 갖고 있었고, 어딘가에 부딪혀 살을 찢겨도 다른 누군가에게 하소연을 할 것 같았다.

그것은 그녀가 전날 밤 둘째 딸의 젖멍울을 발견했기 때문에 선명해진 감정이었다. 중학교 2학년인 첫딸의 숙성은 충격이면서도 신비였는데 둘째 아이의 성장에선 또 하나의 에덴에서 추방당한 듯한 상실감만을 느꼈다. 아이에게 업혀가며 서른 살 이후의 권태를 잊고 살아왔는데 어느 날 아이가 엄마 무거워, 이제 그만 내려줘, 하고 말했던 것이다. 밥공기를 겨우 비웠을 때, 남편이 일본 여행 얘기를 꺼냈다.

"이 여행 때문에 올해 휴가도 따로 못 가는데 같이 갈까?"

아내와 같이 가고 싶다기보다는 혼자 가는 것을 미안해한다는 걸 알기에 혼자 보내주고 싶다는 생각도 잠깐 했다. 하지만 이 눅진한 공기로부터 벗어나 다른 언어권으로 떠나고 싶다는 충동이 훨씬 강했다. 그녀는 젓가락을 놓고 따라가겠다고 말했다. 곧 나를 빠뜨리고 가면 안 돼, 하고 못을 박기까지 했다. 낡은 구형 캐리어를 버리고 백화점에 가서 새 캐리어를 고를 때는 제법 뻔뻔스러워져서 아…… 그만 없으면 이 여행이 참 좋겠는데, 하는 생각까지 했다.

3

첫 목적지인 신우메다 시티를 거쳐 두번째로 간 곳은 고베에 있는 로코 아일랜드라 불리는 실험 주택단지였다. 그곳의 맨션들은 저마다 독특한 디자인을 가졌으면서도 나름대로 잘 어우러져 있었다.

초콜릿색 타일들로 외장을 한 건물에 파스텔 톤의 주홍색 창호를 한 한 맨션 앞에서 넋을 잃고 서 있을 때, 젊은 건축소장 둘이서 나누는 이야기가 들렸다. 시범 주택, 아니 실험 주택이라……. 그런데 누구를 대상으로 실험을 한다는 거지? 이만한 맨션의 가격이 얼만지 알고서 하는 말인가? 도쿄나 오사카의 평범한 시민들은 평생을 뼈 빠지게 일해도 저 건물 속의 단 한 채를 갖는 것도 불가능해요. 어쨌든 공공 주도 차원에서 한 적극적인 실험인 셈이지.

단지의 중심엔 사람들이 쇼핑을 하러 멀리 나가지 않아도 되도록 상가가 조성되어 있었다. 고가의 생활용품만을 취급하는 백화점들이었다. 그리고 상가에서 백 미터쯤 떨어진 곳에 거대한 풀이 있었다. 꼭 마을을 가로지르는 강줄기 같았다.

비키니 위에 두툼한 타월 가운을 걸치고 맨션에서 나온 엄마와 아이들이 풀 속으로 들어갔다. 상가에서 쇼핑을 하고 돌아오던 사람들도 민소매 셔츠와 반바지 차림 그대로 풀로 뛰어들었다. 풀 가장자리에 걸터앉아 담배를 피우는 젊은 여자들 너머로 열 살쯤 된 사내아이와 여자아이들이 자전거를 타고 유유히 지나갔다. 현대의 목가적인 풍경이라고나 할까. 그런 모순된 어휘가 존재할 수 있다면 말이다. 어쨌든 도시 한복판에 완벽한 일상을 구현해보려 하는 야심만만한 시도이긴 했다.

단지를 빠져나와 큰길로 나섰을 때, 거의 1층으로만 된 깔끔한 맨션들이 보였다. 무언가가 탈색되어버린 듯한 조용하면서도 위압적인 폭력의 냄새를 풍기는 한적함에 긴장하는데, 열린 창 안에 노인들이 우두커니 서서 거리를 내다보고 있는 게 보였다. 대부분이 주름진 창백한 얼굴과 백발을 가진 여자들이었는데, 허공에 고정되어 있는 그들의 눈은 죽은 물고기의 그것처럼 무심했다. 아예 눈동자가 뽑혀져 나간, 바람이 들락거리는 퀭한 동굴처럼 보이기도 했다.

그때서야 그녀는 그 맨션들이 도심 속의 실버타운이라는 걸 깨달았다. 일생 동안 한눈팔지 않고, 어쩌면 목숨을 걸고 부지런하게 살아야만 들어갈 수 있는 곳인데 왜 그들은 갇혀버린 사람들 같을까. 그녀는 도시의 미관을 한 치도 거슬리게 하지 않는, 흰 철제 난간과 목조 계단으로 이루어진 육교 위를 건너면서 그 희끄무레한 얼굴들이 자신의 등에 달라붙는 것을 느꼈다.

그녀가 최초의 흥분을 느낀 것은 그날 저녁의 쇼핑에서였다. 엄밀히 말해서, 그것은 오사카의 번화가인 도톤보리 관광이지 쇼핑은 아니었다. 바람에도 지열이 섞이는 후끈한 밤공기 속에서 다닥다닥 붙어 있는 작은 상점들의 간판과 상품들을 보며 계속 걸었다. 거리 안쪽에는 색스러운 지등들이 내걸린, 바다를 건너온 한국 여자들이 시중을 드는 값비싼 술집들이 있다고 했다. 단 두 시간의 자유 시간이었지만 바둑판 모양으로 구획된 거리를 돌아다니다 원점인 소니 타워에서 모이면 되는 단순한 코스였기 때문에 천천히 걸었다.

처음에 그녀는 토산품점으로 들어가 나무로 만든 찻잔 받침과 엽서, 인형들을 샀다. 자판기에서 부드럽고도 상큼한 과일 맛이 나는 캔주스를 뽑아 마시며 몇 블록을 걷다 섹시마일드 같은 저렴한 화장품들과 브랜드 이미테이션인 원색 옷들로 가득 찬 큰 상점으로 들어갔다.

물건들을 뒤적거리다 보니 이상했다. 평소에 쇼핑을 지겨워했는데 자신이 그것에 취해가고 있다는 걸 깨달은 것이다. 무엇이 필요한가를 떠나 사는 행위 자체에 매료됐다고나 할까. 물건의 영어 단어를 생각해내고 점원에게 말을 걸고 가격을 원으로 환산해보고 거스름돈을 받고 할 때의 낯설음과 버벅거림, 그리고 거래가 이루어졌을 때의 성취감. 그녀는 흥분했다. 마흔 살 이후의 첫 해외여행에서 부모 손을 떠나 처음으로 거래를 익히는 일곱 살짜리 아이처럼 설렌 것이다.

문득 마흔 살이 다 되어 자국에서의 안정된 기반을 버리고 이민을 가서 슈퍼마켓이나 세탁소를 하는 사람들의 마음도 알 것 같았다. 모든 것이 처음부터 시작된다는 것. 오로지 그것 때문에 고통조차 감수하는 게 아닐까. 어쩌면 많은 것을 쌓아 올린 뒤 일거에 버리는 쾌감이 있을지도 모른다. 어린아이가 블록들을 쌓아 올린 뒤 제 손으로 와락 허물어버리듯이. 자질구레한 물건들을 계속 사 모으는 그녀를 지켜보던 남편이 옆구리를 찔렀다.

"지금은 쇼핑할 때가 아냐. 마지막 날 약간의 시간이 주어질 거야."

그러나 그 말은 그녀를 멈추게 하지 못했다. 남편의 얼굴에 노골적인 불쾌함과 거북함이 어리는 걸 보면서도 그녀는 무시했다. 결국 보다 못한 남편이 물건들을 빼앗아 제자리에 놓은 뒤 그녀의 팔목을 틀어쥐고 상점을 나왔다.

4

일행이 숙소로 들어간 건 밤 10시쯤이었다. 아담하고 조금 낡았지만 잘 청소되어 있는 중급 호텔이었다. 프런트엔 희고 강파른 얼굴에 금테 안경을 낀 일본인 남자가 충실의 샘플처럼 앉아 있었다. 때 묻은 가죽 소파 건너편엔 원색 글자들로 요란한 일본 스포츠 신문들이 진열돼 있었다. 분주하게 움직이며 방을 배정하는 가이드를 지켜보던 은 교수는 흡족해했다.

"저 친구 눈치가 빨라. 에이, 운 나쁘게 가난한 학교 사람들을 만났으니 차라리 봉사를 해버리자, 뭐 그렇게 작정한 것 같군. 저번에 왔을 땐 첫날부터 고급 쇼핑가로 끌고 다니는 통에 곤혹스러웠어."

사람들은 몹시 지쳐 있었지만 낯선 곳에서의 첫날밤을 잠으로 채우고 싶진 않은지 근처의 술집으로 몰려가기로 합의했다. 유일한 부부라는 명목으로 트윈베드가 있는 넓은 방을 배정받은 그들만 쭈뼛거렸다. 무언가 곤혹스러운데 사람들이 그들이 함께 있는 것을 너무 당연하게 여겼던 것이다. 그녀는 남편에게 함께 술집으로 가라고 했지만 적어도 보이는 곳에선 상대를 배려하는 것이 몸에 밴 남편은 함께 있겠다, 피곤하다, 난 빨리 잘 테니 신경 쓰지 마, 라고 말했다.

그들은 소파에 앉아 한 시간쯤 토크쇼를 본 뒤 샤워를 하고 낯선 침대에서 서로를 안았다. 익숙하면서도 뭉클한 무엇이 그들을 근친의 오누이같이 느끼게 했다. 그녀는 자신의 위에서 지루하면서도 신성한 노동을 하듯 움직이는 그를 보며 아, 두 달 만에 하는 섹스구나, 하고 생각했다. 서로를 원해서라기보단 육체의 끈마저 끊어져버리는 걸 두려워해서 벌이는 행위였다. 사정하는 그의 머리를 안을 때는 고아처럼 막막했다. 그녀에게서 떨어져 나간 남편은 곧 코를 옅게 골며 잠들었다.

그녀는 욕실로 가서 다시 샤워를 하고 돌아와 잠옷을 입고 누웠다. 그가 옆에 있다는 게 약간 답답했지만 그대로 자기로 했다. 그런데 쉽게 잠들 수가 없었다. 수면용 안대를 사 오지 않은 걸 후회하며 잠들기 위해 필사적으로 애썼지만 머릿속은 전구알처럼 환해졌다.

그들은 2년 반이 넘도록 각방을 써왔다. 그녀가 서른아홉 살 때 그들은 여느 부부들처럼 위기를 겪었다. 건축 잡지 발행인인 남편이 미혼의 편집 전문가와 연애를 해왔다는 걸 알았을 때 그녀는 충격, 슬픔과 함께 묘한 홀가분함을 느꼈다. 아, 그가 이렇게 내게 자유를 주는구나, 싶었던 것이다.

사태를 수습하는 동안 그녀의 이야기를 들어주고 위로해준 그의 친구에게 빠져들면서 충격을 받았던 건 그 낯선 감정이 근본적으론 남편과 상관없다는 사실이었다. 열정 뒤에 어린 허무의 얼굴을 엿보면서 그와의 관계를 정리했고, 이혼하지 않기로 결심했다. 그때 그녀는 어떻게 해도 인생이 달라지지 않을 거라는 생각을 했던 것 같다. 그때부터 두 사람은 집을 부수지 않기 위해 나름대로 노력해왔다.

그녀는 조용히 일어나서 옆의 침대로 갔다. 그러나 낯선 곳에 오면 잠을 설치는 버릇 때문인지 그와 한방에 있는 것이 거북해서인지 불면은 심해졌다. 노독에 찌든 몸의 피로가 관절들을 마구 짓눌렀다. 그런데도 이 집단에서 그들은 함께 있어야 하는 사람들인만큼 다른 방법이 없었다. 그러나 4박 5일 내내 불면인 채 강행군을 한다는 건 상상할 수도 없는 일이었다. 결국 울음이 터졌다. 그녀는 소리를 죽이려고 애쓰지 않았다. 잠이 깬 남편이 일어서서 불을 켰다.

"왜 그래? 당신, 무슨 일 있어?"

"잠이 오질 않아요."

"너무 피곤하면 그럴 수 있어. 차라리 캔맥주를 마셔볼래?"

"아아, 소용없어."

"……"

"난 술이 약해서 부대끼면 곤욕을 치를 수도 있어."

"그럼, 한 번만 더 노력해봐. 고비를 넘기면 잠이 올 거야."

남편은 불을 껐다. 그는 다시 잠 속으로 빠져들어갔다. 그녀는 한 시간쯤 노력해봤지만 아무 소용이 없었다. 아침 6시 반에 기상해야 한다고 생각하자 눈앞이 캄캄했다. 그녀는 눈물범벅이 된 얼굴로 침대에서 내려와 남편을 깨웠다.

"아무래도 나 못 잘 것 같아. 안 되겠어."

"……"

"나, 당신한테 부탁이 있어."

114

"뭔데?"

귀찮아하는 듯한 그의 말투를 듣자 갑자기 피가 거꾸로 돌았다.

"나 앞으론 조용히 있을 테니까 당신은 한숨 자고 일어나서 전화로 티켓팅을 해줘. 그리고 날 공항으로 데려다줘."

"뭐, 당신 혼자 돌아가겠다는 거야?"

"그럼 어떡해? 이 상태로 여행을 할 순 없잖아!"

어둠 속에서 그의 윤곽이 퍼렇게 굳는 것이 보였다. 모욕을 견디며 그녀를 노려보던 그는 벌떡 일어서서 옷을 입고 방을 나가버렸다. 잠깐 그에게 미안하다는 생각이 들었지만 그를 붙잡진 않았다. 안도의 한숨이 새어 나오는 걸 들키지 않으려고 조바심을 쳤을 뿐이다. 그녀는 남자들만 있는 방에 끼어들었겠지, 하고 생각하며 잠속으로 빠져들어갔다. 그간의 시달림이 거짓말이었다는 듯이.

아침 7시에 남편이 문을 두드렸을 때, 그녀는 그에게 어디서 잤느냐고 물었다. 그는 대수롭지 않게 대답했다. 사람들을 귀찮게 하고 싶지 않아서 가이드를 깨워 방을 잡아달라고 했어. 고개를 끄덕이고 나자 다시 미안하다는 생각이 들었다. 남편은 욕실로 들어가서 휘파람을 불면서 세수를 했다.

간단한 화장을 하고 호텔 식당으로 내려갔을 때 가이드를 봤지만 그는 아무런 내색도 하지 않았다. 직업의식에 충실한 사람답게 다른 사람들에게 보여주는 것과 똑같은 푸근한 미소를 보여주었을 뿐이다. 간밤에 남편이 가이드에게 방을 잡아달라고 부탁했던 것,

아니 그들이 다투었던 것조차 꿈속의 일처럼 느껴졌다.

식사는 흰밥과 생선 커틀릿, 샐러드, 된장국이었다. 짧지만 깊은 잠 덕분에 몸이 무척 가벼웠다. 그녀는 일행들이 오랜 지인처럼 느껴져서 싹싹하게 굴었다. 아침을 잘 챙겨 먹지 않는 타입이지만 하루 열네 시간의 강행군을 소화해내기 위해 그릇들을 비웠다.

그때 마주 앉은 남편의 실루엣이 전에 비해 둔중해졌다는 것을, 동안인 그의 얼굴이 한순간에 중년의 모습이 돼버렸다는 것을 발견했다. 물론 오래전 그녀에게 감흥을 느끼게 하던 모습들의 잔해가 남아 있긴 했다. 신혼 초 아침마다 면도를 해서 턱이 파릇해진 맑은 얼굴로 그녀가 사준 푸른 넥타이를 매고 앉아 따뜻한 잣죽을 먹던 그. 칼날을 양복 속에 감춘 말쑥한 사냥꾼의 아름다움은 이제 자취도 없이 사라질 것이다. 그녀를 지금껏 그의 옆에서 살게 했던, 거의 마술에 가까운 주술이 한순간에 풀려버렸듯이, 한 번 새장 밖으로 나간 새가 다시 돌아오지 않듯이.

그러나 그녀의 상실감을 아는지 모르는지 남편은 계속 농담을 했다. 피로를 몰아내주는 그의 능청스러움에, 사람들이 웃었다. 특히 조교는 터져 나오는 웃음을 참느라 자주 입을 틀어막았다. 해맑은 처녀애의 얼굴을 보며 정말 저렇게 우스울까, 궁금해졌다. 분명히 그녀도 옛날엔 많이 웃었는데 살면서 이상한 면역력이 생겨버렸는지 지금은 우습지가 않았다. 물론 남편도 연애를 할 땐 별로 농담을 하지 않았다. 그는 늘 지나치게 심각했고, 진지했고, 행복했던 순간이 언제냐고 물으면 그런 적이 단 한 번도 없다고 대답했다. 그녀는 상처 입은 남자의 분위기에 홀려서 결혼했지만 정작 가까이서 본 그는 생의 자잘한 기쁨들도 놓치는 사람이 아니었다.

5

 여행 이틀째 되는 날의 일정은 고베의 실험 주택 Next 21 탐사였다. 그것 없이는 주거에 관해 논할 수 없다고까지 이야기되는, 주거에 관한 이상적인 모든 것을 총망라한 꿈의 덩어리라고 자료에 적혀 있었다. 사람들의 학구열이 부담스러웠지만 일행으로 묶여 있는 이상 대열에서 이탈할 수도 없었다.
 Next 21에 도착했을 때 인상적이었던 것은 건물 옥상에 만들어진 공중 정원이었다. 그러나 정원이라는 이름에 어울리지 않는, 숲의 어린 나무들만 한 키를 가진 나무들은 태풍이 불기라도 하면 머리카락처럼 흔들릴 것 같았다. 그리고 녹색은 공중에만 있는 게 아니었다. 콘크리트 골조 건물 군데군데에 녹색이 가득했다. 꽤 넓은 복도에는 관엽식물과 허브들이 작은 정원을 이루고 있었다. 건물의 기둥들은 담쟁이과 식물들로 뒤덮여 있었고, 한 건물에서 다른 건물로 넘어가는 석조 다리 안쪽의 벽도 줄장미 덩굴투성이였다.
 또 한 가지 특이한 것은 아파트처럼 똑같은 집들이 박혀 있는 건 아니라는 것이었다. 원목으로 지어진 집도 있고, 노출 콘크리트로

된 집도 있고, 타일로 외장을 한 집, 붉은 칠을 한 집도 있었다. 그들 하나하나가 건물의 무늬 같았다. 공동 주거 정신을 충족시키면서도 획일화가 만드는 몰개성을 피해보려 하는 시도였다.

그녀는 석조 다리를 건널 때 철망을 깊숙이 얽고 있는 덩굴식물의 가지 하나를 툭 끊어냈다.

"예쁘고 운치 있긴 하지만 나무가 많음 여름에 모기가 끓지 않을까."

"글쎄, 벌레가 많이 꼬이지 않는 수종으로 골랐겠지."

남편은 호기심 많은 사람답게 그 큰 눈으로 쉴 새 없이 주위를 두리번거렸다. 아름다운 외관과는 달리 집의 내부는 실용적으로 설계되어 있었다. 창도 붙박이 가구도 색깔도 꼭 있어야 할 만큼만 존재했다. 이곳엔 빈집도 있고 사람이 사는 집도 있는데 세를 사는 사람들은 비교적 적은 돈을 내는 대신 집의 실험자가 돼주어야 한다고, 안내를 맡은 싹싹한 일본 여성이 말했다.

지하의 보일러실로 내려가 기계치인 그녀로선 알아들을 수 없는 실험적인 난방 시스템에 대한 지루한 설명을 듣고 난 뒤 소강당으로 갔다. 통역을 하는 가이드를 사이에 두고 꽤 진지한 토론이 벌어지는 걸 보며 그녀는 생각했다. 전원의 분위기는 전원주택에서 느끼면 되지 왜 도심 한복판에서 시도를 하는 것일까. 무리를 해가면서. 어쩌면 그런 집이란 존재하지 않기 때문에 안간힘을 쓰는 게 아닐까. 남편만 해도 밀실까지 만들어가며 집을 지탱해보려 애쓰지 않았던가. 그녀 역시 아이를 자신의 몸에서 키워냈다는 원초적인 금기만 아니라면 훨씬 빨리, 쉽게 일탈했을지도 모른다. 결국 집이란 무수히 금이 간 유리잔과 같은, 온갖 이데올로기와 번거로운 노동들로 감싸주어야 하는 무엇인지도 모른다.

버스를 타고 오사카 시내를 벗어나서 고도인 나라와 교토를 향해 달릴 때는 오후 4시 무렵이었다. 해의 뜨거운 기운은 한풀 꺾였는지 차창에 부딪히는 반사광엔 서늘한 기운이 스며 있다. 그녀는 차창에 얼굴을 댔다. 차에 오르기 직전에 캔맥주를 마신 남편은 잠이 들었다. 그녀도 나른해져서 눈을 감았다. 그때 운전기사 옆에 앉아 있던 가이드가 일어서더니 일행을 향해 돌아섰다.

"지금껏 제가 물어보지 않았는데, 한 가지 뜻밖이다 싶은 것 없습니까?"

"글쎄, 그게 뭐지?"

은 교수가 습진이 있는 손등을 다른 손으로 가린 채 고개를 갸웃거렸다. 여전히 개구쟁이 소년 같은 미소를 흘리면서.

"한국의 도로는 심하게 막히는데 일본의 도로는 왜 이렇게 잘 뚫릴까, 뭐 그런 생각 안 해보셨습니까?"

"……."

"그건 바로 지금이 오봉절 시즌이기 때문입니다. 오봉절은 한국의 추석 같은 명절이죠. 여러분이 오신 날부터 연휴가 시작돼서 사람들이 모두 시골의 고향집으로 돌아갔기 때문에 도시가 텅 빈 겁니다."

그는 특유의 순한 미소를 흘리면서 일행을 둘러봤다. 문득 일본에서 유학 생활을 했지만 중도에 그만두고 가이드를 한다는 그의 이력이 그의 성격에 영향을 미쳤을지도 모른다는 생각이 들었다. 10분쯤 달렸을 때 가이드가 눈짓으로 차창 밖을 가리켰다.

"저기 저 들판 곳곳에 불에 그을린 흔적들이 보이죠?"

그녀는 비로소 웃자란 들판의 풀들 한가운데에 검은 구덩이들이 박혀 있다는 걸 알았다. 그 풍경이 간헐적으로 되풀이되고 있다는 것도. 가이드가 수런거리는 사람들을 둘러보며 빙긋이 웃었다.

"저것은 불에 탄 자리입니다."

"불에 탄 자리?"

"그렇습니다. 이곳의 풍속이죠. 마을 사람들이 1년에 한 번 산언덕에 모여 불을 지르는 겁니다. 한국의 시골에서도 정초에 쥐불놀이를 하지만 그것과는 규모가 다릅니다. 이곳의 불은 산불처럼 보일 정도의 큰불입니다. 물론 그 불은 사람들의 일상을 위협하진 않습니다. 한동안 실컷 타오르다 꺼집니다. 소강을 위한 만반의 준비를 해두고 지르는 거니까요."

그녀는 충격을 받았다. 집단 방화라니. 아이들도 아닌 어른들이. 비로소 일본이라는 나라의 질서의 비밀을 알 것 같았다. 체제 속에 집사나 부속품처럼 박혀 살면서 30년이 걸려 작은 집을 장만하고, 비싼 술값 때문에 가끔, 조금씩만 술을 먹고, 집에서든 식당에서든 음식을 한 톨도 남기지 않고 먹으면서 1년에 단 한 번 가슴에 묻은 불을 토해내는 것이다. 머릿속이 하얗게 비어가더니 현기증이 밀려왔다. 그녀는 미지근해진 차창에 이마를 댔다.

6

교토의 숙소는 일본식 여관인 료칸이 아니라 오사카 호텔과 같은 수준의 호텔이었다. 다다미방이 있는 료칸에서 일본의 정취를 느껴보려면 일급 호텔보다 많은 돈을 지불해야 한다고 했다. 한 가지 난처한 것은 관광지여서 여분의 방을 구할 수 없다는 것이었다. 가이드가 주위를 둘러보는 척하며 남편을 봤을 때 그녀는 남편에게 고개를 끄덕였다. 남편이 가이드에게 고개를 끄덕였다. 그녀는 적응해보자, 까짓것 못 할 것도 없지, 하고 생각했다. 그들은 2층 가장자리에 있는 방을 배정받았다. 남편은 침대에 걸터앉아 양말부터 벗었다.

"당신, 낮에 교토 타워에서 내려다본 지붕들이 왜 하나같이 깨끗한지 알아?"

"어, 그러고 보니 정말 깨끗했네. 왜 그렇지?"

"이곳에선 지붕도 자동차도 정기적으로 청소하지 않으면 벌금을 물게 돼 있대."

"어쩐지. 그러면 그렇지."

"건축 기행만 아니라면 당신이랑 네네 골목에 있는 료칸에 묵었을 텐데."

"네네?"

"으응, 풍신수길의 처 네네가 남편의 명복을 빌기 위해 만든 절이 있는 골목이지. 지금은 찻집과 토산품점들이 가득하대. 집집마다 잘 가꾼 정원들이 딸려 있고, 은퇴한 게이샤 같은 고운 중년 여자들이 눈에 많이 띄어서 그런가? 이상하게도 색스럽게 느껴지는 골목이야. 오사카처럼 등이나 간판들이 요란하지 않은데도 그래. 걷다 보면 남자는 점점 남자가 되고 여자는 점점 여자가 되고……."

그녀는 붉은 장미 무늬가 있는 흰 이불을 끌어다 덮으며 흐응, 웃었다. 그녀는 모처럼 남편에 대해 욕망을 느꼈다. 그의 안에서 무언가가 무너져 내리는 모습조차도 사랑할 수 있을 것 같았다. 그녀는 화해의 기회를 놓치고 싶지 않았다. 그만큼 불화에 지쳤던 것이다.

그녀는 그를 향해 팔을 뻗었다. 그가 짐짓 왜 이래? 하고 딴청을 피우면서 그녀에게 안겼다. 그는 어리광을 부리는 소년처럼 파고들어 탄력을 조금씩 잃어가는 그녀의 가슴을 빨았다. 두 사람의 몸이 움직이며 틈을 찾기 시작했다. 그녀의 다리가 그의 허벅지 사이로 파고들었을 때 그가 아아, 하고 소리를 질렀다. 그녀는 얼른 몸을 떼어냈다. 그가 일어서서 불을 켜고 주저앉더니 두 다리 사이의 어딘가를 들여다봤다.

"왜 그래요?"

"아아, 깜빡했어. 오늘 아침부터 아팠는데 돌아다니다 보니 잊었어. 사타구니와 허벅지 사이의 안쪽이 좀 헐었나 봐. 습진인가? 날씨가 덥고 눅눅한데 긴 바지를 입고 다녀서 생긴 것 같아."

"그러니까 반바지를 사랬잖아."

"이봐, 내가 어떻게 반바질 입고 돌아다녀?"

"여행인데 뭐가 어때? 이런, 샤워도 못 하겠네. 물에 적신 타월로 닦아내야겠어."

"에이, 말을 말아야지. 암튼 상처에 연고라도 바르고 나서 안아줄게. 기다려."

"그런데 무슨 연고를 바르지? 습진용 연고는 없는데. 긁히거나 넘어질 수 있다는 생각은 했지만 습진은 미처 생각 못 했어."

"후시딘이라도 찾아줘. 안 바르는 것보단 낫겠지."

그녀는 슬립을 입은 채 화장실 불을 켠 뒤 가방 안을 뒤졌다. 그러나 연고는 나오지 않았다. 아예 방의 불을 켜고 찾기 시작했지만, 없었다. 둘 중 누군가가 쓰고 잊어버렸을지도 모른다고 생각해서 재킷과 바지 호주머니들도 뒤져봤지만 없었다.

"안 되겠어. 어딘가 떨어뜨렸나 봐. 그냥 가이드나 일행에게 부탁하자. 누군가는 갖고 있을 거야. 어쩌면 습진용 연고도 있을지 몰라."

"안 돼. 당신이 잃어버린 걸 확인하지 못했다면 어딘가에 있을 거야. 분명히 그걸 쓴 적은 없지?"

"내가 기억하기엔, 없어."

"그럼, 내가 찾아보지."

남편이 티셔츠와 청바지까지 입고 연고를 찾는데 기가 질리는 느낌이었다. 그녀도 반소매 원피스를 꺼내 입고 목까지 단추를 채웠다. 미쳤어. 이게 뭐야, 하고 속으로 중얼거리면서. 그는 그녀가 들춰봤던 모든 것을 다시 뒤졌다. 분노가 밴 절도 있는 동작으로. 그런 그를 바라보는 그녀의 가슴속에서도 분노가 끓어올랐다. 내 분노는 네 분노 따위와는 비교도 되지 않아. 그런데 왜 난리를 치는 거지? 도대체 누구에게 보이고 싶은 거야?

"그만해. 차라리 말로 해. 당신 지금 와이프가 돼서 그깟 연고 하나 못 찾느냐고 말하고 싶은 거잖아?"

"지금 무슨 말을 하는 거야? 난 다만 잃어버린 물건을 찾고 있을 뿐이야!"

"우리가 알지 못하는 새 떨어뜨렸을 수도 있어. 그럼 아무리 찾아도 없다는 거잖아."

그러나 그는 여전히 단념할 수 없는지 원점으로 돌아갔다. 모든 것을 골조화시키고 싶어 하는 건축가의 얼굴, 아니 마음에 들지 않는 현상은 존재해선 안 된다고 생각하는 독재자의 얼굴이었다. 문득 그가 늘 그래왔다는 생각이 들었다. 연애를 들켰을 때조차도 그는 자신에 대해서만 말했었다. 나의 고독, 나의 슬픔, 나의 욕망, 죄…… 어디에도 그녀는 없었다.

결혼 생활 동안 그는 가끔 자신의 옷을 찾아내지 못하는 그녀에게 짜증을 내곤 했다. 옷을 열심히 찾다가, 지치면 찾는 시늉을 하다가도 화가 났다. 내가 어떻게 타인의 옷을 샅샅이 기억해낸단 말인가. 아이들을 낳아 키우기 시작하면서는 내 옷조차도 기억해내질 못하는데. 그럴 때면 오래전 자신이 그의 모든 옷을 사서 입혔던 것, 그가 그녀의 취향에 복종하는 것을 즐겼던 것, 그래서 그가 아내의 변화를 곤혹스러워할 수도 있다는 것도 떠올리지 못했다. 떠올렸다 해도 그것이 그녀를 컨트롤해줄 수 있었을까. 그녀는 그가 내팽개친 가방을 집어 들어 그의 발밑에 던졌다.

"제발 그만해. 도대체 당신은 뭐가 불만이야? 난…… 참느라고 참았어. 내 딴엔."

그가 들춰보던 재킷을 들고 그녀를 노려봤다. 그의 눈 속엔 이미 끝내기로 암묵적으로 합의한 일을 들춰내는 아내에 대한 절망이 있었다. 그리고, 그녀도 다 모르는 분노도 있는 듯했다. 문득 그가 그녀에게 일어난 일을 알고 있을지도 모른다는 생각이 들었다. 그녀는 잠깐 공포를 느꼈지만 곧 배짱이 생겼다. 그까짓 거 올 테면 와. 어디 날 치기라도 해봐, 그때야말로 내가 널 죽여줄 테니.

그러나 그는 불을 삼키듯이 울화를 꾹 삼켰다. 옆으로 돌아서서 입술을 다문 채 한참 동안 서 있었다. 그녀 쪽으로 돌아섰을 땐 두 눈이 젖어 있었다.

"내가 설명할게. 난 당신한테 화가 난 것도 당신을 비난하는 것도 아니야. 단지 이 모든 것은 내 습관일 뿐이야. 남자들에겐 실종된 것들에 대한 분노가 있어. 여자가 달아나면 온 세상을 뒤져서라도 찾아내 죽여버리는 건 그 때문이야……. 맞아. 그건 그냥 그런 거라고."

"……."

"나도 그래. 무언가를 잃어버리면 아쉽다기보단 화가 나. 불편하냐 아니냐의 문제도 아냐. 내가 잃어버린 것이 어딘가에 태연하게 있을 거라는 것. 그것이 싫어!"

"난 말예요, 그것도 이해가 안 돼. 그럼 그 분노를 다스리면 되지 왜 여기저기 다 헤집어 옆 사람을 힘들게 해요? 나라면 잊기 위해 노력하겠어. 그리고 그것도 우스워. 왜 모든 물건이, 사람이 자신이 손을 뻗을 수 있는 사정거리 안에 있어야 한다고 생각해?"

"제발."

"당신은 내 감정까지도 조종할 수 있다고 생각해!"

"비약하지 마. 그렇게 따지지 좀 마, 제발!"

그는 담배에 불을 붙여 깊이 빨았다.

"우리 이혼하자. 도저히, 더는 못 참겠어."

"마찬가지예요."

"견딘다는 것, 아무 쓸모없는 일인 것 같아."

"그걸 이제 알았단 말이야? 당장 헤어져요. 그건 바로 내가 하고 싶었던 말이라고요!"

그녀는 카디건을 찾아 껴입고 문을 쾅, 닫고 방을 나갔다.

7

마지막 날의 일정은 관광 패키지 상품에도 들어 있는 철학자의 길과 박물관, 금각사 관람이었다. 숲 속 곳곳에서 만물에 깃든 신을 모시는 작은 사당들과 일본 여자들의 흰 양산이 눈에 띄었다. 말로

만 듣던 금각사의 완벽한 금박에는 별 감흥이 일지 않았다. 오히려 동명 소설의 그로테스크한 분위기가 뜻밖이다 싶었다.

그러나 토산품점 안의 물건들을 살펴보는 일은 흥미로웠다. 남편은 어젯밤의 일을 잊어버린 사람처럼 그녀에게 선물을 골라달라고 부탁했다. 또 여전히 농담을 했다. 집요하게. 결국 참지 못하고 웃음을 터뜨릴 때는 그녀도 어젯밤 일이 꿈속의 일처럼 느껴졌다.

그나 그녀가 이혼이라는 단어를 입 밖으로 낸 건 그날이 처음이었다. 충격과 새로운 삶에 대한 열망 모두에 휩싸여서, 그녀는 로비에서 한 시간쯤 서성거렸다. 방에 돌아와서도 쉽게 잠들지 못했다. 캔맥주를 마시고 코를 골며 자는 남편을 봤을 땐 진작 말할 걸 괜히 참아왔구나, 싶어 억울하기까지 했다. 그러나 그 모든 이유를 들이대도 남는 슬픔 때문에 눈물로 베개를 적시다 잠이 들었는데 다시 일상이 시작된 것이다.

오히려 남편은 그녀에게 더 관대해진 것 같았다. 아내에게 칼끝을 겨누며 독을 토해버렸기 때문일까. 그의 선물을 골라주며 문득 생각했다. 칼을 들어 하나의 묵은 삶을, 관성을, 감정들을 내리쳐 끊어내는 데는 얼마나 많은 에너지가 드는 것일까. 만약 그들이 헤어지지 못하고 산다면 그건 단지 칼자루를 들 힘이 없어서가 아닐까. 오직 그 이유만으로 성격 나쁜 오누이처럼 살아가는 게 아닐까.

투명한 분홍색과 초록색의 당고 네 상자와 벚꽃 무늬를 응용한 손수건, 부채를 사서 상점 밖으로 나왔을 때는 햇빛 때문에 눈이 멀어버릴 것 같았다. 팔에 닿는 남편 팔의 감촉이 낯설지만은 않은 것도 왠지 징그러웠다.

차를 타고 가로지르는 교토의 거리는 유적보다 더 아름다웠다. 강 너머엔 한국의 그것보다 아담한 기와집들이 일렬로 서 있고, 집집마다 평상을 물가로 내놓고 앉아 식사를 하거나 술을 마시고 있었다. 그것은 또 다르게 비현실적인 아름다움이어서 가슴이 미어지는 듯했다. 그런데 그 풍경이 계속 반복되자 숨이 막혔다. 집들이 너무 다닥다닥 붙어 있는 것, 숨이 막힐 만하면 겨우 좁다란 골목 하나가 나오는 것에 적응할 수가 없었다. 누군가가 일본에 단 하루만 더 있으라고 해도 미쳐버릴 것만 같은 밀착이었다.

마지막 코스는 시내의 중심가에 있는 안도 다다오라는 건축가의 타임 1, 2였다. 버스에서 내려 걸어가면서 그가 일본 현대 건축의 대표적 건축가들 중 한 사람이라는 것, 또 젊은 세대의 지지를 유독 많이 받고 있다는 것을 알았다. 30대 여자들과 조교는 거의 숭배에 가까운 경외감을 감추지 않았다.

다리를 건넜을 때 은 교수가 한 잿빛 건물을 가리켰다. 그것은 일본의 다른 기교적인 건물들과는 달리 단순했다. 도심가의 건물이라는 게 믿어지지 않을 정도였다. 콘크리트 벽돌을 쌓아 만들었을 뿐 아무런 칠도 하지 않은 건물엔 화이트 톤으로 인테리어를 한 찻집과 부티크가 담겨 있었다. 넋을 잃고 보는 여자들을 보며 조소장이 씩 웃었다.

"이게 바로 쿨한 거야. 그렇지?"

"나는 안도의 건물 싫어. 마음에 안 들어."

은 교수가 얼굴을 찡그리며 고개를 저었다. 그녀는 웃음이 터지려 하는 걸 겨우 참았다. 은 교수는 지극히 남성적인 성격인데 안도의 건물에선 거세의 느낌 같은 게 풍겼던 것이다. 시장 한복판에 있는 허술한 종교 건물 같은 타임에는 역동적인 남자들이 본능적으로 거부감을 느낄 만한 어떤 불완전함이 있었다. 그러나 그녀는 바로 그것이 마음에 들었다.

건물을 둘러보던 그녀는 지극히 비일본적인 특징을 발견했다. 건물 안에 유난히 복도가 많았던 것이다. 복도란 실과 실을 연결하는 공간인데, 실용성 면에선 그다지 필요할 것 같지 않은 복도가 건물의 정면과 양 측면, 후면 모두에 나 있었다. 제발 좀 흩어져라. 힘을 모으지 말라, 라고 주문이라도 외듯이. 이상하게도 그 거리에서 위로를 받는 느낌이었다. 그때 은 교수가 건물에 대해 설명하기 시작했다.

"자, 여러분. 안도의 신상에 대해선 좀 알지? 뭐, 몰라? 이런, 안도는 2차 대전 후 히로시마 원폭 피해자들을 위한 나무 심기 운동을 주창했던 사람이야. 어떤 사람들은 그의 건물이 인생을 닮아 있다고 말해. 한마디로 복잡하거든. 건물의 내부로 들어가려면 한참 걸어 들어가야 할 만큼 입출구가 불분명하고, 한 공간에서도 빛을 이용해 어둠과 밝음이 교차하도록 해서 극적인 느낌을 내. 뭐랄까, 그는 건물이 어떤 기능의 완결을 향해 치밀하게 달리는 걸 차단하는 것 같아."

그녀는 남편이 오른쪽 측면의 복도로 들어가는 걸 보고 왼쪽 측면의 복도로 들어갔다. 음침하게 느껴지는 계단을 천천히 걸어 올라갔다. 그러나 건물의 내부는 미로처럼 설계돼 있어서 남편이 들어간 복도와 만나지지 않았다. 길을 더듬어 건물 밖으로 나와 보니 그곳은 미처 보지 못한 후면이었다.

그녀는 눈에 띄는 계단으로 발을 디뎠다. 두세 걸음 걷고 보니 지하로 통하는 계단이다. 눅눅한 어둠의 냄새를 두려워하면서도 홀린 듯이 걸어 내려갔다. 문득 공포가 엄습했다. 그들은 어디만큼 왔고 또 어디로 가고 있는가. 지금껏 살아온 시간의 세 배쯤 되는 세월을 살아낼 일이 새삼 막막했다. 그 무게 때문에 등이 휠 지경이었다. 그리고 그녀는 궁금했다. 과연 그 어둠 속에서도 눈을 뜨고 살아낼 수 있을까? 아니, 언젠가는 눈이 어둠에 익을 수 있을까?

아 　 리 　 의
케 　 이 　 크

1

"넌 위가 나빠서 먹지도 못할 텐데 괜한 짓 하는 거 같아. 케이크
는 몸을 달래주는 음식은 못 되는데. 달래주긴? 몸 구석구석을 침
처럼 찔러 감각들이 안달복달하게 만들지. 난 맘에 쏙 드는 케이크
를 먹고 나면 배 속에서 불꽃놀이라도 벌어진 거 같아. 그걸 달래
주려면 또 얼큰한 국물을 먹어줘야 하고."

"둘 다 먹어. 살이 잘 찌는 체질도 아니면서."

"나? 내가 얼마나 쉽게 부푸는데. 오빠가 지어준 내 별명이 공갈
빵이야. 하도 살이 쉽게 쪄서 애초에 근육이라곤 없는 사람 같아."

아리는 손등이 도톰한 긴 손으로 제 배를 두드린 뒤 잽싸게 빵칼
을 집어 들었다. 화사하게 구워진 스펀지케이크 위로 눈뭉치처럼
흰 생크림을 발랐다. 조각가라도 된 듯 생크림의 표면을 정교하게

다듬어 큼직한 꽃잎을 만들어가고 있다.

"생일날 케이크 위에 촛불을 켜는 관습은 중세에 독일 농가에서 시작됐대. 생일을 맞은 아이는 아침에 눈을 뜨면 촛불을 켠 케이크를 선물 받아. 촛불은 저녁 식사 때 온 가족이 둘러앉아 케이크를 먹을 때까지 계속 켜놓지. 그 촛불은 '생명의 등불'을 의미한대. 그 시절엔 아이의 실제 나이보다 하나 더 많이 밝혀 다음 해를 이끌어주는 등불로 삼도록 했대."

소파에 길게 엎드린 채 쿠션을 벤 그녀는 건성으로 고개를 끄덕였다. 거실 바닥에 놓인 리모컨을 주워 마구 눌러댔다. 케이블 채널에서 시즌이 지난 예능 프로그램을 방영하고 있다. 한 여자 개그맨이 한 남자 개그맨의 얼굴을 가리키며 스릴 있고 공격적인 외모라고 품평했을 땐 그녀도 웃고 말았다. 그와 동시에 위에 통증을 느꼈다. 두 어깨와 두 팔을 잇는 뼈가 탈구되어가는 듯한 느낌도 뒤따랐다.

일주일 전 날아온 남편 명의의 신용 대출 확인서를 보고 난 후 시작된 증세였다. 별거 두 달째인 배우자의 행적이라 해도 초연해질 순 없는 게 기혼자의 심리일까. 시댁에 전화를 걸어 그 돈이 그의 가족에게 쓰인 건 아니라는 걸 확인한 뒤 그가 사는 오피스텔로 가서 몰래 그의 휴대폰 수신 메시지들을 확인해봤다. 몇 시에 끝나요? 계속 기다릴까요? 오늘 너무 추워 보였어요. 내일은 밖에서 한식 먹어요. 발신인이 이은주로 돼 있는 그 메시지들은 저장 메시지들 중 반은 됐다. 말투도 연인이라기보단 부부의 그것 같았다.

그녀는 천천히 거실을 둘러봤다. 엄마가 동경하던 한 수입 가구 업체의 아메리칸 클래식 스타일이 통째 옮겨 와 있다. 군데군데 엄마가 수집해온 중국 고가구들도 박혀 있다. 커다란 수족관 안에서 작은 입을 뻐끔거리는 열대어들조차도 그녀를 조롱하고 있는 듯하다. 이 화려한 집도, 네 결혼도 난센스야, 라고. 엄마의 욕망과 감시, 계속되는 과외에 넌더리를 내면서도 그럭저럭 추종해 개업의가 된 딸로서 할 말은 아니지만, 그녀는 이 집이 싫었다. 아리가 오기 전까지 이 집은 엄마가 뻔질나게 드나들며 간섭해대는 또 다른 엄마의 집일 뿐이었다.

익숙한 향수 냄새가 난다 싶더니 눈앞에 커다란 청보라색 꽃잎 같은 케이크가 떠 있다. 그녀는 일어나 앉았다. 감각들도 깨어나고 있다. 아리가 속삭였다.

"케이크 전체에 블루베리 가루를 뿌려준 뒤 청포도 알과 화이트 초콜릿으로 토핑을 했어."

"와아, 예쁘다……. 이렇게 예쁜 걸 어떻게 먹니?"

눈치 빠른 아리는 케이크를 든 채 주방 쪽으로 돌아섰다.

"이건 오래 두었다 먹어도 괜찮아. 랩 씌워서 냉동실에 넣어둘게. 이걸로 나중에 크리스마스 파티하면 되겠다."

2

"단 한 달 사이에 어떻게 이렇게 환자가 줄어요? 전엔 이 간호사와 저 둘이서도 감당 못 해 돌려보낸 스케일링 환자도 많았는데……. 정말 너무해. 창밖으로 치위생사들 움직이는 것까지 다 보이는 곳에 개업을 하다니."

연분홍색 제복 때문에 검은 피부가 더 칙칙해 보이는 유 간호사는 계속 투덜거렸다. 그녀는 말없이 전공서적만 쳐다봤다. 주책은 좀 없지만 선량한 처녀라는 걸 아는데도 굉장히 거슬리는 타입이다. 차라리 이 병원이 사망선고를 받았다고 생각하고 눈치껏 다른 병원을 알아보고 있는 이 간호사가 낫다는 생각이 들 정도였다.

석 달 전, 단 350세대의 아파트를 보고 개업했던 그녀의 병원 건너편에 노련한 전문의 넷이 공동 투자를 한 큰 치과가 들어섰다. 2년 뒤 인근에 대단지가 하나 입주할 거라는 것까지 염두에 둔 규모였다. 문제는 그녀는 그때까지 버틸 수가 없다는 것이었다. 경험이 부족한 젊은 여성이라는 약점을 커버하기 위해 대학 동문 치과의들 모임에 나가고 싫어하는 골프에도 끼느라 휴일까지 반납해왔는데 그 모든 것을 비웃듯 그녀 앞에 육중한 몸을 들이댄 것이다.

사실을 알면 엄마는 기다렸다는 듯이 비난을 할 것이다. 페이닥터 생활을 더 했어야 했다. 대출 70퍼센트로 개업하는 사람이 어디 있냐. 나머지도 집을 담보로 대출한 돈이다. 기왕 할 거면 더 받아서 고급스럽게 꾸미고 능숙한 페이닥터를 썼어야지, 늙은 의사가 단물 다 빼먹은 구멍가게나 물려받다니. 별수 없이 엄마가 옳았다는 걸 인정하게 돼버렸지만 사실은 엄마로부터 벗어나기 위해 그런 무리를 감행했다는 건 상상도 못 할 것이다. 그녀는 지역 정보지를 열고 부동산을 찾기 시작했다. 겨우 개업할 때 접촉했던 부동산을 찾아 전화를 걸었지만 막상 연결이 되자 끊고 말았다.

디카페인 커피 믹스들이 담긴 머그컵을 만지작거릴 때 누군가 대기실과 진료실 사이의 간이 벽을 두드렸다. 돌아보니 뽀얀 연회색 털이 달린 코트 칼라에 푹 파묻힌 아리의 얼굴이 생글거리고 있었다. 석양 직전의 햇빛들이 마지막 힘을 모아 아리의 얼굴 속으로 스며든 듯 환하다. 그녀는 힘없이 웃었다.

"웬일이야?"

"위염 땜에 좋아하는 인스턴트커피를 못 마신다며. 칡과 대추를 꿀에 재서 차를 만들어 왔어. 꿀은 어른의 위와 장 모두에 좋거든."

아리는 쇼핑백에서 잘게 채 썬 대추들이 잠긴 황갈색 액체가 담긴 병을 꺼내 냉장고 위에 얹었다.

"빨리, 자주 마실 거면 냉장고에 안 넣어도 돼. 꿀과 대추 다 항산화 작용이 강해서 쉽게 안 변하는 재료들이거든."

"아는 것도 많아. 도대체 모르는 게 뭐야?"

"많고도 마안치. 그런데 오늘 약속 있어?"

"모임이 있긴 한데 빠질 거야. 불길처럼 번창해가는 사람들 틈에 끼어 앉아 있기 싫어. 물론 내가 특별히 눈에 띄는 사람도 아니지만. 시장이나 봐서 들어갈래. 그런데 넌 바로 집에 가기 싫겠다."

"아, 아냐. 화분이나 하나 사서 가면 돼."

"그래? 그럼 백화점에 가자. 자, 내가 돈도 줄게. 이거 일주일치 생활비!"

백화점에 도착하자마자 아리와 30분 후에 지하의 화원에서 만나기로 약속하고 에스컬레이터를 탔다. 백화점 사무실로 전화를 걸어 이은주가 어디에서 근무하는지 물었다. 여직원은 이은주가 둘인데 한 사람은 8층의 주방용품 매장에, 다른 한 사람은 5층의 숙녀복 매장에 있다고 말해주었다. 그녀는 먼저 8층으로 가서 주방용품 매장을 기웃거렸다. 8층의 이은주는 30대 중반쯤으로 보였다. 기혼자 같았고, 이름처럼 평범하고 밝고 나태해 보였다. 갈증도 배짱도 찾아보기 힘든 얼굴이어서 망설이지 않고 5층으로 갔다.

젊은 여직원들의 명찰을 한참 훑어보다 찾아낸 이은주는 평범한 듯하면서도 특별해 보였다. 그녀는 남편의 연인으로 짐작, 아니 확신이 되는 처녀를 전감각적인 안테나로 관찰하기 시작했다. 불안과 권태가 동거하고 있는 크고 퀭한 눈, 쉽게 속을 내비치지 않을 것 같은 얇은 입, 약간 각이 진 윤곽으로 이루어진 이은주의 얼굴은 까다롭고 위태로워 보였다. 또 무생물의 담백한 아름다움을 한껏 뽐내는 옷들 틈에서 쓸데없이 복잡해 보였다.

그녀는 매대로 가서 블라우스를 고르기 시작했다. 이은주는 습관적인 친절함이 밴 말투로 설명을 해주었다. 언제부터인가 그녀는 매장의 왼쪽 벽에 붙은 거울을 통해 처녀와 자신을 번갈아 살피고 있었다. 둘이 비슷한 타입인지 아니면 정반대의 타입인지 궁금했던 것이다. 그러나 그녀는 곧 자신의 호기심이 혐오스러워졌다. 통증도 다시 찾아왔다. 그녀는 블라우스들을 내려놓고 매장 밖으로 나왔다. 에스컬레이터가 아닌 엘리베이터를 타고 지하로 갔다. 한참 헤맨 뒤에야 화원을 찾아냈다.

눈의 여왕이라도 된 듯 흰 코트를 입고 날씬한 회색 부츠를 신은 아리는 흥정을 하고 있었다. 풍성한 여우 털 속에 묻힌 아리의 옆얼굴이 웃을 때마다 반짝반짝 빛이 났다. 이상하게도 아리는 체구가 작은데도 가끔 아주 크고 풍성해 보였다. 또 쉴 새 없이 움직이고 참새같이 수다스러운데도 가끔 연기처럼 비현실적으로 느껴졌다. 아리를 오래 보고 있으면 어린 짐승을 잡아먹고 늘어져 자는 육식동물이라도 된 듯 태평스러워진다는 것도 이상했다. 그녀가 다가가자 아리는 흥정 중인 관엽식물들에 대해 친절하게 설명해주었다.

"이건 관음죽. 화장실에 두면 암모니아 가스를 제거한다지만 그럼 얘가 괴롭겠지. 저건 새 집이나 새 가구의 냄새를 없애주는 싱고니움, 또 저쪽에 있는 애는 가스레인지가 뿜어내는 일산화탄소를 없애주는 스킨답서스."

"쉽게 들고 갈 수 있는 것들이면 다 사자! 빨리!"

3

"네가 전복을 싫어해서 큰 생합을 사 왔어. 굴과 다진 야채를 넣고 죽을 끓여줄게. 네 위만 좋으면 해주고 싶은 요리가 많은데. 음, 파스타에 크림 소스를 끼얹은 뒤 데친 토마토를 넣어 함께 볶아준 스파게티도 일품이고 안심을 푹 우려낸 국물에 온갖 야채를 넣어 끓인 스프도 맛보게 해주고 싶고…….."

탈진한 채 소파에 길게 누워 리모컨을 눌러대던 그녀는 웃었다. 희미하게. 자신이 웃고 있다는 것만은 알아주길 바라면서. 쇼호스트가 소개하는 청소기를 멍하게 보고 있던 그녀는 한참 후 위의 통증이 누그러졌다는 걸 깨달았다. 음식의 김처럼 부옇고 따뜻한 막이 자신을 에워싸고 있다는 것도 느낄 수 있었다. 그리고, 기분도 생각보단 괜찮았다. 엄청나게 높은 곳에서 떨어졌는데 누군가 자신의 몸 밑에 매트리스를 깔아준 느낌이랄까. 또 타인이 그녀를 위해 정성껏 음식을 만들고 있는 상황도 감동적이었다. 비록 그것이 그녀가 베푼 호의의 대가라고 해도.

12년 만에 아리를 만난 건 남녀공학인 P고교 졸업생으로서 동문 모임에 갔을 때였다. 어릴 때 만나 허물없는 데다 재미까지 있어서 1년에 두 번 통풍하듯 나가는 모임이었다. 또 유력 일간지에 있다 자매지인 여성잡지 편집장으로 옮긴 권 선배가 줄기차게 연락하고 출석 체크를 해서 빠지기도 쉽지 않았다. 간부들의 인사말이 끝난 뒤 처음 나온 아리에게 시선이 집중됐을 때 권 선배는 잠깐 난처해

하더니 그녀를 소개했다. 김아리 씨는 미국의 한 대학에서 산업디자인을 전공하고 맥 화장품 용기 디자인에 참여했습니다. 휴식차한국에 온 김에 저희 잡지를 모니터링 해주고 있습니다. 술자리에서 사람을 소개할 때마다 뻥을 섞는 권 선배의 습성을 알기에 아리의 경력도 반은 깎고 들었지만 그것과는 상관없이 아리에게 신경이 쓰였다.

사실 아리는 2학년 가을에 전학 와서 조금 친해졌지만 3학년 땐한 반이 되지 못해 복도나 급식실, 등하교 길에서나 마주치던 아이였다. 모세혈관이 비칠 만큼 투명한 흰 피부와 타이트한 교복을 소화해내던 곧고 가냘픈 체격은 늘 선망의 대상이었지만 눈에 띄는건 그것뿐만이 아니었다. 공부를 잘하는 것도 특별한 재능이 있는것도 아닌 그녀는 하루에 하는 말이 다섯 마디도 안 될 만큼 조용했다. 그리고 그것은 내성적인 성격 탓이라기보단 만성적인 긴장탓인 듯했다. 또 불쑥불쑥 궤도를 이탈해 꿈꾸는 듯한 말투로 엉뚱한 시각을 내비치는 그녀를 다른 세상의 사람쯤으로 여기는 분위기도 있었다.

그런데 12년 만에 만난 아리는 뜻밖에도 수다스러웠다. 3차로간 와인바에서 구석 자리에 둘만 남았을 때 자신의 근황에 대해 상세하게 알려주었다.

"내 남자 친구는 도쿄에서 건축 설계사무소를 해. 도쿄 중심가에있는 애플스토어도 그와 그의 컴퍼니 사람들의 작품이야. 결혼 이야기가 오가면서 일본으로 직장을 옮기는 일을 검토해왔고, 실제로 시세이도에서 스카우트 제의를 받기도 했어. 그런데 마침 부모님도 모든 것을 정리하고 일본으로 들어가겠다고 하시는 거야. 두 분 모두 일본에서 학교를 다니신 데다 기반을 잡은 친척들도 많이 살고 있거든. 그냥 그렇게 내 인생이 유유히 흘러가는 거라고 생각했다. 그런데 부모님과 함께 인천 공항에 도착한 순간 모든 것이 달라졌어. 이대로도 나쁘진 않지만, 어쩌면 간절히 원해왔던 사람이지만, 과연 이 사람이 결정적인 남자인가? 이대로 내 인생이 굳어버리고 마는 건가? 스낵바에서 샌드위치를 먹을 땐 눈물이 줄줄 흘러내리더라. 당장 화장실로 가서 남자 친구에게 전화를 걸었지. 딱 3년만 나 혼자서 무언가를 더 찾아보고 싶다. 대신 남은 인생에선 당신을 퍼스트로 놓고 살겠다. 한참 후에 그가 대답했어. 서울로 널 보러 가는 것만은 말리지 마. 그때 난 맹세했다. 비록 노력을 필요로 하는 일일지라도 적어도 남자는 그만을 사랑하기로."

"그래서 지금 혼자 서울에서 살고 있어?"

갑자기 아리가 의자를 뒤로 젖히면서 깔깔깔 웃었다.

"아이, 그 모든 것이 오늘 하루 동안 일어난 일이라니까. 그런데, 잡지사 가까운 곳에 세 들만 한 오피스텔이 있겠지?"

"너…… 우리 집에 있을래? 집 구할 때까지."

마침 남편이 회사 근처의 오피스텔을 구해 나간 지 2주째 된 시점이었다. 자그마치 8년이나 연애를 했고 엄마의 간섭과 무시도 익숙한 것인데도 결혼 생활 내내 힘들어했던 그녀는 막상 그와 떨어지자 분리 공포증을 겪고 있었다. 일말의 호기심까지 불러일으키는 아리야말로 괜찮은 동거인이라 할 수 있었다. 물론 집값의 반을 댔다는 이유로 딸의 신혼집에 출근하다시피 하던 엄마가 마침 병원에 입원해 있지 않았다면 불가능했을 일이었다.

9시 뉴스가 시작됐을 때 아리가 그녀를 불렀다. 식탁 위엔 생합죽과 참기름을 발라 구운 송이버섯이 놓여 있었다. 따끈하고 고소한 죽이 인후와 식도를 타고 넘어가자 몸이 진정되어갔다. 너무 많이 먹게 될까 봐 속도를 조절하고 있을 때 아리가 다가앉았다.

"어때? 맛있어?"

"같이 먹자. 그런데 내가 너 이렇게 부려먹어도 되는 거니? 네 남자 친구나 가족들에게 야단맞을 거 같아. 나야 뜻밖의 호사를 누리고 있지만."

"하고 싶어서 하는 거니까 내버려둬. 사실 요리하는 거 너무 좋아하는데 그동안 바빠서 못 했어. 나한텐 소꿉놀이 같은 거야."

그녀는 가스레인지 위의 냄비에서 죽을 떠 와 아리 앞에 놓아주었다. 죽을 반쯤 먹었을 때 아리가 연두색 앞치마를 벗어 곱게 접어 그녀 앞으로 내밀었다.

"이 앞치마, 낡았는데도 근사하지? 우리 엄마 거야. 엄마는 30년이 넘는 결혼 생활 내내 하루에 두 번은 생선을 요리하셨어. 아버지가 생선을 엄청 좋아하셨거든. 매일 새벽 수산 시장에 가서 막 산지에서 올라온 싱싱한 생선만 샀기 땜에 비린내도 맡아본 적 없어. 그런데 우리 엄만 육식가였던 거 아니? 남편 식성에 맞추느라 일상적으로 굶주리신 거야. 맞아, 우리 엄만 아빨 정말 좋아했어.

신혼 때 제사를 지내려 함께 큰집에 가시면, 왜, 그런 날엔 남자는 남자대로 여자는 여자대로 아이들 데리고 자잖아. 그런데 큰어머니가 새벽에 깨서 둘러보면 엄마가 안 보인대. 찾아보면 어느 틈에 남자들이 자는 방으로 건너가 아버지 허리 옆에 붙어 새우잠을 자고 있대.”

“그럼 두 분은 평생, 한 번도 서로를 배신한 적이 없겠네.”

그 순간 아리의 얼굴에서 홍조가 싹 가셨다. 온몸이 창백해졌다. 정말 상당한 양의 피가 빠져나가버린 것 같았다. 그녀는 당황했다. 아리의 얼굴 안쪽에서 불길한 붉은 기운이 올라오더니 두 눈이 깨진 헤드라이트처럼 번뜩거렸다.

“배신? 믿는 것 따위가 뭐가 중요해? 그건 각자 자기 방식으로 꿈을 꾸는 착각 같은 거야. 중요한 건 누군가가 누군가의 곁에 오래 있는 거야. 보고 만지고 감정들을 주고받으면서. 내가 가질 수 없는 것? 그건 없는 것이나 마찬가지야. 내 것이 될 수 없다면 차라리 버리는 게 나아!”

그녀는 멍하게 아리를 봤다. 지글지글 끓고 있는 아리의 눈을 보자 무서워졌다. 현실적이다 못해 즉물적으로까지 느껴지는 아리와 학창 시절의 유난히 비현실적인 아리, 둘 중 어느 쪽이 진짜 아리인지 알 수가 없었다. 어느 쪽 아리를 아는 척해줘야 할지 고민하다 정신을 차렸을 땐 이미 아리의 얼굴에서 뜨거운 무엇은 사라지고 없었다. 탈진한 것 같기도 하고 상황 자체를 지겨워하는 것 같기도 한 아리는 조그만 손으로 하품이 새어 나오는 입을 틀어막기까지 했다.

"아무래도 모니터링 작업을 너무 많이 한 거 같아. 꼭 한꺼번에 몰아서 하고야 마는 습관은 정말 고쳐야겠어."

다음 날 그녀가 잠에서 깨어 알람시계를 봤을 땐 오전 11시였다. 일요일 오전이라는 걸 깨닫고 나자 다시 이불 속으로 기어들어갔다. 이불 안쪽의 단조로운 수국 꽃무늬들을 보고 있자니 어젯밤의 상황이 선명하게 떠올랐다.

CGV 채널에서 하는 영화를 보다 소파에서 잠이 든 그녀가 인기척에 눈을 떴을 때 전신이 비에 흠뻑 젖은 남편이 그녀를 내려다보고 있었다. 만취한 상태에서 오피스텔이 아닌 집 쪽으로 발길을 돌린 듯했다. 그러기보단 그의 유령 같은 그가 손을 뻗어 그녀의 얼굴을 만지려 하자 벌떡 일어섰다. 안방으로 가 침대 위로 올라가 이불을 뒤집어썼다. 예상대로 남편은 안방까지 따라 들어오진 않았다. 그 순간 어이없게도 더 이상 시도하지 않는 남편에 대한 분노가 유전처럼 펑펑 솟았다. 세상 사람들 모두 그녀에게 등을 돌릴 준비를 하고 있는 것 같았다. 그녀는 울다 지쳐서 새벽에야 잠이 들었다.

서재 앞으로 가 문을 열어봤지만 남편은 없었다. 거실에서도 남편이 갈색 소파에 앉아 있던 흔적만 볼 수 있었다. 그녀는 낯을 찌푸리며 시선을 돌렸다. 주방에 갔을 때에야 말끔하게 씻은 남편을 발견할 수 있었다. 생선 요리인 듯한 뜨거운 음식을 맛보고 있는 아리와 그녀 옆에서 밥을 푸고 있는 남편을 보자 기분이 이상해졌다. 두 사람이 사이좋은 신혼부부처럼 보였던 것이다. 그녀는 자기도 모르게 소리쳤다.

"지금 뭐 하는 거야?"

"이제야 일어났네. 앉아, 아침 먹자."

"싫어. 안 먹어."

"거의 지리에 가까운 은대구 찌개야. 운 좋게도 알을 밴 녀석이 걸렸어."

"먹기 싫다니까. 왜 매번 못 먹어서 안달이니?"

잠깐 아리의 얼굴이 굳었지만 곧 그녀는 태연함을 되찾았다. 충직한 셰퍼드처럼 달려오더니 친구를 의자에 주저앉혔다.

"네 위는 하루에 세 번 음식을 먹고 소화시키고 비우는 일에 적응해야 해. 너처럼 몸을 홀대하면 나중에 몸이 복수를 한다."

별수 없이 나란히 앉게 된 그녀와 남편 앞에 음식들을 놓아준 아리는 휴대폰까지 갖다 댔다. 남편은 한 팔을 아내의 어깨 위에 걸치고 해맑게 웃었다. 오랜만에 실감하는 그의 몸은 꺼림칙하면서도 여전히 따뜻해서 온몸이 아이스크림처럼 녹을 것 같다. 아리는 부부 앞에 놓인 그릇들에 살이 적당히 부서진 흰 살 생선과 알과 따뜻한 국물을 퍼주었다.

"쟤가 결혼했다는 얘길 들었을 때 남편이 어떤 사람일까 궁금했어요. 얘, 무지 까다로운 신경질쟁이잖아요. 안정된 것처럼 보여도 사실은 불안정하고. 게다가 아주 나쁜 습관도 갖고 있죠. 자기가 가진 것들을 우습게 보고 시큰둥해하는 버릇. 그래서 전 앨 싫어했어요."

평소와는 달리 직설적인 아리를 말려보려고 했지만 소용없었다.

"전 그다지 유능한 사람은 아니지만 첫눈에 사람을 알아보는 능력은 있어요. 내가 보기엔 문영인 최선의 남편을 만난 거 같아요. 따뜻하고 상식적이고 섬세한 사람. 저희 엄마는 늘 말씀하셨어요. 남자든 여자든 자기랑 반 이상은 다른 사람과 결혼해야 한다고. 매번 자기랑 똑같은지 확인하려 하는 것보단 완전해지고자 노력하는 게 더 낫대요. 결국 사랑도 완전해지고자 하는 갈망이니까."

"아리야. 문제는 말이야, 믿을 수 있느냐는 거야. 믿을 수 없는 남잘 사랑할 수 있을까? 결혼이 단지 가족을 만들기 위한 절차는 아니잖아!"

별수 없이 식탁 분위기는 싸늘해졌다. 남편은 예의로도 웃어주지 않았다. 아리도 맥이 풀리는지 지친 기색을 내보였다. 그러자 그녀는 겁이 났다. 타인들이 자신을 포기해버릴까 봐 두려워진 것이다. 그녀는 반성적인 행위로 비치진 않기를 바라며 대화를 끌어내는 일에 최선을 다했다. 시간이 흐르자 자신이 특히 아리에게 많이 잘못하고 있다는 걸 인정할 수밖에 없었다. 분위기는 점차 부드러워졌다.

남편은 두 여자의 이야기에 매번 표정으로 반응하며 성실하게 대해주었다. 그녀가 아는 그는 늘 이랬다. 어떤 공간에 들어서는 순간 그곳의 공기를 감지하고 맞춰주려 애쓰는 사람인 그는 대화에서도 우월감보단 동질감을 확인하고 싶어 했다. 사람들에 대한 기억력도 비상했다. 좋은 사람으로 인정받는 것이 그의 인생 목표인가? 하는 생각마저 들 정도였는데, 그것은 그녀의 엄마가 그를 싫어하면서도 받아들이고 만 이유이기도 했다. 서울의 중위권 대학 출신에 편모슬하의 외아들, 대기업 유통업체 사원이라는 조건이 눈에 찰 리 없는데도 엄마는 결혼을 오래 반대하지 않았다. 능력 불문하고 몰아붙이는 딸이 유일하게 숨 쉬고 휴식하는 장소가 그라는 걸 간파했던 것이다.

이제 보니 남편과 아리는 비슷한 사람들 같았다. 문득 아리가 있으면 그녀 부부가 잘 지낼지도 모른다는 생각이 들었다. 아리 역시 부부 사이에 끼어 사는 걸 받아들여줄 것 같았다. 한참 후 그녀는 아리에게서 기묘한 섹스어필을 발견했다. 별 뜻 없이 여자에게든 남자에게든 아이에게든 잘 보이고 싶어 하는 그녀가 풍기는 섹스어필은 전형적으로 섹시한 여자들의 그것과는 달랐다. 무엇보다도 집중된 것들 특유의 배타성과 히스테리가 없었다. 햇빛을 듬뿍 먹은 꽃잎이 조용히, 벌어질 때처럼 부드럽고 천연덕스러워서 누구든 무람하게 그녀를 들락거려도 될 것 같았다.

4

막 오후 진료를 시작했을 때 뜻밖에도 권 선배가 찾아왔다. 회사 근처 치과에서 치은염 징후가 있으니 잇몸 치료를 해주라는 충고를 받았다는 그는 한적한 실내를 둘러본 뒤 대기실 쪽 의자에 앉았다. 이 간호사에게 스케일링을 받는 내내 틈만 나면 실없는 농담을 던져 상대를 웃게 만들어 주의를 줘야 했다. 그 틈에도 대기실의 여자 손님들이 길 건너편 치과에 대해 나누는 얘기를 들었는지 그쪽을 향해 눈을 흘겨가며 양치를 했다.

"어째 치과가 썰렁하다. 무섭게 생긴 내가 와 있어서 환자들이 안 오는 건 아닐 테고. 너 정말 환자 확 준 거야? 대책을 강구해야겠네."

"대책은 무슨? 기계 시설들 끌고 이사를 가든가 다 팔고 페이닥터로 돌아가든가 해야지."

선배는 세면대에서 손을 씻은 뒤 거울을 보며 입속을 점검했다.

"우리 잡지에 칼럼 하나 연재해라. 성장기 어린이 치아 교정, 임플란트 성공을 위한 조건 등등의 테마로. 기사도 오려서 치과 입구에 척 붙여놓고. 너 언론 효과 무시 못 한다."

"둘 다 칼럼 쓸 정도는 아냐. 누구 말대로 임상 경험이 부족해."

"대학 동문 모임 열심히 나간다며? 간접경험을 활용해. 선배들에게 이것저것 물어 재구성하면 되지."

"짜깁기? 뭘 그렇게까지."

"언론 효과 보고 나면 내게 고맙다고 할걸. 왜냐하면 보여지는 게 다거든. 내가 말이야, 방송 잡지에 자주 나오는 의사치고 진짜 실력 있는 의사 못 봤거든. 또 언론에 노출된 뒤 돈 못 버는 의사도 못 봤다. 그런데 아리는…… 잘 지내지?"

"선배는 안 봐? 걔랑 일로 얽혀 있다면서."

"자주 보기야 보지. 내 말은 느이 집에서 잘 지내냐는 거야."

"이상하네. 꼭 아리 보호자처럼 말해. 걱정 마. 걘 보호받아야 할 만큼 약한 아이가 아냐. 오히려 내 보호자 노릇을 해주고 있지. 처음엔 내가 아리를 돕고 있다고 생각했는데 그게 아니었어. 걔랑 함께 있으면 내게 부족한 게 무엇인지 다 보이는데도 기분이 전혀 나쁘지가 않아. 참 특이한 아이야."

"다행이다. 잘 지낸다니…… 감수성 풍부하고 머리 좋고 무엇이든 잘할 수 있는 앤데 저렇게 마음을 못 잡고 떠돌고 있으니."

"선배, 걘 지금 모색하고 고민하는 시기일 뿐이야. 가닥만 추려지면 누구보다 열정적으로 살 아이야."

권 선배는 도망치듯 대기실로 가버렸다. 그러나 그때부터 그녀의 머릿속은 헝클어졌다. 평소의 능청스러움은 간 데 없고 번민, 열기마저 보이는 권 선배의 눈 속엔 분명히 무언가가 있었다. 쫓아나가 그만이 알고 있는 것이 무엇인지 물어보려 할 때 권 선배가 돌아왔다.

"아리한테 너무 많이 신경 쓰진 마라. 걘 누구하고도 쉽게 친해지는 애니까. 뭐 그렇다고 남에게 큰 피해를 입히는 것도 아니고."

오후 6시 반에 병원 문을 닫은 그녀는 차를 몰고 B백화점으로 향했다. 나쁜 꿈에 시달리다 눈을 뜬 새벽, 남편과 이은주의 관계에

칼을 대봐야겠다고 결심했을 때 내린 결론은 남편이 아닌 여자 쪽의 얘기를 먼저 듣는 게 나을 거라는 것이었다. 진실이 두려웠지만 피해 갈 수도 없는 일이었다.

그녀는 백화점으로 가는 도중에 아리에게 전화를 걸어 위치를 물었다. 아리는 청담동과 분당을 돌며 국내 브랜드 화장품 신제품 사용 후기들을 모으는 중이라고 대답했다. 그녀는 전화를 끊었다. B백화점에 도착했을 땐 7시가 넘어 있었다. 지하 3층 주차장 한 구석에서 차 안에 앉아 15분을 보낸 뒤 아리에게 문자를 보냈다. 일이 끝나면 B백화점으로 와. 저녁 같이 먹자.

그녀는 에스컬레이터를 타고 5층으로 갔다. 오늘따라 백화점을 가득 채운 물건들이 너무 화려하고 정교하고 아름다워 보였다. 사람들은 보이지도 않았다. 눈물도 타액도 배설물도 없는 물건들만의 서늘함, 견고함이 너무 편해서 다시는 움직이고 돌변하는 사람들 틈에서 살 수 없을 것 같았다. 그리고 그녀는 모든 관계에서 실패해버릴 것만 같은 공포를 느꼈다. 그녀는 낳아준 엄마와도 끊임없이 불화해온 사람이 아닌가.

이은주는 매장에 있었다. 열흘 전에 봤을 때와는 달리 훨씬 예쁘고 또렷해 보였다. 화장이 짙어지기도 했지만 그것 때문만은 아니었다. 20대 처녀의 생기에 퇴폐적이고 뻔뻔스러운 느낌이 섞이자 압도당하는 느낌이었다. 마네킹이 입은 아이보리색 원피스를 살펴보고 있을 때 이은주가 다가왔다.

"입어보세요. 잘 어울릴 거예요."

그녀는 한 발짝 물러서서 상대를 똑바로 봤다. 밝게 웃는 작은 얼굴이 당당해 보였다. 갑자기 상상도 해본 적이 없는 말이 튀어나왔다.

"아가씨가 한번 입어봐 줄래요? 내가 입을 옷이 아니라 아가씨 또래 친척에게 선물할 옷이어서."

이은주는 난처해하는 표정으로 카운터의 매니저를 봤다. 상황을 지켜봤는지 중년 여자는 고개를 끄덕여주었다. 이상한 손님 하나쯤 적절히, 빨리 처리해버리라는 듯이. 마네킹에서 벗겨낸 옷을 들고 탈의실로 간 이은주는 한참 후에 나왔다. 섬세한 니트 조직과 레이스 장식이 배합되어 낭만적인 분위기를 물씬 풍기는 원피스는 이은주에게 어울렸다. 그녀는 매니저를 향해 소리쳤다.

"저 옷 선물 포장 해주세요."

매니저가 옷의 분위기에 맞춰 앙증맞게 포장한 분홍 상자를 내밀었을 때 그녀는 큰 쇼핑백을 요구했다. 매니저가 백을 구해 오겠다며 매장을 떠났을 때, 10초 전까지만 해도 상상도 못 했던 나쁜 충동에 자신을 맡겨버렸다. 그녀는 옷상자를 이은주의 품에 안겼다.

"이 옷 아가씨가 입어요. 마음이 변했어요."

이은주가 오물을 피하기라도 하듯 진저리를 치며 상자를 떨어뜨렸다.

"왜 이러세요? 누구세요?"

"난 아가씰 알아요. 내가 잘 아는 사람의 휴대폰에서 아가씨가 보낸 문자를 많이 봤거든요."

이은주는 곧 차갑고 공격적으로 변했다. 치졸한 방식으로 자신을 모욕한 상대를 비웃어주기 위해 힘을 모으는 것이 보였다. 그러나 잠시 후 이은주의 얼굴을 뒤덮은 건 그녀를, 아니 셋이 연루된 상황 자체를 귀찮아하고 짜증스러워하는 표정이었다.

"잘 아신다는 그분, 이 백화점에 안 계세요. 한 달 동안 본 사람이 없을걸요. 저도 2주 전부턴 못 뵀으니까요. 팀장님, 퇴사하셨어요."

그 순간 그녀의 두 다리가 후들거렸다. 불붙은 솜방망이로 뒤통수를 얻어맞은 것 같았다. 잔인한 감정들을 발산해버린 이은주는 말간 얼굴로 그녀를 보더니 정중하게 고개를 숙였다.

"호의는 고맙습니다만 받을 순 없네요. 이런 걸 받아도 되는지 회사에 물어볼 수도 없잖아요."

이은주가 옷상자를 내밀었다. 그녀는 그것을 외면하고 돌아섰다. 어느새 세상은 뿌옇게 빛이 바래 있었다. 그녀는 입술을 꼭 깨물고 에스컬레이터를 향해 걸었다. 겨우 에스컬레이터를 탔을 때 갑자기 한쪽 무릎이 푹 꺾여버렸다. 그녀는 간신히 난간을 붙들고 중심을 잡았다. 매장에 있는 어린 계집애가 자신의 뒷모습을 봤을 거라고 생각하자 온몸의 피가 역류하는 것 같았다. 절대로, 죽을 때까지 남편을 용서할 수 없을 것 같았다. 입안에서 이빨들이 사납게 부딪혔다. 그녀는 아리에게 전화를 걸었다. 어디 있니? 지하 슈퍼마켓? 그냥 지하 3층 주차장으로 와……. 아, 아냐. 일은 무슨……. 제발.

5

인천 공항은 최대 열흘이라는 구정 연휴에 해외여행을 떠나는
사람들로 북적거렸다. 여행사마다 미국과 유럽 상품들이 일찌감치
동이 났다는 신문 기사를 본 적도 있다. 공항 밖의 흐린 날씨와는
어울리지 않는 여행객들의 산뜻한 옷 색깔들이 건물의 금속 자재
와 대비되어 보였다.

막 환전소에 다녀온 아리의 옷차림도 못지않게 화사했다. 체리
핑크라고 하던가? 진분홍색 바바리가 아리의 흰 얼굴을 돋보이게
해주었다. 새삼 느끼는 것이지만 아리는 체구도 작고 마른 편인데
도 혈색은 좋았다. 저 왕성한 혈액순환이야말로 생과 타인에 대한
열정에 할애된 아리의 에너지의 원천일지도 모른다. 그 많은 헤모
글로빈이 아리의 혈관 안을 열심히 순환하는 한 아리의 생에 대한
경배와 왕성한 식욕도 계속될 것이다. 오직 녹슨 금속처럼 황폐하
고 거친 그녀만이 아리 없는 일상을 살아내는 일이 두려울 뿐이었
다. 아리는 스낵바 벽에 붙은 좁은 거울에 제 얼굴을 비춰봤다.

"오빠가 공항에 마중 나오는 거야 상관없는데 일본 여행 중인 누
나 부부도 함께 나오신대. 나 괜찮니?"

"예뻐. 좋아 보여."

"고마워어."

"널 보면…… 누구든 너와 함께하고 싶다고 생각할 거야. 함께
있다 네가 없어지면 몹시 허전해질 거고."

아리는 눈을 살짝 흘기면서 샌드위치를 베어 먹었다. 빵을 골똘히 씹던 아리는 갑자기 샌드위치 빵을 열어 속을 보고는 고개를 저었다.

"피클과 양파가 너무 많다. 빵도 너무 축축하고. 게다가 드레싱도 상큼하지 않아. 커피나 마셔야겠다."

"넌 음식을 먹어보면 재료를 알아맞힐 수 있니?"

"대부분은. 요리는 신선한 재료 반 상상력 반으로 이루어지거든. 요리가 화학작용이며 연금술이라는 걸 잊지 않고 있으면 거꾸로 거슬러 가 분해해볼 수도 있어."

"한국에 나오면 우리 집으로 와. 꼭 연락해."

아리는 머그컵에 담긴 커피와 수퍼사이즈 컵의 주스를 번갈아 마시며 공항 안을 둘러봤다. 대답도 하지 않고 딴 곳을 보는 아리의 얼굴은 장밋빛이었다. 그녀는 그 색을 홀리듯이 봤다. 2주 전 지하 주차장에서의 격렬한 감정 노출 이후 아리는 이젠 신비스럽다기보단 친밀한 하나뿐인 친구가 돼 있었다.

그날 저녁 아리의 품에 안겨 실컷 운 그녀는 아리와 함께 집으로 왔다. 편의점에서 사 온 음식을 먹은 뒤 소파에 모로 누워 일본 영화를 보다 졸다 하며 밤 시간을 보냈다. 새벽 2시쯤 술에 취한 남편이 현관문을 열고 들어왔을 때 그녀는 깜짝 놀라 일어났다. 그녀가 그를 살벌하게 노려보자 아리는 얼른 제 방으로 달아났다. 한참 후 파카를 입고 나와 휴대폰을 흔들어 보였다.

"오늘 친구 집에서 자기로 약속했었는데 깜빡했어. 친구가 계속 문자를 보냈네. 나 가봐야 할 거 같아."

한밤중에 어딜 가냐며 주저앉혔지만 아리는 한사코 빠져나가려 했다. 친구 부부의 불화의 폭발을 피하고 싶어 하는 기색까지 보여 놓아주어야만 했다.

아리가 나간 뒤 그녀는 한참 동안 남편을 노려봤다. 이미 이은주와 접촉을 했는지 남편은 그녀가 묻지 않는데도 모든 것을 실토했다. 5년 동안 계속해서 회의하며 노력했지만 끊임없이 움직여야 하는 유통 직종엔 적응 못 했다. 결국 퇴사를 하고 말았다. 두 달 전부터 도서관으로 출근하다시피 하며 변리사 시험 준비를 하고 있다. 그는 그녀가 신용 대출 확인서를 꺼내 흔들어 보였을 때도 많이 당황하지 않았다. 또 이은주와의 관계를 추궁했을 때도 담담했다. 맞아, 그 애에게 빌려줬어……. 처녀 가장이이거든. 사는 게 힘들어, 나보다 더.

그 후 기가 막히게도 그의 얼굴을 장악해버린 표정은 피로였다. 자신의 인생쯤 어떻게 돼도 상관없다고 생각하고 있음을 알게 해주는 피로. 그가 이은주에 대해 심각하지 않다는 건 눈치챘지만 여전히 궁금했다. 그들이 잤는지 안 잤는지, 잤다면 얼마나 가까워졌는지. 그러나 그녀는 끝내 물어보지 못했다.

이상하게도 그녀에게 타격을 준 뒤 남편은 생기를 회복해가는 것 같았다. 별거 전보다 한결 원기 왕성한 동작으로 집 안 곳곳을 돌아다녔다. 거실에서 함께 맥주를 마시며 공전하는 대화를 나누다 쓰러져 잠이 든 두 사람은 새벽에 깨어 엉겁결에 교합했다. 다시 잠이 들었다가 아침이 되어 깨어나자 머리가 맑아졌다.

남편이 도서관에 간 뒤 한참 동안 창밖을 내다보다 부동산에 전화를 해서 병원을 내놓았다. 추가 대출이 가능하면 비슷한 규모로 재개업을 하고, 그것이 안 되면 페이닥터로 취직해 남은 빚을 갚으면 된다. 그녀는 간호사들에게도 전화를 걸어 병원 문을 하루 닫겠다고 통보했다. 물론 마음이 가볍진 않았다. 그렇다고 후회하는 것도 아니었다. 그에게 무릎을 꿇게 한 것은 욕망도 사랑도 아닌 고독에 대한 두려움이었으니까.

그 무렵 아리와 연락이 됐다. 아무리 문자를 날려도 반응을 보여주지 않던 아리가 먼저 전화를 걸어온 것이다. 그녀 스스로 답을 찾아내도록 시간을 준 것 같기도 했다. 실제로 다음 날 홍대 앞 카페에서 만났을 때도 아리는 아무것도 묻지 않았다. 모든 것을 알고 있다는 듯이. 함께 집으로 와 자신의 짐을 챙길 때에야 다른 사람 이야기를 하듯 제 얘기를 했다.

"나 일본으로 들어가기로 했다. 그렇다고 곧장 결혼을 하는 건 아니고. 그냥 오빠 옆에서 새 일을 찾아보기로 했어. 아님 하던 일을 계속할 수도 있고. 직종을 바꾸는 게 쉬운 일은 아니잖아."

"아예 일본에 정착하는 거야?"

"모르지. 또 6개월 뒤엔 한국으로 나와 새로운 일을 해보겠다고 할지."

그녀는 깔깔깔 웃었다. 두 경우 모두 크게 상관없다는 듯이.

탑승을 권하는 안내 멘트가 흘러나왔을 때 아리는 캐리어 두 개를 챙겨 들고 일어섰다. 탑승구를 향해 걸어가던 아리는 뒤를 돌아보고 손을 흔들었다. 커다란 진분홍 꽃잎이 팔랑거리는 것 같았다. 아리가 탄 비행기가 이륙할 때까지 기다렸다 건물 밖으로 나와 주차장으로 갈 때 코트 호주머니 속의 휴대폰이 진동했다. 전화를 받자 권 선배의 날카로운 목소리가 귀를 찢었다.

"너 혹시 김아리랑 같이 있냐?"

"방금 헤어졌는데. 여긴 공항이야."

"공항? 누가 출국했어? 아리가?"

"선배 몰라? 걔 일본으로 아주 들어갔잖아. 거기서 일하겠다고. 곧 결혼도 하겠지."

"일? 결혼? 마감이 코앞인데 원고는 안 주고 어딜 가? 뷰티 파트 메인 기사 써보겠다고 우겨서 남의 꼭지 뺏어줬더니. 지금이 다른 팀 짜서 투입해볼 수 있는 타임이야? 그래도 일에선 펑크를 안 내서 봐주고 또 봐줬더니. 뭐? 일본? 네가 걔 일본행 비행기 타는 거 봤어? 흥, 정말 갔더라도 지하철 타고 도쿄 시내나 싸돌아다니고 있겠지."

잠시 후 권 선배는 조용해졌다. 그녀는 전화를 끊었다. 한참 동안 차체에 기대 서 있었다. 공항 주변의 기온이 급강하했는지 전신이 덜덜 떨렸다. 입안에서 어금니들이 부딪혔다. 오른손 안에서 계속 떨고 있는 휴대폰의 플립을 열자 권 선배의 한숨 소리가 들렸다.

"만나자. 지금 어느 쪽으로 움직일 거냐?"

홍대 앞 백반 집에서 마주 앉았을 때도 권 선배는 쉽게 입을 열지 못했다. 식당 안으로 들어올 때도 그녀와 눈을 맞추지 못했던 그는 음식이 나온 뒤에도 계속 소주만 마셨다. 속이 쓰린지 뜨거운 국물을 떠먹다 입천장을 데자 짜증을 내며 숟가락을 놓았다.

"처음 네가 걔 데리고 있겠다고 했을 때 말렸어야 했는데. 걔가 너랑 꼭 있고 싶다고 해서……. 또 있을 곳도 마땅치 않은 것 같고. 걔가 거짓말이 심하긴 하지만 못된 건 아니고 또 해를 입히는 애도 아니잖아? 그런데 알고 나면 절교를 선언하는 친구들도 있더라고."

"다…… 거짓말이라고요, 다?"

그녀는 속으로 중얼거렸다. 그 애의 미소도 활력도 위로도 요리들도 다 가짜라고요? 갑자기 위산이 위벽을 깎기 시작했다. 진짜 통증인지 환통인지 모르는 아픔 때문에 그녀는 낯을 찌푸렸다. 권 선배는 여전히 그녀의 눈을 피했다.

"신상에 관한 말들 중 상당 부분은 거짓말일 거야. 과대망상 증세가 있어. 터무니없는 것만은 아니지만……. 걘 정말 재주가 많은 아이거든. 사람 마음도 잘 알아보고, 추진력도 좋고. 정말 맘 잡고 터 잡고 하면 일을 낼 수 있는 아이지. 그런데 오늘은 녀석답지 않게 일까지 펑크 내는 바람에 내가 뚜껑이 열려버렸지만."

"……."

"물론 평탄하게 커온 아이는 아냐. 모든 파일이 날아가버릴 수 있겠구나 싶은 충격도 겪었고……. 너, 걔 고3 때 부모님 돌아가신 거 아니?"

"2학년 때만 같은 반이었어요."

"내가 군대를 안 가서 너희들이 고3이었던 해에 A일보 사회부 수습이었잖아? 요즘 같으면 인터넷 포털마다 하루쯤 떠 있었을 사건이었지. 치정살인이었어. 아리 어머니가 아리랑 비슷했던 것 같아. 곱고 자그마하고 에너지도 망상도 많고. 부부 사이가 나쁘진 않았는데 아버지의 사업이 망하고 힘들어지면서 금이 갔나 봐. 그 무렵 혼자가 된 첫사랑 남자와 재회하고 불륜에 빠지면서 성격답게 끝까지 가려고 했던 것 같아. 처음엔 아버지가 무능하니 아리도 데려가겠다고 했는데 아리 아버지가 줄 수 없다고 하자 혼자라도 가겠다고 했대. 결국 아리 아버지가 아내를 미행해서 모텔에서 남녀가 통정하는 현장을 덮쳐 준비해 간 칼로 둘을 살해해버리고 자신은 달리는 버스에 뛰어들었지."

"......."

"혼자 남은 아리는 그해 겨울 대학에 떨어졌어. 다다음 해에 이모들 도움으로 학교를 다니기도 했는데 것도 2학년 말에 그만뒀다더라."

그녀를 똑바로 보는 권 선배의 눈은 충혈되어 있는데도 서늘했다. 그것은 드물게, 그리고 아주 힘겹게 소심한 사람이 상대에게 전폭적인 이해를 구할 때의 눈이었다. 그러나 상대의 마음을 헤아릴 여력이 없는 그녀는 외면했다. 그녀는 말했다. 그런 일을 겪었다고 다 저렇게 되진 않아요. 걘 날 갖고 놀았어요.

6

석 달 후 그녀는 파주 변두리의 한 작은 건물 2층의 치과를 매입해 인테리어 공사를 시작했다. 시골 같은 느낌을 풍기지만 주변에 소규모 아파트 단지들이 흩어져 있어서 입지가 나쁘다고 할 순 없었다. 병원이 있었던 자리이니 아주 손님이 없진 않을 테고 탐욕스러운 경쟁자가 쳐들어오지도 않을 것이다. 경쟁 논리에 떠밀려 선택한 뜻밖의 장소에서 그녀는 평화를 느꼈다. 아마 엄마는 몇 번 찾아오긴 할 테지만 이곳의 어떤 것에도 흥미를 느끼지 못할 것이다. 자연스럽게 딸에 대해서도 둔감해질 것이다.

남편도 새 둥지가 싫진 않은지 시험공부도 접고 인테리어에 열중했다. 아내가 덧씌워준 안식처, 키다리 아저씨라는 환상을 털어버려 홀가분한지 말도 한결 많아졌다. 오로지 그녀 혼자서 문득문득 김이 빠지거나 허탈하거나 했다. 새로운 사람과 관계를 맺는 것과 알 만큼 안다고 생각했던 사람과 새롭게 관계를 맺는 것 중 어느 쪽이 더 쉬울까?

권 선배는 가끔 전화를 했다. 간략하게 안부만 물을 뿐 만나자는 말은 하지 않았다. 처음엔 그녀가 먼저 핑계를 대며 전화를 끊었지만 나중엔 선배가 먼저 끊기도 했다. 라일락꽃과 아카시아꽃이 만발할 무렵엔 문자를 보내왔다. 이번 주 토요일이 내 생일이야. 우리 집에서 밥 먹자.

올 것이 왔구나, 하는 느낌이었다. 안 갈 수 있다면 안 가고 싶었지만 정작 토요일 오후가 되자 그녀는 케이크를 사 들고 선배 집 초인종을 누르고 있었다. 뜻밖에도 현모양처로 소문난 선배의 아내는 주방이 아닌 거실 소파에 앉아 있다 그녀를 맞이했다. 저이가요, 손가락 하나 까딱 안 하고 놀다 맛있게 먹어주기만 하면 된대요.

주방에선 에이프런까지 두른 권 선배가 색색의 야채들을 썰어 접시에 놓고 있었다. 라이스페이퍼, 땅콩 소스, 칠리 소스가 있는 걸 보니 월남쌈을 만드는 중인 듯했다. 그녀가 거들려 하자 권 선배는 정색을 하며 와이프와 담소나 나누라고 했다. 한 시간 반이나 더 지나서야 선배는 사람들을 식탁으로 불렀다. 데친 안심과 새우, 파프리카를 라이스페이퍼에 싸 매운 소스에 찍어 먹으며 그녀는 생각했다. 선배가 이 생일 파티를 통해 드러내고자 하는 사인은 무엇일까? 서투른 요리 솜씨까지 동원해 정성을 다하고 있으니 용서해달라는 뜻? 아니면 이렇게 매번 너의 마음과 상황을 배려해가며 요리를 해주었을 아리를 생각하며 분노를 녹여버리라는 뜻? 혹 그동안 아리와 교신하며 상황 타개를 위해 토의라도 했다면? 설마 아리가 그렇게까지 주도면밀할까? 나중엔 머릿속이 너무 복잡해져서 음식의 맛도 느낄 수 없었다.

하지만 선배의 생일 파티의 위력은 막강해서 귀갓길에도 또 집에서도 계속 아리를 생각할 수밖에 없었다. 한번 물꼬가 트이면 아리와 보냈던 시간들이 메가 TV로 이미 봤던 드라마를 다시 볼 때처럼 생생하게 리와인드되곤 했다. 그녀에게 생긴 틈을 놓치지 않겠다는 듯이 선배는 정확히 5일 후에 다시 식사 초대를 했다. 이번에도 그녀는 거절 못 하고 토요일 오후에 과일을 사 들고 선배 집 초인종을 눌렀다. 예상대로 요리사는 권 선배였고, 그녀는 여왕처럼 기다리다 그가 준비한 샤브샤브를 먹었다. 신경도 지쳐가는지 거부감도 느낄 수 없었다. 굶주린 사람처럼 야채까지 깨끗이 먹어치웠을 뿐이다. 예상대로 선배는 다시 5일 후에 또 주말 식사 초대를 했고, 그녀는 수락했다. 중국 요리를 먹은 뒤 선배가 배웅하러 지하 주차장까지 따라 나왔을 때 그녀는 차에 올라 시동을 걸며 말했다. 다음 주 금요일엔 전화하지 마세요. 나 다신 선배가 해주는 맛없는 밥 안 먹어.

남편이 아직 귀가하지 않은 집은 썰렁했다. 거실의 불을 켜놓고 소파에 오래 앉아 있으니 그 썰렁함이 편안하게 느껴졌다. 고독의 미지근한 온기가 느껴진다고나 할까. 생각할수록 한 달 동안 권 선배가 했던 행동들이 괘씸했다. 그녀를 속이고선 꼬인 매듭을 풀겠다고 다시 유치한 트릭이나 쓰다니. 그러나 권 선배의 집요한 시도 때문에 그녀 마음의 응어리가 녹은 건 아니어도 애매모호해진 건 사실이었다.

갈증을 느낀 그녀는 주방으로 가서 냉장고를 열어봤다. 주스도 없었다. 아이스크림이라도 찾아보려고 냉동고 문을 열었을 때 하드보드지로 만든 케이크 상자가 보였다. 오래전 아리가 만들어 넣어둔 블루베리 케이크였다. 이사 올 때 포장 이사업체 사람들을 따라온 듯했다.

그녀는 상자를 꺼내 열어봤다. 꽝꽝 얼어 있는 청보라색 케이크가 나타났다. 한참 내려다보던 그녀는 식칼을 꺼내 케이크를 썰었다. 맥이 풀리게도 흔해빠진 스펀지케이크가 나타났다. 문득 인생이란 평범한 스펀지케이크에 자기만의 데커레이션을 해서 만든 케이크 같은 것인지도 모른다는 생각이 들었다. 발버둥을 쳐봤자 별 달라질 게 없는 그렇고 그런 삶에 자기만의 환상으로 포장을 해놓은 것이 인생인 것이다. 그렇다면 아리의 케이크가 조금 더 새콤달콤하다 한들, 아리의 환상이 조금 더 화려하다 한들 그게 그렇게 엄청난 잘못일까.

그녀는 딱딱한 케이크를 조금 떼어 씹어봤다. 아이스크림을 입안에서 녹여가며 먹는 느낌이었다. 그녀는 휴대폰을 꺼내 아리의 전화번호를 눌렀다. 통화 중이라는 멘트가 흘러나왔다. 한참 후에 다시 걸어봤지만 아리는 받지 않았다. 그녀는 천천히 문자를 입력시켰다. 한국엔 언제 오니? 나 이사했다. 새집에 와서 하룻밤 자고 가.

숨　　　을
멈　춰　봐

1

나는 틸란드시아야. 흔히 공기 난이라고 불리는 이국적인 희귀 식물이지. 야생란보다 더 거칠고 분방하면서도 우아해 보이는 내겐 뿌리가 없어. 돌들 위에 착생해 공기 중의 수분과 먼지 속 미립자들을 먹고 살아가지. 난 지금 내가 본의 아니게 공기 정화 식물 역할을 톡톡히 해왔다는 걸 말하고 있는 거야. 하지만 지금 함께 사는 가족에게 오게 된 경위는 내 특징이나 장점과는 별 상관이 없어.

8년 전 나는 한 신도시 아파트 입구의 화초 좌판 속에 서 있었어. 좁고 더러운 상자에 갇힌 채 역시 더러워진 잎들로 힘겹게 숨을 쉬면서. 화려한 내 자태가 까다로워 보였을까? 사람들은 신기한 듯 나를 보곤 잠깐 망설이다 가버리곤 했지. 뿌리에 수분과 영양분을 저장해둘 수도 없는 나는 직사광선 아래서 굶어 죽어가고 있었어.

상가에 들렀는지 봉지들을 들고 터덜터덜 걸어오던 엄마는 정오의 햇빛에 눈살을 찌푸리며 식물들을 봤어. 2주 전처럼 임산부용 원피스를 입었는데 불룩했던 배가 푹 꺼져 있었어. 가는 두 다리는 결정적인 변화를 겪느라 수척해진 육체를 어리둥절해하고. 창백하고 부은 맨 얼굴인데도 전혀 초라하진 않았어. 사실 아직 충분히 아름다운데 절망하고 있는 젊은 여자란 가장 눈에 띄는 존재 아니겠어?

주인이 권하는 성성한 식물들을 시큰둥해하던 엄마는 놀랍게도 내 앞으로 와서 나의 비쩍 마른 잎 하나를 만졌어. 담요 같기도 하고 베일 같기도 한 먼지들이 쓸려 나가자 잎맥들이 떨더군. 나중엔 공중에 뜬 내 몸이 통째 흔들렸어. 주인이 딱 5천 원만 주세요, 하자 엄마는 나를 냉큼 샀어.

하나의 나약함이 또 하나의 나약함을, 하나의 괴로움이 또 하나의 괴로움을, 하나의 불안이 또 하나의 불안을 알아본 순간이었지. 누군가가 내 약점을 비웃지 않고 존중해주면 그 순간부턴 상대에게 집중할 수밖에 없게 돼. 맞아, 그때부터 난 내 멋대로 엄마를 엄마라고 부르기 시작했어.

2

요즘 엄마는 아주 열정적이야. 산후우울증에 걸려 아기도 사랑할 줄 모르던 예전의 엄마는 상상할 수도 없어. 새로 짠 장미목 책

꽂이에 역시 새로 사들인 책들을 종류와 난이도별로, 높이와 색깔까지 고려해가며 꽂고 있어. 심미안을 타고난 데다 한때 미술학도이기도 했던 엄마는 책이야말로 최고의 장식품이자 흉내 내기 힘든 컬렉션이라는 걸 잘 알아. 엄마의 이마에 땀이 송송 솟을 무렵 현관 벨이 또 울려. 늙은 택배 기사가 커다란 박스 세 개를 놓고 가. 박스들을 차례로 열어본 엄마는 쾌활한 소녀같이 호들갑을 떨어.

"수완아. 엄마가 보스턴에 있는 친구에게 보내달라고 한 책들이 왔어. 이거 봐. 매직 트리, 아서 시리즈, 카멜레온, 디스커버리 총서……. 너희 반에도 이걸 다 사서 읽는 애는 없을걸."

수완이, 지완이, 주완이는 먹던 과자를 내던지고 달려가. 한국 책과는 또 다른 분위기를 풍기는 영어 원서들을 만져보고 펼쳐보고 대충 읽어보고 난리가 났어. 그러나 엄마가 미리 사둔 철제 진열대까지 꺼내 당장 읽어야 할 책들을 진열해가자 수완이의 얼굴이 창백해졌어. 이목구비 하나하나가 발작적으로 긴장하고 있어. 엄마는 내일부터 저 엄청나게 많은 영어책들을 소화해내라고 강요할 거거든. 머지않아 닥칠 겨울방학이 수난의 시절이 되겠지.

수완이가 영어를 좋아하지 않는다는 걸 난 알아. 못 한다기보단 싫어하지. 초등학교 1학년 겨울방학 때 엄마가 영어유치원을 거쳐 학원에 다니고 있던 수완이를 필리핀 영어 연수 프로그램에 넣어버렸거든. 엄마가 친구들과 통화하며 자랑을 할 때 난 그곳이 이른바 스파르타식 교육을 하는 곳이라는 걸 알았어. 아침 6시에 눈을 뜨면 필리핀인 교사가 껌처럼 달라붙어 종일 한국어를 한마디도

쓰지 않도록 감시해. 수업이 어렵고 숙제가 많은 건 기본이고 단어를 하루에 백 개, 문장은 30개씩 외워야 해. 하루 할당량을 소화해내지 못하면 밤에 잘 수도 없어. 또 숙면을 해야 낮에 에너지를 낼 수 있기 때문에 자는 도중에 깨서 화장실을 가서도 안 돼. 규칙을 어기면 새벽까지 벌을 서야 해.

2월 하순, 수완이가 귀국해 집 현관문을 열고 들어섰을 때의 모습을 기억해. 수완이는 얼이 빠진 아이 같았어. 엄마도 멋쩍은지 딸이 한결 성숙해진 것 같다고 호들갑을 떨더군. 영어 학원 레벨업 테스트에서 상당한 점수가 나오자 자신의 판단력과 추진력에 자부심을 느끼기까지 했어. 그때 수완이의 얼굴은 아, 내가 날 계속 아이라고 생각하고 살다간 큰 코 다치겠구나, 하는 표정이었지. 3학년 초 엄마가 영어 이머전 교육을 한다는 사립학교로 전학을 시켰을 때도 그 앤 반항하지 않았어.

책 정리를 끝낸 엄마는 화장을 고치고 코트를 껴입고 막내인 아들 주완이에게만 뽀뽀를 해주고 외출을 했어. 저녁에 수완이 학교 엄마들 모임이 있거든. 물론 아이들을 방치하고 간 건 아니야. 대형 TV 옆에 영어 만화영화 DVD를 네 개나 놓아두었거든. 모두 새것인 데다 엄마가 내일 낮에 스토리를 말해보라고 할 테니 보지 않을 수도 없어. 그나마 다행인 건 영어 실력이 별로인 엄마가 자세히 확인해볼 순 없다는 것 정도? 또 한글 자막이 있는 영화가 하나 끼어 있는 것도 나쁘지 않아.

내 예상대로 수완이가 완전히 다른 모습을 보여. 셋이 남겨지자마자 눈에 띄게 숨이 죽은 지완이를 집어삼킬 듯이 봐. 귀여운 짱구 이마 밑으로 자리 잡은 두 눈 속의 새까만 눈동자가 뛰쳐나올 것만 같아 내 가슴이 뛰어.

"스폰지밥 DVD 넣어."

지완이가 잽싸게 기계 속에 DVD를 넣고 소리를 조절해. 수완이는 제 얼굴 중 가장 잘생긴 부위라 할 수 있는 멋진 아치형 눈썹의 꼬리를 한껏 치켜 올려.

"줄여. 귀청 떨어지겠다. 소리만 크면 뭐해? 너 못 알아듣잖아!"

다섯 살인 주완이는 계속 주방에서 레고만 갖고 놀아. 살벌한 누나들 옆엔 가고 싶지 않은 것 같아. 서양 명화 속에 나오는 풍만하고 당돌한 여인처럼 소파에 모로 누운 수완이는 지완이의 뒤통수만 계속 노려봐. 세상에서 가장 싫은 것이라도 보듯이. 결국 지완이가 영화에 몰입해가자 못되고 무신경한 동화 속 이복 자매같이 방해를 해.

"너, 냉장고에서 주스 꺼내 와."

지완이는 벌떡 일어나 냉장고에서 주스 병을 꺼내 컵과 함께 가져와. 수완이는 주스 병을 한참 노려보더니 다시 눈썹을 치켜 올려.

"맛도 없는 유기농 주스 말고 설탕 많이 들어간 주스!"

동네 슈퍼에서 파는 다디단 주스가 이 집 냉장고에 있을 리 없지. 엄마는 편집적일 만큼 철저한 성격이어서 일단 아이들에게 신경을 쓰기 시작하면 완벽하게 쓰거든. 결국 지완이는 식탁 위의 동전들을 챙겨 집을 나가. 잠시 후 복숭아 캔주스를 사 온 지완이는 반항적인 눈빛을 하고 언니 앞으로 가서 그걸 내밀어. 수완이가 계속 손을 내밀지 않자 주스 병을 탁자 위에 탁, 놓아. 그러곤 자학이라도 하듯 언니 옆에 붙어 앉아 TV를 봐.

6개월 전 평범하던 수완이가 돌변했을 때 난 그 이유를 생각해본 적이 있어. 그건 지완이와는 크게 상관이 없는 일인 것 같아. 그냥 아빠가 가장 사랑하는 아이는 수완이이고 엄마가 가장 사랑하는 아이는 주완이이고, 둘 모두 신경을 많이 쓰는 아이는 수완이인 상황과 관련되어 있지. 왜, 집을 설계하다 보면 아무리 용의주도하고 실용적으로 설계를 해도 햇빛에 굶주릴 수밖에 없는 장소가 생기잖아. 이 집에서 지완이는 그런 맹점 같은 존재고, 지완이 자신도 그걸 알아. 또 엄마가 저에 대해서만큼은 의도적으로 무관심하려한다는 것도. 어쨌든 사립학교 생활을 힘들어하던 수완이가 제 안의 용암들의 일부를 지완이에게 쏟고서야 숨을 쉬게 된 걸 보고 나니 내 분노도 수그러들어버렸어.

한결 담백해진 수완이의 얼굴에 슬픔 같기도 하고 우울 같기도 한 기운이 어른거려. 수완이가 조용히 말해.

"지완아, 언니 새로 할 줄 아는 게 생겼다."

지완이는 그게 뭔데? 하고 묻지도 않아. 아, 아빠라도 빨리 오셨으면, 그래야 이 지옥에서 해방이 될 텐데, 하는 표정이야. 사실 수완이도 지완이의 반응엔 신경을 안 써.

"오랫동안 숨을 멈추고 있는 것. 수영도 못 하는데 물에 빠졌을 때처럼."

수완이는 정말 숨을 멈춰 보여. 지완이는 언니를 봐주다간 결국 너도 해봐, 라는 말을 들을 것 같은지 옆으로 툭 쓰러져버려. 소파 팔걸이에 얼굴을 묻은 채 잠이 들어버려. 상처가 떠오르는 순간 의식을 없애버림으로써 자신을 보호하는 기면증 환자처럼 적극적인 잠이야. 꽤 오래 숨을 멈추고 있느라 얼굴은 물론 목, 손까지 창백해진 수완이는 길게 숨을 내쉰 뒤 잠든 지완이를 봐. 또 두 누나가 한창 신경전을 벌일 때 레고를 쥔 채 잠들어버린 주완이도 봐. 무덤 속같이 적막해진 집 안을 둘러보던 수완이는 지완이의 반대쪽으로 툭 쓰러져. 소파 팔걸이에 얼굴을 묻더니 곧 잠이 들어버려.

3

베란다 창문 너머로 본 겨울 하늘은 순수한 하늘색이야. 새하얀 구름들도 만져질 것처럼 생생해. 공기의 실핏줄까지 드러날 만큼 화창한 대낮에 남자애 둘, 여자애 둘이 역사 논술 수업을 받고 있어. 거실 창문 쪽의 황금 자바 화분 옆엔 큰 유리 수반이 놓여 있고, 그 속에선 여섯 마리의 금붕어들이 헤엄을 치고 있어. 아빠는 수초도 자갈들도 없이 흰 모래만 얇게 깔려 있는 수반 속에서 쉴 새 없이 움직이는 물고기들을 노숙자 금붕어라고 불렀어.

그제 밤 9시쯤 귀가한 아빠는 집의 모든 것이 마음에 들지 않는지 쓸쓸한 표정으로 거실을 둘러봤어. 아이들을 깨워 엄마가 해놓고 간 불고기를 데워 저녁을 먹었어. 지완이가 갑자기 숟가락을 들어 TV 화면을 가리키며 와, 금붕어다! 하자 모두 그쪽을 봤어. 9시 뉴스가 진행되고 있는 화면 속에선 유치원생들이 금붕어가 든 비닐봉지를 들고 종종거리고 있었어. 할인마트에서 나눠준 성탄절 선물인가 봐.

주완이까지 욕심을 내보이자 아빠는 당장 아이들을 데리고 나가 이마트에서 금붕어 여섯 마리를 사 왔어. 아빠는 물배추나 부레옥잠을 키우던 유리 수반을 꺼내 씻은 뒤 함께 사 온 흰 모래를 깔고 물을 붓고 금붕어들을 넣었어.

"수족관을 집에 들이려면 엄마 허락을 받아야 해. 또, 들여와도 엄마는 화려하고 희귀한 열대어를 기르고 싶어 할 거야. 얘들은 그냥 도기 수반에서 키우자. 길쭉한 돌 하나를 씻어 걸쳐주면 그늘이 생길 테니 그곳을 집으로 하고. 주말에 도기 수반을 사러 갈 때까지만 여기서 키우자."

수반이 워낙 밝은 곳에 있어서인가? 한 시간 전부터 남자아이 하나가 자꾸 곁눈질을 해. 지금 이 순간과는 아무 상관없어 보이는 역사 공부가 어렵고 지겹기만 한데 계속 움직이고 있는 생물들이 시선을 끈 거지. 그런 남자애를, 지완이가 주방과 거실의 경계에 의자를 놓고 앉아 노려보고 있어. 선생님이 오기 전 그 애가 수반 속으로 손을 넣어 금붕어 한 마리를 쥐었다 놓는 시늉을 했었거든. 물론 그것은 아무 의도도 의미도 없는 행위였지. 역시 지겨운 시간 속에서 단지 움직이는 것이어서 만져봤을 뿐. 그럼 지금은? 애착 많은 여자아이인 지완이의 경계심이 계속 물고기들을 노려보게 하고 있지.

논술 수업이 끝났어. 선생님은 먼저 떠나셨어. 내 예상대로 지완이를 놀려대던 남자애는 이젠 금붕어 쪽으론 눈길도 주지 않아. 잊어버린 거지. 엄마들이 데리러 올 때까지 시간이 남은 아이들은 수완이가 사둔 트럼프 카드로 게임을 시작해. 뜻밖에도 이 아이들은 복잡하거나 지능적인 게임을 싫어해. 규칙이 단순하고 승부도 명쾌하게 나서 쉽게 감정들을 발산할 수 있게 해주는 캐주얼한 게임만 즐기지.

오늘 하는 건 도둑 찾기 게임이야. 화투 놀이를 할 때처럼 네 아이들은 담요 한가운데에 카드들을 반쯤 떼어놓아. 조커 하나만을 빼놓고 나머지 카드들을 나눠 가져. 차례를 정한 뒤 첫번째 아이가 두번째 아이의 카드 하나를 뽑아. 두번째 아이는 숫자나 모양이 똑같은 카드가 있으면 내놓아야 해. 차례대로 계속 돌아가다 빨리 카드를 내놓고 빈손이 되는 아이가 승자가 되고 짝이 없는 조커를 배정받아 끝까지 쥐고 있는 아이가 패자가 되는 거지.

세 판을 하는 동안 아이들은 더없이 신경질적으로 굴어. 카드가 줄지 않는다고 짜증을 내는 아이, 이겨가는 아이를 지켜보는 것만으로도 짜증이 나는 아이, 기껏 이겨놓고도 패자의 우울을 받아줄 아량이 없어서 짜증을 내는 아이. 정말 짜증은 수완이네 반 아이들의 트레이드마크 같은 거야. 물론 그들은 또 다른 공통점도 갖고 있지. 모두 조기교육을 받느라 아이답게 실컷 놀아보지 못했다는 것. 그뿐인가, 한국인 담임 밑에서 한국 교과를, 캐나디인 담임 밑에서 미국 교과를 배우고, 중간고사와 기말고사도 두 번씩 치르고, 그 결과에 따라 A반과 B반으로 나뉘어야만 하는 시스템 속에서 살고 있지. 제 성적의 결과에 따라 널을 뛰는 엄마들의 감정을 감당해온 저들에겐 서로 줄기차게 상처를 주고받아온 사람들의 원한 같은 것이 있어.

늘 카드를 빨리 내보내 일이 등을 하던 수완이가 한 남자애 옆에 가서 간섭을 하기 시작해. 다른 아이들의 카드를 엿보고 얘기해주기도 하고, 다른 애에게 뽑힌 카드와 같은 모양의 카드를 슬쩍 찍어주기도 해. 또 누가 조커를 갖고 있는지 암시해주기도 해. 물론 하나같이 쓸데없는 간섭들이지. 결국 다른 두 아이도 짜증을 내. 운 나쁘게 들어온 조커가 선택받지도 못해 꼴등을 하게 된 남자애는 남은 카드들을 집어 던지고 일어서.

"야! 이 개새끼야! 끼어들지 마. 네가 뭔데 자꾸 내 게임에 끼어들어?"

"뭐? 기껏 도와줬더니. 이 나쁜 놈. 개새끼!"

드디어 중성적인 욕설들이 포탄처럼 오가기 시작해. 얼굴이 완숙 토마토같이 벌게진 수완이도 따라서 일어서.

"얘들아! 얘, 완전 마마보이다. 너 운동회 연습할 때도 시합 하나 끝나고 나면 꼭 네 엄마한테 전화하지? 1등 못 하면 징징 울면서 하고. 내가 다 봤어. 흥, 그러면서 다섯 살이나 많은 지 누나한텐 얼마나 못되게 구는데. 맨날 투덜거리고 욕이란 욕은 다 하고. 이 이 중인격자!"

난 펑펑 울며 공격하는 수완이가 너무 가엾어서 눈을 뗄 수가 없어. 수완이는 이번 학기에 전학 온 저 남자애를 좋아해. 특별한 조기교육을 받느라 네 살 때부터 놀아보질 못했다는 소문의 주인공답게 서늘한 그늘을 가진 데다 공부, 운동 다 잘하는 저 애를 반 대부분의 여자애들이 좋아해. 수완이 역시 이런저런 핑계를 대며 초콜릿, 사탕을 주고 마주칠 때마다 환하고 의미심장한 미소를 보여주었는데 그 애가 수완이를 무신경하게 할퀸 거야. 평소에 여자애들에게 전혀 관심이 없는 남자애는 아예 귀찮아 죽겠다는 표정이야. 결국 남자애가 가방을 들고 일어서자 당황한 수완이도 따라서 일어서.

"어딜 가? 얘기 아직 안 끝났는데. 앉아! 앉아!"

격분한 남자애는 수완이의 팔을 뗼쳐내고 세차게 밀어버려. 수완이는 뒤로 벌렁 넘어지면서 엉덩방아를 찧어. 그때 큰 화분 하나가 수완이를 따라 넘어지더니 화분 옆에 있던 콘솔도 도미노처럼 넘어지면서 옆의 수반을 깨버렸어. 사방으로 물이 튀면서 유리 파편들과 금붕어들이 폭발하듯 튀어 나가. 울먹울먹하던 지완이가 비명을 지르며 뒤로 물러섰어. 다른 두 아이가 수완이에게 다가가 일으켜 세우려 하자 수완이는 얼굴을 일그러뜨린 채 한쪽 팔을 감싸 쥐고 울어. 그때 바닥을 닦은 수건을 들고 돌아서던 남자애가 모노륨 바닥에서 파닥거리고 있는 까만 금붕어를 밟아버렸어.

"어, 이게 뭐야?"

지완이는 아예 사이렌처럼 울어대고, 졸지에 발바닥에 아직 신선한 내장을 가진 생물의 감촉을 새기게 된 남자애는 선 채로 낑낑거리며 젖은 양말을 벗어 던졌어.

"야아, 그만 좀 울어! 귀청 떨어지겠다! 새끼손가락만 한 금붕어 하나 죽었다고. 너도 맨날 먹잖아, 생선!"

4

커다란 검은 도기 수반 안에서 까만 금붕어와 잿빛을 띤 얼룩 금붕어, 빨간 금붕어들이 헤엄치고 있어. 사선으로 걸쳐놓은 길쭉한 돌이 만들어낸 그늘을 집이라고 여기는지 그곳에서 많은 시간을 보내고 있어. 오히려 헤엄치는 시간이 특별한 시간이야.

까만 수반과 대비되어 더 희고 탐스러워 보이는 세 아이의 얼굴 속의 큰 눈들이 금붕어들을 좇고 있어. 그중에서도 하루 사이에 살이 쑥 내린 수완이의 얼굴이 너무 안쓰러워 난 내 긴 잎으로 어루만져주고 싶어. 한쪽 팔에 깁스를 하고서도 금붕어에 빠져 있는 걸 보면 어린애는 어린애인가 봐.

어제 오후 수완이는 지완이의 전화를 받고 달려온 엄마랑 병원에 가서 왼쪽 팔의 뼈에 금이 갔다는 진단을 받았어. 역시 빨리 귀가한 아빠는 가벼운 실랑이 하나 삭혀낼 도량도 없는 아이들의 마음에 대해 개탄하고, 아이들을 그렇게 만든 엄마들의 광적인 교육

열도 비난했어. 그러곤 엄마를 힐긋힐긋 봤어. 한번 몰입하면 회의라곤 없이 앞만 보고 가는 사람인 엄마는 아빠의 눈총을 탄력적으로 튕겨내버리더군. 아빠는 씁쓸한 눈으로 집 안을 둘러보다 살아남은 금붕어들을 볼에 담은 후 손으로 바닥의 물을 옮겨 붓고 있는 지완이를 봤어. 아빠는 당장 지완이를 데리고 나가 교외의 화원에서 도기 수반을 사 왔어. 지완이 말에 따르면, 아빠는 금붕어 집으로 쓸 적절한 사이즈와 모양의 돌을 찾기 위해 유원지와 작은 절까지 갔었대.

"그럼, 애들은 앞으론 별 탈 없이 잘 살겠네."

"글쎄, 환경이 너무 자주 바뀌어서 잘 살지 모르겠다. 금붕어는 아주 약한 생물이야. 한번 나빠지면 대부분 회복 못 해. 그냥 죽어버려. 그러니 이틀에 한 번 밥만 주고 너무 신경 쓰지 마라."

어느새 딸들보다 더 화사해 보이는 엄마가 다가와 수반을 보고 있어. 탐나는 물건을 쇼핑할 때처럼 찬찬히 뜯어보는 폼이 수반이 마음에 쏙 든 것 같아.

"이 수반, 주방 식기장 옆에 놔야겠다."

엄마가 손가락으로 가리킨 곳엔 이태원 앤티크 가구 거리에서 산 영국산 벚나무 식기장이 있어. 엄마가 아이들 교육에 집중하기 전인 4년 전 인테리어에 한창 열을 올릴 때 사들인 가구들 중 하나야. 그 시절의 엄마는 해외여행을 갈 때마다 명품 식기들을 캐리어에 잔뜩 싣고 올 만큼 아름다운 물건들에 관심이 많았지. 아빠는 지금도 상대의 결론을 예상은 했지만 흔쾌히 동의해줄 순 없다는 표정이야.

"금붕어들이 전기로 온도를 맞춰줘야 하는 열대어보단 덜 민감하지만, 너무 차도 안 좋을 텐데. 주방 옆방은 안 쓰는 방이어서 난방을 전혀 안 하잖아."

"그래도 새까맣고 커다란 물건이 어울리는 곳에 있어야죠. 거실은 책장들이 다 나와 있어서 어수선해요. 마침 식기장 주위가 허전했는데 잘됐네."

"차라리 수족관을 들여놓을까?"

"수족관은 무슨. 아주 비싼 것이 아님 무지 촌스럽던데. 수반이 백배는 나아요. 운치 있잖아."

엄마는 구운 도미의 살을 발라 주완이의 밥공기에 넣어주고 아빠도 묵묵히 젓가락질을 해. 이런 풍경은 이 집에선 흔한 모습이야. 왜냐하면 이 집은 엄마의 왕국이거든. 집에 있는 모든 물건들, 즉 가구, 장식품, 커튼, 침구, 옷은 엄마의 마음에 들어야만 존재할 수 있어. 엄마가 아이들 교육에 열중하게 되면서 아빠가 셔츠, 넥타이 따위를 병원 옆 아울렛에서 사 오기도 했는데, 그때마다 수난을 겪었어. 엄마는 평소엔 전혀 신경을 쓰지 않다가도 한번 관심을 가지면 아예 분석을 해버리거든. 엄마의 비난의 요지는 아빠가 고급스럽지 못하다는 거였지. 실제로 엄마가 심사숙고해 골라준 넥타이를 매고 출근한 날은 어김없이 칭찬을 듣곤 했던 아빠는 아무 말도 하지 않아. 그런데 언제부터인가 스타일에 대한 비판을 들을 때마다 아빠의 얼굴에 나타나는 건 뿌리를 다친 사람의 표정이야. 여전히 취향이 단지 취향일 뿐이라고 생각하는 엄마는 원색 스카프처럼 거침없기만 하고.

5

다음 날 아침, 눈부신 동쪽 햇살을 받으며 기지개를 켜고 있는데 주방 쪽에서 주완이의 목소리가 들려.

"엄마, 금붕어 한 마리가 둥둥 떠 있어. 죽은 것 같아."

수완이와 지완이가 잠옷 바람으로 달려 나와 눈을 비비며 수반 안을 봐. 아빠도 조간신문부터 찾지 않고 주방으로 가서 수반 안을 봐.

"죽었다."

어젯밤 걱정하던 목소리와는 판이하게 덤덤한 말투야. 조금 빨리 찾아왔을 뿐 예정돼 있는 생물들의 소멸을 인정하고 체념하는 목소리. 그러나 금붕어들의 엄마인 지완이는 실망과 조바심을 감추지 못하고 수반 앞에 쭈그려 앉아. 심각할 대로 심각해진 지완이의 조그만 뒤통수가 수반 속으로 뛰어내릴 것만 같아.

"배가 터져 죽었나 봐. 친구들 먹이까지 다 뺏어 먹고……. 아빠가 굶어 죽는 금붕어는 없다고, 오히려 너무 많이 먹으면 죽는다고 해서 이틀에 한 번 네 알씩, 곱셈까지 해서 줬는데 저 혼자 실컷 먹고 배가 터져 죽었어. 봐, 배가 너덜너덜해."

그때 주완이가 양치 컵을 수반 안으로 쑥 집어넣었어. 무언가를 담아 물을 뚝뚝 흘리며 내 옆으로 와 컵 안을 들여다봐. 별수 없이 나는 죽은 금붕어와 정면으로 마주치고 말아. 죽음이란, 참 평면적이군. 전체적으로 크기가 작아진 데다 하얗고 납작해진 몸은 샅샅이 발각당해 있어. 살아 있는 것들이 갈망하고 긴장하고 숨으려 할 때의 신비감 같은 것이 없어. 그때 양치질과 세수를 마치고 나오던 아빠가 주방에 있는 엄마를 흘겨보며 말해.

"너무 많이 먹어 배가 터져 죽은 게 아니라 동료들에게 배를 물어뜯겨 죽은 거야."

"왜, 왜요? 저희끼리 싸웠어요?"

"아니. 그냥 한 마리가 약해지면 주위의 멀쩡한 놈들이 달려들어 배를 공격해. 살점과 내장을 뜯어 먹는 거지. 시골에서 닭 키우는 사람들도 똑같은 꼴을 보게 된다더라. 이상하게도 약해진 놈들 꼴을 못 봐. 그냥 약함 자체를 못마땅해하고 경계해."

"어, 아빠. 또 한 마리를 네 마리가 공격해. 봐, 봐!"

"내버려둬라……. 살 놈은 살아야 하니 먹고 살이라도 찌라고."

6

사흘 후, 오후 5시쯤 학교에서 돌아온 수완이는 책가방을 멘 채 방문들을 열어보고 다녀. 해치워버려야만 할 일이 있는 사람처럼. 그런데도 표정은 어려. 이상하리만큼. 정말 초등학교 1학년 같아.

안방 욕실에서 샤워를 하고 나오던 엄마와 마주치자 천진난만한 목소리로 말해.

"엄마, 오늘 영어 기말고사 결과 나왔어. 나 B반 됐다."

"뭐?"

엄마는 수완이의 그것과 똑같이 생긴 아치형 눈썹을 치켜 올려. 한참 동안 입술을 꼭 물고 있어. 잠시 후 윤기가 나는 젖은 머리카락들을 손가락으로 빗어 내리며 물어.

"시험이 어려웠나 보구나. 얼마나 어려웠는데? 엄마가 시험지 한번 볼까?"

엄마는 깁스를 한 수완이의 어깨에서 가방을 벗겨냈어. 수완이는 멀쩡한 왼손으로 서슴없이 시험지를 꺼내 내밀어.

"나 오늘은 시험 본 날이니까 바이올린 레슨 안 받아도 되지? 엄마가 선생님 오시지 말라고 전화해. 나, 오래오래 놀다 온다."

엄마는 형편없는 성적을 내놓고도 아무 부담이 없어 보이는 딸을 멍하게 봐. 시험 점수는 충격적이야. 혼자 예습 복습을 할 때도 별로 어려워하지 않았고, 원어민 담임도 수완이의 학습 능력을 인정한다고 들었는데 주요 과목 모두 B 마이너스 아니면 C야. 남의 아이들에게도 관심이 지대한 수완이 친구 엄마들을 생각하자 머리가 쪼개질 것 같아. 선천적으로 탁월한 어학 감각을 가진 아이들이 계속 A반이라면 계속 B반에 있는 남자아이들 대부분은 영재교육원을 목표로 할 만큼 수학에 빼어나다는 게 이 반의 현황이야.

엄마의 얼굴이 보랏빛으로 변해가네. 전신에서 힘이 빠져나가는 것도 보여. 맞아, 저것은 엄마가 실패라는 단어를 말할 때의 표정이야. 일에 실패했다거나 남편과의 관계에 실패했다거나 할 때. 이번엔 거기에 아이들 교육에 실패했다는 것이 추가되는 건가. 엄마가 나쁜 감정들에 심장을 갉아먹히는 걸 난 보고만 있어. 친구랑 통화하며 수완이가 최근에 시험 점수에서 기복을 보이는 만큼 따뜻하게 케어를 해주어야 한다고 말하던 엄마는 어디론가 가버리고 없어.

엄마는 두 딸들이 함께 쓰는 방으로 달려가. 미친 듯이 책상 서랍들을 뒤지는 소리가 들려. 딸이 보여주지 않은 시험지도 있을 거라고 생각했을까? 무언가가 팽개쳐지고 깨지는 소리가 나는 걸 보니 목표물을 찾았나 봐. 엄마는 구겨버린 시험지들을 쥐고 나와 펼쳐서 봐. 엄마가 눈을 꾹 감고 서 있을 때 수완이가 현관문을 열고 들어왔어. 여전히 천진하게 아이스크림 사 먹을 돈 가져가려고 하자 엄마가 수완이 쪽으로 돌아서.

"이게 뭐야? 너 왜 엄마한테 안 보여줬어? 이럴 거면서, 기껏 이 따위로 할 거면서 엄마가 예습 복습과 시험공부 도와줄 과외 선생님 붙여준다고 했을 때 왜 싫다고 했어?"

엄마는 수완이에게 물건들을 마구 던져. 고지서 봉투, 플라스틱 물컵, 리모컨……. 학원을 다녀와 자고 있던 지완이와 제 방에서 컴퓨터 게임을 하던 주완이도 달려 나와 울어. 엄마는 결국 탁자 위에 놓인 두꺼운 미국 통합 교과서까지 던져버리고 말아. 책은 언 채로 서 있는 수완이의 이마를 스쳐 바닥에 떨어졌어. 저런, 수완이의 이마 한가운데가 혹처럼 부풀었어. 정신이 번쩍 든 엄마는 수완이에게 다가가 이마를 살펴보고 엄지로 살짝 눌러보다 한숨을 내쉬어. 내가 단단히 미쳤구나, 하는 표정도 잠깐 다시 격렬하게 짜증을 내.

"네가 알아서 피해야지, 왜 미련하게 그 무거운 걸 맞고 서 있어?"

7

외출에서 돌아온 엄마의 얼굴은 상기되어 있어. 평소엔 엄마의 화려한 외모를 돋보이게 해주는 빨간 바바리가 지금은 엄마가 겪고 있는 혼란들을 강조해주는 것 같아. 나는 반사적으로 수완이를 데리고 외출했던 오늘 하루도 나쁜 날이었구나, 하고 깨닫고 말아. 수완이의 표정도 내 확신을 굳건하게 해줘. 또래보다 키가 커 조숙해 보이는 수완이는 제 존재감을 최소화한 채 엄마 옆에 붙어 있어. 일주일 전 저녁처럼 엄마의 모든 것을 받아들일 수밖에 없다는 듯이.

그러나 내 예상대로 엄마는 화를 내진 않아. 비록 그날 수완이에게 미친 듯이 화를 냈고 또 이상하리만큼 빨리 퇴근한 아빠에게 아이들 망치지 말고 차라리 쇼핑이나 하라고 모욕을 당한 뒤 싸우기도 했지만 엄마는 다신 그런 상황을 만들고 싶지 않은 것 같아.

엄마는 클러치 백을 바닥에 던져놓고 소파 위로 올라가 팔걸이에 머리를 얹고 누워. 눈을 감아버려. 닥종이 형제 인형들같이 조르륵 서 있던 수완이, 지완이, 주완이의 얼굴에 아이다운 기대감이 꿈틀거려. 엄마에게 어떤 틈이 생긴 걸 귀신같이 알아차린 거지.

"엄마, 그럼 우리 피아노학원 갔다 올까?"

바이올린과 플룻은 집에 오는 선생님에게 배우지만 피아노는 상가의 학원에 가서 치거든. 그 시간이야말로 엄마의 사정거리에서 벗어나 잠시나마 자유를 만끽하는 시간이지. 엄마는 눈을 뜨고 세 아이들을 올려다봐.

"그래라. 길 건널 때 주완이 챙기고, 주완이 딴짓 안 하고 잘 치나 보고. 그리고 저녁도 먹고 와. 상가 중국 식당에서 깐풍기 사 먹어."

몸을 일으킨 엄마는 지갑에서 지폐 세 장을 꺼내 수완이에게 줘. 아이들은 비 맞은 여름 식물처럼 생생하게 살아나 수런거리며 집을 나가. 엄마는 천장을 보며 심호흡을 한 뒤 다시 잠 속으로 빠져들어. 나와 이미 나만큼 자라 거실 창가를 꾸며주고 있는 내 아이들이 식사 겸 공기 정화 작업을 하려 할 때 아바의 〈댄싱 퀸〉 멜로디가 울려 퍼져. 엄마는 귀찮다는 표정으로 휴대폰을 집어 들어.

"……그래, 오늘 네가 말한 소아정신과 갔다 왔어. 거기서도 테스트 용지부터 내밀더라. 왜, 신경정신과 가면 주는 문답지 있잖아. 거기선 인지 능력과 심리 상태를 한꺼번에 보더라고. 그런데 말이야, 우리 수완이가 문제를 제대로 읽지도 않고 마구 답을 써버리는 거 있지? 정말 때려주고 싶었어. 시험 볼 때도 그딴 식으로 하니까 엉망인 점수가 나오는 거지. 혹시 사춘기가 빨리 온 걸까……. 뭐?

문제들을 푼 뒤 결과가 나오는 걸 두려워하는 거라고? 테스트 공포증? 앤, 말도 안 돼. 걘 그렇게 약한 애가 아냐."

나는 가슴이 뜨끔해. 테스트 공포증이라니. 아무래도 독신의 화가이자 냉정한 관찰자인 엄마 친구가 정답에 가까운 답을 찾아낸 것 같아. 맞아. 그건 말이 되는 추측이야. 난 이 집에서 오래 살아온 만큼 이 가족의 라이프 스토리를 알고 있거든.

오래전 엄마가 산후우울증에 걸렸던 건 수완이를 임신하고 직장을 그만둔 뒤였어. 엄마는 대형 쇼핑몰 디스플레이 팀에서 일했는데 끊임없이 아이디어를 내야 해서 스트레스가 많은 데다 육체노동도 만만치 않아서 아이가 생기지 않았어. 결혼 4년 만에 겨우 임신했을 때 마침 팀장을 뽑는 인사가 있었어. 그건 엄마가 오래 갈망해온 직책이었는데 그녀의 라이벌이 승진했지. 엄마의 상사는 엄마의 임신이 결격사유로 작용했다고 말했고, 엄마는 그 말을 그대로 믿었어. 엄마는 손익계산을 해보며 며칠 밤낮을 고민했지. 경제적으론 어렵지 않은 데다 그 지점에서 막히면 위로 올라가는 건 실질적으로 불가능했거든. 결국 엄마는 직장을 그만두고 아이들을 낳아 잘 키우는 쪽이 낫다고 결론을 내렸어.

그러나 전업주부 생활은 행복하지 않았어. 아빠가 피부과 전문의 과정에 들어가 바빠지면서부터는 조울증 증세를 보였지. 신혼 때도 사이가 별로였던 부부는 틈만 나면 싸웠어. 결국 수완이를 낳고선 산후우울증에 걸려버렸지. 내가 오로지 아빠의 케어를 받으며 포기 나누기를 통해 번식하는 동안, 엄마는 계속 결혼에 대해 회의하며 세 아이를 낳아 키웠어. 지완이는 엄마가 이혼하겠다고 결심했을 때 생겨 엄마를 주저앉힌 아이인 반면, 주완이는 엄마가 유지 쪽으로 결론을 내렸을 때 생겨 순수한 사랑을 듬뿍 받은 아이야. 수완이가 다섯 살이 되자 엄마는 자녀 교육도 직업 못지않은 프로젝트일 수 있다고 최종 결론을 내리며 생기를 회복했어. 그때부터 수완이는 엄마의 아바타 비슷한 존재로 살아온 거야.

엄마는 일어서서 코트를 벗어 개놓고 철제 진열대 위의 영어 책들을 치워. 나중엔 진열대도 치워. 또 책꽂이에 꽂힌 영어 책들도 뽑아. 이유는 단 하나야. 일주일 전 아빠가 언쟁 도중에 진열대에 놓인 책들을 집어 온 거실 바닥에 던져버렸거든. 오직 오기 때문에 책들을 집어 모조리 꽂아놓았지만 이젠 신경전 따윈 그만하고 싶은 거야.

잠깐만! 엄마가 한숨을 내쉰 뒤 눈을 감고 책들에 이마를 대고 가만히 있어. 엄마도 지쳐가고 있는 걸까? 자신의 욕망들이 지긋지긋해진 걸까? 하지만 그 누구도 아무것도 하지 않고 살 순 없어. 원점으로 되돌아갈 수도 없고. 수완이의 영어 공부도 그렇대. 여기서 그만두면 지금까지 해온 것들을 다 잊어버리게 된대. 그때 다시 〈댄싱 퀸〉 멜로디가 울려 퍼져. 엄마는 화들짝 놀라 휴대폰을 찾아.

"……나? 잘 지내지. 아이들은 저녁 먹으러 나갔어. 수완이가 다녀온 영어 연수 프로그램? 그럼, 전화번호 알지……. 승주, 기민이가 겨울방학 때 필리핀 간다고? 아, 걔들 모두 이번에 B반으로 떨어진 애들이구나. 하긴 수학이 빼어난 상태에서 만성 B반이라면 모를까, 다 어정쩡하면 영어라도 끌어올려줘야지. 그래, 내가 번호 찾아보고 연락해줄게."

엄마는 휴대폰을 소파 위로 던져버린 뒤 거실 바닥에 드러누워. 한동안, 정말 죽은 사람처럼 누워만 있어. 엄마의 혈관들에서 피가 빠져나가는 소리가 또렷이 들려. 영혼도 따라서 나갈 것 같다고 느낀 순간, 내 긴 잎들 중 하나가 엄마의 흰 목을 향해 가. 저 잎이 엄마의 목을 꼭 껴안아주면 엄마는 쉴 수 있을 텐데, 완벽하게. 그때야. 엄마가 벌떡 일어나서 앉아. 부활하는 미라처럼. 저런, 엄마가 다시 안간힘을 다해 삶 쪽으로 헤엄쳐 나오고 있어. 엄마는 휴대폰을 집어 들더니 번호를 꾹꾹 눌러.

"있잖아, 우리 수완이도 보낼래. 물론 걔들과 다른 반에 배치되긴 하겠지만. 수완이가 영어 일기도 잘 쓰고 발음도 좋고 프레젠테이션도 곧잘 하는데 시험에서만 기복을 보이잖아. 아무래도 실력이 어정쩡해서 그런 것 같아. 겨울방학 때 열심히 해서 실력이 확고해지면 헷갈리거나 감정에 영향을 받는 일은 없어질 거야."

8

슈크림보다 더 포근한 햇볕이 내리쬐는 오후야. 모처럼 한가해 보이는 세 아이들이 창가에 엎드려 도둑 찾기 게임을 하고 있어. 진지한 게임은 아냐. 그냥 누나들이 친구들과 하던 게임을 배워보려 하는 주완이에게 규칙을 가르쳐주고 해보는 연습이지.

물론 오늘의 휴식은 엉겁결에 얻은 선물이야. 엄마가 내일 필리 핀으로 떠날 수완이에게 필요한 물건들을 사기 위해 백화점에 가고 없거든. 그러나 수완이의 표정은 휴식을 즐기는 사람의 그것이 아냐. 수완이는 요즘 상태가 나빠. 긴장 자체를 견딜 수 없는지 멍하게 있을 때도 많고 식욕부진으로 너무 말라 있어. 최근엔 두 번이나 밤에 자는 도중에 침대 시트에 오줌을 누기도 했어.

늘 앞만 보고 달리는 엄마는 야단을 치거나 짜증만 낼 뿐이야. 왜, 꺼림칙한 징후들 정도론 하던 일을 멈출 사람이 아니잖아. 모녀를 지켜보고 있으면 열 살 된 아이란 동물이 아닌 식물이라는 생각이 들어. 뿌리 내린 토양이 맞지 않아도 다른 부모 밑으로 옮겨 갈 수 없다는 점에선 우리와 비슷하지. 30분쯤 지났을까. 무중력상태에서의 여유도 지루해졌는지 주완이가 카드들을 내던지고 소파 위로 올라가 축 늘어져.

"누나야. 저기 저 금붕어들 말이야, 어젯밤 또 한 마리가 죽었다. 사흘 전에도 죽었는데. 똑같은 모양으로. 이제 딱 두 마리밖에 안 남았어."

주완이는 소파 바닥에 얼굴을 묻고 잠이 들어. 수완이와 지완이는 한동안 멍하게 앉아 있어. 두 소녀도 놀이에 대한 욕구를 잃은 것 같아. 수완이의 감정 상태에 예민한 지완이는 이미 긴장하고 있어. 아니나 다를까, 수완이가 자신을 짓누르는 나쁜 감정들로부터 도망치고 싶은지 지완이 앞으로 다가앉아.

"지완이, 너 여기 밝은 곳에 누워. 제일 큰 엄마 난초 옆에."

"싫어!"

"뭐?"

"이젠 숨 멈추기 놀이 그만할래. 언닌 재밌을지 모르지만 난 싫어. 힘들고 무서워!"

"너, 죽고 싶어? 어서 눕지 못해! 어서! 빨리!"

언니가 풍기는 비정상적인 기운에 압도당해버렸는지 지완이는 천장을 보고 누워. 수완이는 무릎을 꿇은 채 가랑이를 벌리고 지완이 위로 올라가 그 애를 두 팔로 가둬버려.

"자, 눈을 감고 숨을 멈춰. 오늘도 30씩 해보자. 네가 먼저 하고 그다음에 내가 할게. 자, 눈을 꼭 감고 숨을 배로, 깊이 내쉰 뒤 시작! 시간 잰다."

수완이는 초침 눈금이 선명한 거실 벽시계를 뚫어지게 봐. 정확히 3분 만에 지완이를 해방시켜주고 차례를 바꿔. 수완이도 지완이가 지켜보는 앞에서 똑같은 시간 동안 숨을 멈춰 보여. 잠시 후 차례를 바꿔 다시 지완이를 눕히고 차분한 목소리로 말해.

"내 생각엔 할 때마다 3분씩만 하는 거 시시해. 이번엔 5분 동안 멈춰보자."

지완이가 싫다고 반항하고 말 것도 없어. 수완이는 지완이의 두 팔을 지그시 누르고 벽시계를 봐. 시작하자마자 지완이의 두 팔에서 손을 떼고 들뜬 목소리로 말해.

"3분이나 숨을 멈추고 있는 거 힘들겠지? 혼자선 못 하겠지? 도와줄게. 기다려."

수완이는 소파 위에 놓인 플롯 케이스에서 악기를 닦는 가제 손수건을 꺼내 주방으로 가서 물을 묻혀 돌아와. 정확히 3분 동안 기다린 뒤 젖은 수건으로 지완이의 코와 입을 덮어. 지완이의 영혼이 창백해지고 있어.

바로 그때야. 내 몸속 가장 깊은 곳 어디에선가 지진 같은 경련이 시작됐어. 뿌리도 없는 내 몸의 무성한 팔들이 공중에서 요동을 치고 있어. 맞아, 수완이는 기억하고 있어. 그동안 몇 차례 저 놀이를 지켜보면서도 몰랐는데 이젠 알겠어. 엄마가 본격적으로 산후우울증을 앓게 된 무렵 난 공기 정화의 임무를 부여받고 안방에 들여놓아진 적이 있어. 어느 날 밤 엄마가 아빠랑 심하게 싸운 뒤 아기 침대로 달려들더니 눈만 꼭 감고 있을 뿐 깨어 있던 수완이의 목을 졸랐어. 그 이유는 단 하나겠지. 아빠가 가장 사랑하는 사람이 수완이이니 그 앨 아프게 함으로써 아빠를 아프게 하려는 것. 당장 아빠가 달려들어 말려서 수완이는 무사했지만 저 앤, 저 애의 몸은 기억하고 있었던 거야. 그때부터 아빠가 엄마를 환자로 대하고 케어를 해주면서 엄마는 호전되었지만, 수완이의 상처는 입을 꼭 다문 채 무럭무럭 자라고 있었던 거야. 그리고 지금 그것은 똑같은 상처를 타인에게 주어야만 숨을 쉴 수 있는 괴물이 돼버렸어.

자정이 다 됐을까? 현관문 도어록이 열리는 소리와 함께 아빠가 들어왔어. 배달시킨 피자를 먹다 말고 바닥에 엎드려 자고 있는 수완이와 주완이를 내려다봐. 아이들을 챙길 기운도 없는지 소파 위로 주저앉더니 축 늘어져버려. 아빠는 눈을 감은 채 꼼짝도 하지 않아. 잠시 후 전화벨이 울리자 힘겹게 움직여 수화기를 집어 들어.

"……네, 어머니. 잠깐 집에 들어왔어요. 지완인…… 중환자실에 있어요. 집사람도 같이 있고요……. 나빠요. 숨을 오래 멈추고 있는 동안 뇌에 산소 공급이 안 돼 쇼크 상태에 빠진 거죠. 뇌의 일부가 망가져 장애가 올 확률이 80퍼센트가 넘는대요. 다른 20퍼센트를 기대하지만, 아아 모르겠어요. 뭔가 단단히 잘못하고 있는 것 같은데 어디서부터 손을 대야 할지……."

결국 아빠는 수화기를 떨어뜨리고 고개를 푹 숙여. 고정되어 있는 만큼 눈길을 돌릴 수도 없는 나는 아빠의 얼굴에서 눈물이 후두둑 떨어지는 걸 보고야 말아. 한참 지켜보다 보니 궁금해지네. 저 까만 수반 속의 둘만 남은 금붕어들 중 한 마리가 앓게 되면 어떤 일이 일어날까? 건강한 금붕어는 아픈 금붕어를 물어뜯을까? 상대가 죽고 나면 영원히 혼자 살아야 하는데도? 아니면 고독이 두려워서라도 규칙을 바꿔볼까? 오직 자신을 위해서 말이야. 나는, 몹시 궁금해.

우 리 가
강   을
건 넜 을 까

1

　수연은 가스레인지 위쪽의 흰 타일들에 묻어 있는 옅은 얼룩들을 노려봤다. 프라이팬에 걸쳐놓은 뒤집개가 뜨거워졌을 때에야 면실유가 튀어 오르고 있는 팬을 봤다. 달걀 물을 씌워 얹어놓은 애호박이 지나치게 익어 있었다. 황급히 렌지의 불을 껐지만 타임을 놓쳐버린 그것들은 따끈한 상태에서 아삭, 하고 씹히는 감칠맛을 잃어버렸을 것이다. 그녀는 실패한 그것들을 역시 너무 그을려 향기를 잃은 굴전들이 담긴 채반 위로 놓았다.

　오전에 준비한 요리들은 그런대로 해냈는데 불 조절이 성패를 가늠하는 요리들은 계속 실패하고 있었다. 그녀는 아직 부치지 않은 애호박들을 본 뒤 요리를 포기했다. 앞치마를 벗어 싱크대 서랍 속에 구겨 넣은 뒤 거실 쪽으로 돌아섰다.

반쯤 젖혀진 흰 우드 블라인드 아래 드러난 격자 창문이 빗물에 젖고 있었다. 유리의 표면에 부딪혀 어룽거리는 빗물의 형태는 아이들이 그린 손가락 그림 같기도 하고 천상의 누군가가 흘리는 눈물 같기도 했다. 손을 뻗으면 왠지 목욕물처럼 팔뚝에 따뜻하게 감겨올 것 같은 비다. 단지 블라인드가 여름용인데도 아직 바꿔주질 않아 창 전체가 창백하고 추워 보이는 것이 거슬릴 뿐이다.

올해 봄 이 도시로 내려온 뒤 수연 부부는 계절 감각을 잊고 지냈다. 물론 그들이 잊어버린 건 계절뿐만이 아니었다. 저녁 식탁의 풍요로움과 서로에 대한 사랑을 노동으로 증명하며 느낄 만한 희열, 명절의 번거로운 감흥 등을 다 잊고 지냈다. 그렇듯 일상을 방치하면서도 상대를 탓한 적이 없고 자기 검열을 하지도 않았다. 그런데 오후 내내 멈추지 않는 비를 보고 있자니 별수 없이 남편을 생각하게 된다.

금요일인 어제 오후 학교에서 돌아온 그는 식탁에 차려진 저녁을 먹은 뒤 곧장 서재로 갔다. 20분 후 검은 패딩 파카를 입은 남편이 낚시 도구가 든 큰 가방을 어깨에 둘러매고 나왔다. 그는 고개를 숙이고 현관 쪽으로 걸어가 두툼한 면양말을 신은 발에 운동화를 꿰었다.

"유 조교랑 밤낚시 가기로 했어."

"어디로 가는데요?"

"율포. 일요일 오후에나 올 거야."

그는 여전히 눈을 맞추지 않은 채 그녀를 가볍게 안아주었다. 민트 향의 쉐이빙 밤 냄새가 진동하나 싶더니 그의 넓쩍한 등이 시야를 꽉 채웠다. 뺨도 닿지 않고 머리카락 한 올 스치지 않은 좀 전의 포옹이 꿈속의 일 같았다. 현관문이 닫히는 소리가 났을 때에야 비로소 숨을 쉴 수 있었다. 가슴에서 심장 크기만 한 돌이 빠져나가는 느낌과 함께 자신이 혼자 있게 되는 이 순간을 얼마나 기다려왔는지 깨달은 것이다. 그러나 곧 익숙한 절망이 그녀를 덮쳤다. 우리는 주말 이틀을 함께 보내는 것조차 힘들어하는구나…….

테니스나 라켓볼 같은 승부 게임만 즐기던 그가 휴일마다 낚시를 가게 된 건 이곳의 한 사립대학 조교수로 부임해 오면서부터다. 공부하는 시간을 제외하곤 한시도 가만있지 못하던 그가 언제부터인가 학교 가는 시간이 아니면 움직이려 하질 않았다. 그래도 그녀는 집을 떠나지 않았다. 조용하기만 한 휴식은 일요일 오후가 되면 고통으로 변질되어갔지만, 골밀도가 낮아진 뼈로 몸을 지탱하듯 정적을 견뎌냈다. 견디는 것은 그녀가 잘하는 일들 중 하나지만 또 이미 눈치채고 있기도 했다. 무한한 사랑이나 기쁨이 없듯이 무한한 고통도 없다는 것을. 앓을 대로 앓다 고통의 원인조차 잊어버리거나 고통이 육체 자체처럼 되어버려 더 이상 낯설지 않게 되기만을 빌었다. 하루에 열 페이지씩은 나간다는 규칙을 정하고 번역 원고를 붙들고 있으면서도 어느 순간 서른세 평 공간을 역도선수처럼 번쩍 들어 던져버리고 싶은 충동을 느끼기도 했다.

다행히 이번 주말엔 혼자 고통을 견디지 않아도 된다. 토요일 저녁이면 이 집은 수연보다 훨씬 치열하고 활달하게 사는 언니들의 생기로 꽉 찰 것이다. 오늘은 수연 자매가 1년에 단 한 번, 이젠 더 중요한 가족이 돼버린 남편과 아이들을 떨구고 모이는 날이다.

　수연은 샐러드 재료인 체리토마토와 양상추, 치커리 따위를 썰어 찬물에 담가 냉장고에 넣어둔 뒤 창가로 갔다. 8층 높이에서 내려다보는, 추적추적 내리는 가을비에 젖고 있는 골목은 음울해 보였다. 낡은 건물들의 옥상과 때 묻은 단독주택 지붕들이 오밀조밀 모여 있는 광경이 필름이 훼손된 옛날 영화 속의 세트 같다. 지붕들이 비에 젖어 어두워지는 것을 보고 있을 때 아파트 안에서 우산을 쓴 사람들이 튀어나왔다. 검은색 우산, 진회색 체크무늬 우산, 암록 바탕에 흰 물방울무늬가 있는 우산, 비닐 우산……

　우산들이 큰 도로 쪽으로 걸어갈 때 마지막으로 노란 우산이 뛰어나왔다. 형광빛이 도는 노란 비닐 위에 앙증맞은 스누피가 그려져 있는 그 우산 아래로 빨간 치마와 눈에 익은 빼빼 마른 종아리가 보였다. 연약해 보이는 그 다리들이 달리자 슬리퍼의 뒤꿈치에서 빗물이 튀어 올랐다. 1층에 사는 여섯 살짜리 여자아이였다.

　동영상처럼 그 애의 갈색 반곱슬머리와 맑은 피부, 새까만 눈동자가 떠올랐다. 그 얼굴이 공중에서 펄럭이는 보자기처럼 수연의 얼굴을 덮쳤다. 수줍음을 타면서도 묻는 말엔 조곤조곤 대답하곤 하던 아이가 가끔 유치원에서 배운 노래들을 낭랑하게 불러줄 때면 뺨이나 머리를 쓰다듬어주지 않고선 못 견뎠지만, 오늘은 보는 것만으론 불충분하다. 수연은 우산을 뺏어 던져버린 뒤 아이를 덥석 안고 어디론가 가고 싶었다. 백화점에서 유아 방에 눕혀진 아이를 훔쳐 달아나는 여자들의 마음도 이해할 수 있을 것 같았다. 언젠가 전 세계적으로 한 해에 유괴당하는 유아들이 수천 명에 달한다는 내용의 기사를 봤을 땐 하루빨리 아이에 대한 욕망부터 잘라내야겠다고 생각했었다. 그녀는, 블라인드를 내려버렸다.

2

6시 정각에 현관 벨이 울렸다. 문을 열자 살굿빛 바바리를 입고 빗물이 뚝뚝 흐르는 검은 장우산을 든 지연 언니가 서 있었다. 수연의 눈이 휘둥그레졌다. 언니가 씩 웃으면서 등 뒤로 감추고 있던 풍성한 튤립 다발을 내밀었다. 50송이도 훨씬 넘어 보이는 선홍색 튤립들이었다.

"너무 예쁘지?"

언니의 얼굴은 전보다 말랐지만 표정만은 생생하다. 우아한 커트 파마를 한 머리카락들에 매달린 자잘한 빗방울들과 오렌지색 립스틱이 그녀를 화사해 보이게 했다. 순결한 불꽃 같기도 한 튤립 다발을 내려다보며 수연은 오늘은 이상하게도 빨간색과 자주 마주친다는 생각을 했다.

언니가 코트를 소파에 걸쳐두고 화장실에 가자 수연은 재빨리 타월로 코트의 물기를 닦아낸 뒤 안방의 행거에 걸었다. 그러니까, 제자리에 둔 것이다. 손을 씻고 나온 언니는 거실과 세 개의 방과 화분 하나 놓여 있지 않은 베란다를 둘러본 뒤 주방으로 갔다.

"여전히 깨끗하구나. 너희 집은. 너무 깨끗해서 오래 있으면 안 될 것 같아."

"과장하는 언니 버릇도 여전하네. 그리고 언니도 한때 굉장히 깔끔했잖아. 나랑 해연 언니가 아무래도 큰언니 결벽증인 것 같아, 하고 흉봤던 거 모르지?"

"내가? 맞아, 그랬구나."

그러나 언니는 곧 얼굴을 젖히고 깔깔깔 웃었다.

"난 요즘 확실히 변했어. 오히려 너무 정돈돼 있으면 이상해. 물건들이 적당히 어질러지고 때도 조금 끼어 있는 게 더 자연스러워 보여. 아이가 종일 어지르니 내가 편해지기 위해 하는 생각인지도 모르지만. 그래도 너 기억하지? 옛날엔 내가 내 방 침대 위 아니면 자지 못하던 것. 그런데 요즘은 아무 데서나 자. 거의 노숙자 수준이야."

"점점. 또 과장한다."

"아냐. 내가 변했다는 걸 깨닫게 해준 사건이 있었어."

"사건?"

"6개월 전 몽골 여행을 갔는데, 지저분한 울란바토르에선 점심만 먹고 곧장 초원으로 갔어. 고비 사막 근처의 초원에 한국인 사장이 운영하는 리조트가 있거든. 몽골 청년들의 도움을 받아 말을 타고 초원으로 나갔더니 유목민들이 사는 게르들이 있었어. 게르 알지? 에스키모들의 이글루처럼 생긴 천막집. 초대를 받아 안으로 들어갔더니 와, 정말 백 년은 묵은 것 같은 때와 먼지가 태연하게 살고 있더라. 물건들마다 붙어서. 물이 워낙 부족한 곳이다 보니 사람들도 하나같이 꼬질꼬질하고. 양젖을 발효시켜 만든 막걸리 같은 술을 주기에 그걸 찔끔찔끔 마시는데 그런 생각이 들더라. 흐음, 이 때와 먼지 속에서 먹고 자고 사랑을 나눈단 말이지? 그래, 이 정도는 돼야, 아예 눈이 멀어버려야 가족이지."

수연은 웃어주면서도 속으로 혀를 찼다. 쳇, 겨우 그 정도를 가지고 사건이라 부르다니. 하긴, 자기중심적인 사람에겐 감정도 절절하면 사건이 될 것이다. 그러나 영국산 티백 홍차를 끓여 언니의 찻잔에 부어준 뒤 차의 은은한 주홍빛에 감탄하는 언니를 봤을 땐 등골이 서늘해졌다. 어쩌면 언니의 지적은 정확한 건지도 모른다. 매사에 거침이 없지만 악의는 없는 언니가 의도한 것은 결코 아니겠지만.

수연도 신혼 때는 여느 아내들처럼 종일 인사동을 돌아다니며 소품들을 사들이고 패브릭을 만들기 위해 동대문 시장을 샅샅이 훑었다. 그러던 그녀가 언제부터인가 집 안의 먼지와 때는 물론 아기자기한 장식들도 견딜 수 없게 돼버렸다. 하늘거리는 것, 뽀얀 것, 말랑말랑한 것들을 참을 수가 없었다. 수연은 거실 커튼을 깔끔한 블라인드로 바꿔버렸고, 물건들은 철저히 수납을 했고, 손님이 다녀간 뒤엔 꼭 대청소를 했다. 자고 간 손님이 있으면 이불 커버를 벗겨내 오래오래 빨았다. 사람살이의 부대낌과 끈끈함을 못 견디고 까다롭게 구는 이 언밸런스가 번식의 과정 속에서 둥글게

깎여가기 마련인 평균적 삶에서 추방당한 자들의 장애라는 것을 알고 있었지만, 언니의 말을 듣자 깨끗한 거울과 맞닥뜨린 느낌이다. 흐릿한 물때가 낀 화병에 꽃들을 꽂고 있는 언니의 얼굴이 어두워졌다.

"오늘 해연이 꼭 온다고 했지?"

"그럼. 정오에 오후 4시 차로 출발할 거라고 전화까지 했어. 늦으면 먼저 저녁을 먹으라고 했어."

"그래? 이상하지? 어젯밤 꿈에서 걜 봤다."

"언니 꿈은 개꿈이잖아."

"뭐? 하긴⋯⋯."

언니는 곧 쾌청한 얼굴이 되었지만 홀가분하지만은 않은지 토를 달았다. 예시이거나 암시인 꿈보다 사실은 강박관념에 불과한 꿈이 훨씬 많대. 오래 집착하거나 두려워해온 것들이 나타난다는 거지. 그러나 불안은 빠른 속도로 수연에게도 전염되었다. 언니는 자신이 생각하는 것보다 훨씬 예민한 사람이다. 혹 해연 언니에게 무슨 일이 생겼을까? 오늘의 만남을 가로막을 만한 사건이? 언니의 꿈에 대해 묻고 싶어졌지만 수연은 참았다. 말은 의외로 막강한 힘을 갖고 있다.

오늘 지연 언니는 서울에서 내려왔고, 위아래와 두 살 터울인 해연 언니는 서울 남쪽의 신도시인 B시에서 내려오기로 되어 있었다. 대학을 졸업한 뒤 줄곧 서울에서 살던 수연이 남편을 따라 고향이기도 한 이 도시로 내려오면서 자매는 뿔뿔이 흩어졌다. 서울에 살 땐 거의 매일 통화하다시피 했던 지연 언니와도 뜸해졌다. 명절에 모여도 자매들끼리 이야기를 할 틈은 거의 없었다. 그날의 여자들은 음식을 만들고 상을 차리고 치우느라 바쁜, 가계의 건재함을 확인하려 하는 남자들의 축제에 동원된 엑스트라일 뿐이었다. 일상이 아이들을 중심으로 조직되어가는 걸 당연하게 여기면서도 과거와 현재를 잇는 고리가 떨어져 나간 것 같아 안타까웠는데, 마침 지연 언니가 제안을 했다. 아버지의 기일과 어머니의 기일 사이인 늦가을에 우리끼리만 모이자고, 쉽진 않겠지만 죽을 때까지 해보자고. 작년 가을엔 지연 언니 집에서 모였는데 가까이 사는 해연 언니가 오지 못했다. 하필이면 그날 오후 형부의 차가 하굣길에 골목에서 튀어나오는 초등학생을 치었던 것이다.

언니는 어느새 다용도실로 가 석작에 담긴 음식들을 보고 있었다. 윤기가 흐르는 북어찜과 굴전, 흑임자 경단, 그리고 전골을 하기 위해 곱게 썰어둔 버섯들. 언니는 아예 북어찜 앞으로 다가가 코를 큼큼거리기까지 했다.

"으음, 이 냄새…… 이거 명절에만 먹던 별식이잖아. 이 북어찜은 명절 때도 우리 집에서만 해 먹었던 것 같아. 열여섯 살이 되자 우리가 직접 배워 만들어 먹기도 했지."

"왜, 지금도 좋아하면 언니가 만들어 먹지."

"글쎄, 나는 좋은데 그이가 별로야."

"언니도…… 남편 식성에 맞춰 요리를 해?"

"물론 처음엔 안 그랬지. 내 자아와 자존심을 지키듯이 식성을 지켰어. 김치도 젓갈을 많이 넣은 것과 조금 넣은 것 두 가지로 담그고 멸치도 고추장에 버무린 것과 면실유에 볶은 것 두 가지로 했어. 그런데 갈수록 못 하겠더라. 힘이 들어서. 둘 중 하나를 포기해야 한다면 내 입맛 쪽이었어. 그러다 보니 새로운 맛에 눈뜨기도 하고. 사실 내가 만들어 내가 맛있게 먹는 것보다는 상대가 맛있게 먹는 걸 보는 게 나아. 단 1퍼센트라도. 그게 요리의 본질인 것 같아. 그런데 집에 오니까 이런 걸 다시 먹네. 아냐, 이런 걸 먹을 수 있어서 집에 온 것 같은 건가?"

언니는 접시에 음식들을 덜었다. 볼이 볼록해지도록 탐스럽게 먹었다. 손가락으로 북어의 살을 발라가며 먹는 모습을 보니 위가 예민해 소식과 편식을 하던 처녀 시절의 새침함은 거짓말 같다. 여자에게 결혼은 존재의 봉인이 열리게 하는 장치라고 하지만 언니는 그것도 비켜갈 것 같은 사람이었다. 그만큼 언니에겐 특별함이나 요란함이 자연스러웠다. 그런 언니가 다른 여자들처럼 결혼이라는 통과의례를 치르면서 너그러우면서도 화통해진 것은 조금 실망스러우면서도 신기했다.

현실에 충실하다는 건 언니 성격의 특징이자 장점이다. 사소하게, 먹는 것부터 그랬다. 어린 시절 명절을 앞두고 과일 상자를 들여오면 엄마는 먼저 딸들에게 몇 알씩 나눠주었다. 언니는 늘 크고 맛있어 보이는 것부터 먹었다. 해연 언니와 수연은 변변치 않은 것부터 먹었다. 귤의 흰 속껍질까지 벗겨가며 한 쪽씩 떼어 먹고 있노라면 이미 제 것을 다 먹어치운 언니는 동생들의 과일을 힐끔거렸다. 이 바보들아, 뭐든지 가장 맛있을 때 먹는 거야. 늘 첫입이 맛있지. 그리고 먹어버리면 또 생기게 돼 있어.

나뭇가지에 열매가 달려 있을 때 까치발을 해서라도 기어이 따버리는 언니의 철학은 그 후에도 관철되었다. 대학 원서를 쓸 때도 무엇보다도 맏딸을 타지로 보내기 싫은 아버지가 서울 진학을 반대하자 언니는 사흘 동안 이불을 뒤집어쓰고 누워 밥을 굶었다. 아버지가 담임 선생님을 찾아가 딸을 설득해달라고 부탁하자 그가 대답하더란다. 아버님께서 지시는 게 나을 겁니다.

대학에 가선 시대의 소명에 부응해 운동권에 들어갔는데 그곳의 극단적인 피가 맞았는지 몰래 휴학을 하고 현장으로 들어갔다. 그후 2년 동안 집과 연락을 끊었다. 그룹을 이탈하고 귀향한 뒤엔 자책감과 허탈감 때문에 먹지도 자지도 않고 침몰하는 폐선처럼 망가져갔다. 조금만 건드려도 거의 광기에 가까운 분노를 터뜨리던 그때의 언니를 보고 있노라면 아버지의 지병과 사업 실패로 힘겨울 때 자신의 절망에 그토록 충실할 수 있다는 것이 놀라울 뿐이었다.

3

거실의 벽시계가 저녁 7시 반을 가리키고 있었다. 언니는 오디오 앞으로 가 CD 케이스에 CD가 들어 있는 걸 확인한 뒤 플레이 버튼을 눌렀다. 헨델의 아리아 〈울게 하소서〉가 흘러나왔다. 몇 년 전에 영화 〈파리넬리〉를 보고 돌아오는 길에 산 CD인데 요즘 거의 매일 반복해서 듣고 있다.

카스트라토라고 했던가? 변성기 이전의 미성을 유지하기 위해 성을 거세해버린 남성 소프라노가 내는 목소리는 곱고 애달프면서도 엄숙했다. 돌이킬 수 없는 운명을 비탄하는 그 목소리는 어려운 결론을 내고서도 뿌리처럼 남아 있는 욕망을 잘라내려 버둥거리고 있었다. 수연은, 두려웠다. 최선의 결론을 내렸다고 생각하지만 이러다 생에서 너무 멀리 가는 것은 아닐까, 사람들의 세계에서 영영 추방당하고 마는 것은 아닐까. 내상들을 다독거려주는 이 노래를 하루에 세 번 알약을 삼키듯이 듣곤 했는데 어둠이라곤 모르는 빛덩어리 같은 언니와 함께 듣는 것은 거북하다. 정오의 햇살 속에 내던져진 것만 같다.

언니는 노래 세 곡을 들은 뒤 볼륨을 줄이고 핸드백에서 담배를 꺼냈다. 버지니아 슬림은 다소 날카로워 보이는 언니의 옆얼굴과 잘 어울렸다. 수연은 다가앉았다.

"나도 한 개비 줘."

"너도 피우니? 몰랐네."

"시작한 지 얼마 안 됐어. 그이 몰래 피우는데 사다둔 게 떨어졌어."

"몰래? 왜 몰래 피워?"

언니가 불을 붙이지 않은 담배를 내려놓았다. 수연은 주눅이 들었다.

"처음부터 피웠다면 모르지만 지금 시작한다면 좀 그렇잖아. 아무래도 자기 때문이라고 생각할 거 아냐."

"어렵구나. 정말 어려워. 얘, 기가 막힌 사람은 누군데. 아무 잘못도 결함도 없는 네가 인생에서 결정적인 걸 포기해야 하는데. 그런 네가 남편 앞에서 눈치를 봐?"

"그렇게 말하지 마. 오히려 코너에 몰린 사람은 그야. 내겐 다른 선택을 할 수 있다고 말해주는 언니라도 있지. 그는 혼자 버텨야 하잖아."

언니는 담배에 불을 붙였다. 언니의 입장에선 남편보단 수연이 더 걱정이 되겠지만, 그 맹목성에 위로를 받기까지 하면서도 앞에선 항변을 하게 된다. 그것은 수연 부부의 문제가 그만큼 심각하다는 뜻이다. 아이가 없는 부부들은 신이 그들이 금슬이 좋은 걸 시기해 아이를 주지 않는 거라는 옛말도 있지만, 그들은 열정적인 커플은 아니었다. 수연은 연애결혼을 했지만 그건 그가 좋아서라기보단 그의 열정에 반했기 때문이다. 아, 이 남자구나, 싶은 확신이 없어서 늘 겉돌고 가끔 헤어지자고 말하는 수연에게 그가 또 그러면 죽어버리겠다고 위협하던 때는 마침 수연이 집을 떠나고 싶어 하던 때였다. 늘 자신을 미운 오리 새끼라 여기게 하던 집을 박차고 나와 달려보고 싶던, 모호하지만 강력한 무언가에 등을 떠밀릴 때가 바로 결혼을 할 때인지도 모른다.

그러나 남편은 수연을 소유하자마자 달라졌다. 가족이 돼버린 수연보단 아직 소유하지 못한, 손에 잡힐 듯 말 듯한 것들에 열중했다. 딴짓을 했다는 건 아니다. 단지 원하는 인생을 설계하게 해줄 공부에 박차를 가했을 뿐인데 그것이 아이와 저축은 물론 휴가와 휴일까지 유보할 정도로 맹렬하다는 게 문제였다. 박사과정에 들어가자 그는 섹스로 자신을 이완시키는 것도 꺼려했다. 그 무렵 그는 결연하게 중얼거리곤 했다. 날 잠시만 내버려둬. 4년이나 네게 미쳐 있었잖아. 지금은 내 일에서 충분히 달려보고 싶어. 그러고 나서 우리, 남들처럼 살자. 정상적으로.

그럴 수도 있다고 생각하면서도 수연은 쩔쩔맸다. 단 하나의 장난감을 빼앗긴, 아니 보호자를 잃은 아이로 퇴행해버린 것 같았다. 결핍감을 견디지 못하고 그를 다그쳤고, 결국 그들은 사흘 건너 싸우는 부부가 되었다. 컵을 던지거나 화분들을 부수고 그의 뺨을 치거나 그에게 뺨을 맞는 것은 그녀로선 굉장한 폭발이었다. 어느 날 그는 그녀를 빤히 쳐다보며 당신, 참 이상한 사람이야, 라고 말했다. 그것이 오로지 상대를 할퀴기 위해 한 말인 줄 알면서도 불화하는 상태에선 독이 되었다. 헤어지면 어떨까, 하는 생각도 해봤지만 사랑이 아니라도 그들을 결박하고 있는 줄들은 많았다. 결국 그가 논문을 탈고한 뒤 하루빨리 아이를 갖자고 말했을 때 그녀는 동의했다. 아이를 간절히 원한 적은 없지만 그를 편하게 해주기 위해서라도 공동을 채워줄 다른 대상이 필요했던 것이다.

그 후 2년 동안 피임을 하지 않았지만 아이는 생기지 않았다. 남편이 할 수 있는 방법을 다 동원해보자고 해서 함께 병원에 가서 검사를 받았는데, 놀랍게도 그가 무정자증이었다. 그는 새파랗게 굳어 의사를 노려보더니 혼자 병원을 나가버렸다. 그 후 한 달 동안 폭음을 하고 늦게 귀가한 그가 아침이면 끓여놓은 술국도 먹지 않고 나가버리는 생활이 계속되었다. 가끔은 그런 그를 보며 어리둥절해졌다. 아이가 생기지 않는다면 둘 중 하나에게 문제가 있다는 건데 자신에게 있을 수 있다는 생각은 못 했을까. 그만큼 자신이 있었을까. 화살에 급소라도 찔린 짐승처럼 굴던 그가 어느 날 술독이 빠진 말간 얼굴로 그녀를 불렀다.

"내가 내려간 뒤 당신은 여기 남아 있는 게 낫겠어. 졸업하고 서울로 와 겨우 기반을 잡았는데. 뭐, 주말 부부처럼 살면 되지."

"같이 내려가겠어요. 회사는 그만두겠어요."

"그럴 필요 없어. 아마 난 당신에게 신경을 쓸 여유가 없을 거야. 당신은 당신 가고 싶은 길로 가."

"그럴 수 없어요. 아이 같은 건 없어도 돼요."

"……"

"난 당신만 있으면 돼요."

그가 그녀 쪽으로 돌아섰을 때, 그녀는 시선을 떨궜다. 자신이 한 말들이 공허하게 들렸던 것이다. 곧 강렬한 회의가 뒤따랐다. 정말 그럴 수 있을까. 여자 인생의 핵이라 할 수 있는 아이를 포기하고 온전할 수 있을까. 언제든 가능하다고 생각했기 때문에 느긋했던 건 아닐까.

고양이 눈처럼 동그랗고 집요한 언니의 눈이 수연을 보고 있었다. 상대를 투시하기라도 할 듯 거침없는 시선이다. 언니가 다가앉왔다.

"너 솔직히 말해봐. 아이 낳고 싶지. 그렇지?"

"언니. 하고 싶은 걸 다 하고 살 순 없어. 그리고 아이가 없는 것도 나쁘지만은 않아. 둘만의 시간을 가질 수 있고 또 나 자신에게 많은 시간을 쓸 수 있어."

"아니야. 아이는 그렇게 간단한 문제가 아냐. 너 결혼이 망각의 강이 되는 건 남자 때문이 아니라 아이 때문이다. 일생일대의 사랑을 쏟을 대상이 생기는 거야. 그 사랑은 남자에 대한 사랑과는 달라. 우선 많이 사랑하는데도 편해. 하염없이 주기만 해도 되거든. 우린 늘 남자를 사랑하면서도 불안해하잖니? 이 사람이 나의 사랑 때문에 날 함부로 할지도 모른다. 내가 다칠지도 모른다."

수연도 언니가 변했다는 건 알고 있었다. 언니가 딸을 낳았을 때 했던 말들은 굉장했다. 처음 신생아실에서 2.8킬로그램짜리 아이를 봤는데 갓난아기 얼굴답지 않게 단아했어. 어쩌면 이토록 온전할까. 내가 한 일들 중 유일하게 완벽한 일이야. 이제 우리 집은 아이가 뿜는 생기로 가득 찼다. 이러려고 어릴 때 인형놀이를 했을까?

언니는 사랑에 대해서도 나름대로 충실했다. 거대담론에 대한 고민과 방황이 끝난 뒤 본성과 욕망을 받아들일 때도 스펀지가 물을 먹듯이 흡수해버렸다. 언니에겐 사랑이라는 말보다는 연애라는 말이 어울렸다. 남자와 데이트를 하고 가끔 자는 것 같긴 했지만 밤을 함께 보내거나 여행을 가진 않았다. 혼자 사는 남자의 방에 드나들며 밥을 해주지도 않았다. 어쩌면 애인이 군대에 갔다 해

212

도 면회도 가주지 않을 것 같은 여자였다.

그런데 얄미울 만큼 자아를 견지하던 그 깍쟁이도 서른하나가 되자 사랑이라 할 만한 것에 빠져버렸다. 그때 그녀에게서 사랑에 관한 모든 은유를 들었다. 언니는 처음으로 결혼하고 싶어 했지만 영화 조감독이었던 남자는 자신을 닮은 언니 대신 자신을 이해하진 못해도 헌신만큼은 약속해주는 중학교 교사와 결혼했다. 그때 언니는 절망하며 사랑은 없다, 공허하다, 다시 사랑할 수 없다는 게 슬플 뿐이다, 라고 말했지만, 꼭 석 달 후 형부를 만났다. 광고대행사 간부인 형부를 보여준 날 밤 언니는 고개를 갸웃거렸다. 이것은 또 다른 사랑이야. 아냐. 그에 대한 환상이 없는데도 좋은 걸 보면 이게 진짜 사랑인가 봐.

뜻밖에도 웨딩드레스는 언니에게 잘 어울렸다. 목이 깊숙이 파이고 베일이 화려한 공단 드레스는 라틴계 여자처럼 윤곽이 또렷한 언니를 섹시하면서도 우아해 보이게 했다. 안 해본 건 결혼밖에 없어서 한다고 너스레를 떠는데도 결혼을 일생의 꿈으로 간직하고 살아온 여자처럼 보여 배신감을 느꼈다. 하객들을 안심시키던 그날의 모습이 전조였는지 언니는 잘 살고 있다. 요란하게 싸운 만큼 뜨겁게 화해하고 남편의 취향에 맞춰 요리도 하고 아이를 키우는 틈틈이 염색 일을 한다. 수연은 계속 코너에 몰릴 순 없다는 생각을 하며 눈을 부릅떴다.

"지금까지 언니가 말한 것들은 언니가 아이를 낳아봤기 때문에 아는 거야. 난 모르니까 모른 채로 살면 돼. 난 무섭지 않아."

"이 바보야. 네가 말했었지? 달라지고 싶다고, 인생을 바꿔보고 싶다고. 아이는 기회야. 달라지려 애쓰지도 않았는데 이미 달라져 있고 세상을 살아갈 힘이 저절로 생겨."

언니가 바짝 다가앉았다. 집요하게 유혹하던 눈 속엔 이젠 아이를 달래는 듯한 연민이 가득했다.

"그리고 말이야, 네가 못 낳는 것도 아니잖아."

"언니, 바로 그게 문제야. 만약 내게 문제가 있다면 그 사람은 따뜻하게 굴었을지도 몰라. 남자답게 포용하려 했겠지. 그런데 그 남자답다는 것이 문제인 것 같아. 자존심이 상해서 내게 더 잔인하게 구는 거 아닐까?"

"그래, 그는 이해할 수 있어. 내가 이해 못 하는 건 너야. 너희 결혼이 썩 좋았던 것도 아닌데 왜 절대 안 되지? 그는 싱글인 여자를 사귀거나 더 이상 아이를 낳지 않아도 되는 여자를 만나 결혼할 수 있어. 너? 너야 더 나빠질 게 없지. 관계란 상대적인 거야. 다른 남자를 만나면 넌 다른 여자가 돼. 될 수 있어. 너도 모르는 너를 끌어내줄, 널 허기지게 하지 않을, 너와 꼭 맞는 남자가 어딘가에 있어!"

수연은 고개를 저었다. 그것을 믿을 수 없다는 것이 바로 그녀의 문제였다. 인생에서 최상의 것, 최선의 것이란 없다는 생각을 언제부터 했을까. 이번에도 그랬다. 그를 따라 내려오겠다고 결정했을 때 수연은 아이를 포기했다. 그것이 운명인 것 같았다. 사랑인지 의리인지는 알 수 없지만 그의 급소를 치는 사람이 그녀일 수는 없었다. 오히려 그가 떠난다고 했으면 기꺼이 보내주었을 것이다. 자유롭게 해주었을 것이다. 그런데, 이것이 과연 사랑일까?

4

욕망의 대상을 쟁취하려 하기보단 욕망을 죽이려 애쓰는 것은 수연이 주어진 환경에서 살아남기 위해 선택한 방법이었다. 가질 수 없는 것들에 연연해하며 갈증에 시달리기보다는 생각을 바꾸는 편이 쉬웠다. 시간이 지나면서 욕망을 거세시키는 쾌감도 알게 되었다. 허황한 욕망에 몸이 달아 그것의 아가리에 머리를 들이미는 아이들을 경멸한 적도 있었다. 욕망을 멸시함으로써 그것을 넘어설 수도 있다고 생각했던 것이다.

만약 수연이 지금 옛날에 학력고사에서 꽤 좋은 점수를 받고도 지방대로 진학한 이유를 말하면 언니는 웃을 것이다. 수연의 입시철이 마침 언니의 복학 시즌이어서 2년 동안 둘의 사립대학 등록금을 마련한다는 것이 무리 같았다. 수연은 고향의 국립대학에 장학금을 받고 진학했다. 한 학기 동안은 이미 자랄 대로 자란 욕망의 나무들을 잡초처럼 쳐내느라 힘들었다. 아니, 더 거슬러가 보자. 언니가 사라진 뒤 사업에 실패한 아버지가 교통사고를 당해 최악이던 때도 수연은 고등학교 수학여행을 포기했다. 엄마는 돈을 빌려서라도 보내주겠다고 했지만 수연은 거절했다. 난 몰려다니며

노는 건 재미없어. 그냥 조용히 책이나 읽을래.

그 후 사흘 동안 수연은 밤마다 이불을 뒤집어쓰고 소리 죽여 울었다. 마음은 별로 슬픈 것 같지 않은데 눈물은 물처럼 주룩주룩 흘러내렸다. 베개가 흠뻑 젖을 정도였다. 지금 그 사건을 얘기하면 언니는 수연을 비난할지도 모른다. 그깟 여행비가 얼마나 된다고. 자신을 방기하는 것, 그것도 죄악이야, 라고. 언니는 빈 담뱃갑을 펼치더니 천천히 접었다.

"난 안타까워. 왜 피어보지도 못하고 시들어버리려 하지? 넌 꽃 피는 것을 두려워하는 것 같아. 물론 너만을 위해 살 수는 없지. 그러나 네가 없으면 세상도 없어."

수연은 일어서서 접시들을 개수대에 담갔다. 자신에 대해 설명하고 싶지도 않고 얼굴을 보이고 싶지도 않았다. 누구의 잘못도 아니다. 그냥 사람들 사이엔 안 되는 것이 있다. 그뿐이다. 설거지를 끝내고 벽시계를 보니 9시 10분이었다. 거실 안을 천천히 서성거리고 있을 때 전화벨이 울렸다. 해연 언니였다.

"지연 언니는 왔지?"

"그럼. 터미널에 도착했음 곧장 올 것이지 웬 전화야?"

"사실은 아직 출발 못 했어. 네게 줄 선물도 사뒀는데. 아, 별일은 아냐. 형부가 몸이 안 좋아서. 그냥 갈 수도 있었지만, 나아지는 걸 보고 가야 편하게 놀 수 있을 것 같아서."

장황하게 설명하는 목소리가 낙엽처럼 바삭바삭했다. 일이 생긴 듯하지만 캐묻고 싶진 않았다. 수연의 침묵에 안심했는지 언니의 목소리가 촉촉해졌다.

"거긴 비 많이 오지?"

"조금."

"여긴 굉장히 많이 와. 하늘이 열려버린 것 같아. 아니, 비 감옥에 갇혀버린 것 같아."

"⋯⋯."

"애, 우리 어렸을 때 생각나니? 중흥동 기와집 뒷담 쪽에 파란 양철 차양이 드리워져 있었잖아. 장마철이면 빗방울 떨어지는 소리가 크게 들렸어. 엄마 몰래 학교 운동장으로 나가 비를 실컷 맞고 와선 차양 밑에서 목욕을 하곤 했지. 양동이로 더운물을 날라가면서. 나머지 두 사람은 망을 봤고."

"그런 밤이면 셋이 나란히 감기를 앓았지."

언니가 웃었다. 수연도 웃었다. 언니의 웃음에도 습기가 배어 있다. 언니의 목소리가 결연해진다.

"나 조금 있다 출발할 거야."

"정말?"

"밤차 타고 갈 거야. 곧 역으로 나갈 거야. 그이가 아이들을 봐준다고 했어. 아, 그런데 저녁은 먹었지?"

수연은 자신이 만들어놓은 음식들을 열거했다. 그때마다 언니는 탄성을 터뜨렸다. 아아, 먹고 싶다. 맞아, 우리가 옛날에 먹던 음식들이야. 난 입덧할 때 언니가 만든 약밥이 너무 먹고 싶었어. 내가 만들어 먹어보기도 했지만, 아니었어. 비슷하긴 한데 무언가가 없었어.

수화기를 내려놓고 돌아섰을 때 해연 언니 가슴에 남아 있는 수포 흉터가 떠올랐다. 창백하도록 흰 피부 위에 산맥이나 협곡처럼 길고 불그스름하게 패어 있는 그 흉터는 둘째 아이를 임신했을 때 생긴 것이다. 형부가 실직 상태여서 생활이 힘들 때였는데, 의사는 극심한 스트레스가 원인이라고 진단했다. 태아 때문에 항생제를 쓸 수 없어서 주사 몇 대면 나을 병을 언니는 꼬박 두 달 동안 앓았다. 염증이 심해져서 등까지 번졌을 때는 누울 수가 없어서 일주일 동안 앉은 채로 밤을 세웠다고 했다. 그때 전화를 통해 듣는 언니의 목소리는 고통의 밑바닥으로 가라앉아 아예 다른 차원으로 가버린 듯했다.

그 후 한동안 잊고 살았는데 아이가 돌이 되었을 때 그 상처를 봤다. 목이 깊게 파인 민소매 원피스를 입은 언니가 아이가 떨어뜨린 신발을 주우려고 몸을 구부렸을 때 햇빛 속에 드러난 그 상처는 섬뜩했다. 새끼줄에 엮인 연분홍색 벌레들이 기어가고 있는 것 같았다. 언니는 무안했는지 웃으면서 나중에 성형 수술하면 돼, 라고 말했지만 수연은 충격을 받았다. 만삭이 다 된 아이 때문에 어쩔 수 없었겠지만 그만한 고통을 참아낼 수 있다는 것, 겨우 그 정도의 신음 소리밖에 내지 않았을 수 있다는 것이 놀라웠다. 밖으로 튀어 나가려 하는 힘까지 끌어모아 안으로 응축시켜버리는 그 습성 때문에 늘 재앙이 그녀 곁에서 맴도는 건 아닐까.

"해연이에게 무슨 일이 있구나. 그렇지?"

다가오는 지연 언니의 얼굴이 어두웠다. 그러나 그 그늘은 곧 짙은 얼룩 같은 체념으로 바뀐다. 그만큼 이 집 사람들에게 해연 언니의 불행은 익숙하다. 흰색 터틀넥 스웨터와 청바지를 입어 나이보다 젊어 보이는 언니는 식탁 의자 위에 올라앉았다.

"그 애…… 왜 그랬을까. 결혼 직전에 내가 그를 많이 사랑하느냐고 물은 적이 있어. 그 앤 꼭 그런 것도 아니라고 했어."

언니는 화병에서 튤립 한 송이를 뽑아 툭 분질렀다. 파운데이션 냄새 같은 향기가 진동했다. 수연은 어지러웠다.

해연 언니의 결혼은 아직도 불가해하게 느껴질 때가 있다. 처음 언니에게 형부를 소개받았을 때의 인상도 독특했다. 평범하고 선량해 보이는 외모였는데도 그늘 같은 것이 있었다. 남자답게 행동하려 할 때조차도 위축되어 있다고 느꼈던 건 그가 아버지에게 물려받은 사업을 부도냈다는 말을 들어서만은 아니었다. 그에게선, 근본적인 무기력증이 엿보였다. 다소 허황한 것이라 해도 욕망만이 줄 수 있는 긴장감과 탄력이 결여된, 누군가 쳐도 되받아치지 못하고 구석에 앉아 있을 것 같은 남자. 만약 그에게 굳이 사냥을 하지 않아도 될 만큼 유산이 있고 세상이 그를 흔들지만 않는다면 그는 누구에게도 해를 끼치지 않고 살 것이다. 그러나 뺏지 않으면 뺏기게 되어 있는 게 세상이다. 그가 물러나 앉아 있는다는 건 곧 언니가 그 대신 사냥을 해야 한다는 걸 의미하기에 엄마도 자매들도 반대했다. 사귀던 여자도 떠날 판에 굳이 시작할 게 뭐 있느냐고. 그런데 해연 언니가 결사적이었다. 언니 스스로 그는 빈손이 아니다, 결혼 자금은 물론 오피스텔도 한 채 갖고 있다, 라고 말했으니 속은 결혼이라고도 할 수 없다. 바퀴가 뽑혀 나간 차를 타고 함께 벼랑으로 구르는 연인들처럼 비장했던 그들은 결국 아이를 가지면서 결혼했다. 지연 언니가 눈을 가늘게 떴다.

"난 요즘 그 애에 대해 많이 생각해. 그 애가 가는 길, 방향……. 단지 결혼만이 아닌 그 애 성격의 본질에 대해."

"……."

"그 애는 말야."

"……."

"그러니까 그 애는…… 받는 것이 익숙하지 않은 거야. 물론 받아본 적이 별로 없어서 그렇겠지만. 뭐랄까, 힘든 쪽이 좋다기보단 자연스러운 거지. 낡았지만 몸엔 잘 맞는 옷처럼. 남자에 대해서도 그런 거야. 자신을 소중하게 여기고 잘해주는 사람보단 자신을 필요로 하는, 너 없이는 못 살아, 라고 말해주는 사람 앞에서 존재감을 느끼는 것."

수연은 귀를 틀어막고 싶다. 언니가 더 말하지 않았으면 싶다. 누구나 막연히 느끼지만 차마 발설 못 하는 것을 말로 도려내버리는 언니가 가끔은 불편하다. 발설되는 순간 그것이 한 사람의 운명의 운행을 결정하는 법칙이 돼버릴 것 같기 때문이다.

사실 수연은 작은 언니에게 동류의식 비슷한 것을 느끼고 있었다. 한 번도 충족되어본 적이 없어서 꿈이나 행복, 사랑 같은 단어들이 낯설기만 한 사람들의 행로란 그렇고 그런 것이다. 행복하다고 느끼는 순간에도 마가 낀 것 같고 반전이 준비되어 있는 것 같아 불안하다. 수연은 지금도 가장 환한 것은 가장 어두운 파탄을 감추고 있다고 믿는다. 너무 밝은 빛 쪽으로 가면 눈이 멀어버릴 것 같아서 발길이 가질 않는다.

그렇다면 불행 역시 저만의 눈을 갖고 있어서 저를 감당해주는 자에게만 찾아드는 게 아닐까. 만약 해연 언니와 내가 겪은 불행이 지연 언니에게 갔다면? 아마 뜨겁게 달구어진 팬 위를 구르는 감자처럼 통통 뛰었을 것이다. 죽을 것 같다고 비명을 질렀을 것이다.

5

밤 10시가 되어서야 두 사람은 저녁 식사를 했다. 성찬을 마련했는데도 초대한 손님이 오지 않아서 음식의 맛도 느낄 수 없는 식사였다. 슬픔과 그것을 누르려는 안간힘으로 팽팽해진 상태에서 제 몫의 음식들을 천천히 비웠다.

그 후 거실 소파에 나란히 앉아 텔레비전을 봤다. 몇 개의 신을 보는 것만으로도 내용과 결말이 훤한 멜로드라마를 보고, 오로지 채널을 돌릴 의욕이 없어서 연예인들의 근황으로 꽉 찬 연예 정보 프로그램을 봤다. 또 일기예보와 마감 뉴스, 골프 특집까지 봤다.

수연은 거실 바닥에 요와 이불을 깔았다. 안방은 침대 때문에 답답할 것 같았다. 수연은 잠옷으로 갈아입고 언니에게도 파자마를 내준 뒤 집 안의 불들을 껐다. 장 스탠드의 불을 켜고 현관의 전신

거울 앞에 서서 머리를 빗던 언니가 수연을 돌아봤다. 현관문은 열어두자. 새벽에 해연이가 올 테니까. 언니는 안방 붙박이장에서 이불 한 채를 꺼내 그들의 요 옆에 깔았다.

"이렇게 해두면 도착하자마자 쉴 수 있겠지."

지연 언니는 타인들에게 무심한 편인데도 해연 언니에 대해서만은 꽤 세심하다. 속옷이나 화장품, 비타민도 제 것을 사면서 하나씩 더 사서 나중에 건네준다. 하긴, 어릴 때 병약했던 해연 언니의 책가방을 3년이나 들고 다닌 사람도 지연 언니라고 했다. 수연은 가끔 해연 언니가 친자매 같고 지연 언니가 이복 자매 같다는 생각을 하지만 이럴 땐 두 사람이 자매 같고 수연이 이복 자매 같다. 수연이 평소에 동류의식을 느끼는 사람은 해연 언니인데도 그렇다.

굳이 세상을 양지와 음지로 분류한다면, 해연 언니는 음지에 익숙한 사람이라 할 수 있었다. 어릴 때부터 언니 곁엔 늘 크고 작은 고통과 불편들이 떠돌았다. 피부처럼 달고 살던 안질과 감기, 두드러기, 일곱 살에 초등학교에 입학하자마자 홍역을 앓아 수업에 빠진 뒤 공부를 따라잡지 못하면서 시작된 부적응증, 사춘기를 거치며 늘 다이어트 걱정을 해야 하는 건강한 아가씨가 되자마자 닥친 집안의 파산, 재수를 하던 중 엄마가 언니의 학비를 대느라 쩔쩔매는 걸 보고 조합에 취직해버리면서 시작된 생계 보조역. 그뿐인가. 아버지가 교통사고로 한쪽 다리를 다쳤을 때도 지연 언니는 서울에 있고 수연은 수험생이었기 때문에 해연 언니가 간호를 해야 했다. 스물세 살에 야간대학에 들어가 낮엔 일하고 저녁엔 스케치북을 끼고 산업디자인 공부를 하러 다니던 때가 언니의 인생에서 가장 환한 시간이었을 것이다.

두 사람은 이불을 덮고 나란히 누웠다. 혈연인 언니 곁에 있으니 어둠 속에 잠긴 장식장과 소파, 액자들도 정다워 보인다. 혼자 남아 있는 주말 밤 불을 끄고 소파에 누워 비디오를 보다 자다 깨서 지직거리는 화면과 맞닥뜨렸을 때는 유형지의 독방에 갇혀 있는 것 같았다. 그런데도 누군가에게 전화를 걸어 마음을 털어놓고 싶지도 않은 걸 보면 그녀는 점점 이상한 나라의 사람이 되어가고 있었다. 그런데 지금은 언니의 체온과 화장수 냄새가 밴 체취, 풀 내음 같은 입김 속에서 몸이 따뜻이 녹고 있다. 함께 있는 사람이 누구인가에 따라 이렇게 달라지는 것일까. 수연은 언니 쪽으로 돌아누웠다.

"염색은 재미있어?"

"응. 굉장히. 아, 맞아. 내가 너에게 습작품 하나 갖다 주려고 했는데, 탁한 주홍색 바탕에 재색과 노랑이 얼기설기 섞인 밭인데, 뭐, 괜찮아. 아니, 제법이지. 내가 다음에 꼭 가져올게."

"기다릴게. 그런데 언니, 어떻게 그런 결단을 내렸어? 쉬운 일이 아니었을 텐데."

"쉽지도 않지만 어렵지도 않았어. 어차피 이것저것 저울에 달아 보고 내린 결론은 아니니까. 8년 동안 해온 북디자인 일에선 끝까지 갔다는 느낌이었어. 능력이나 비전에 대한 회의보단 인생에서 이것뿐인가, 하는 억울함이 나를 움직였던 것 같아. 사치스럽다고 비난해도 할 수 없어. 난 인생에서 많은 것을 바라진 않아. 하지만

매 순간 살아 있다고 느끼며 살고 싶긴 해."

"불안하진 않아?"

"불안하지."

"걱정이 돼. 언니는 욕심이 많잖아. 일단 시작하면 그 분야에서 어느 위치까지 올라가야 할 텐데."

"그러면 좋겠지."

언니는 누운 채로 기지개를 켰다.

"하지만 안 된다 해도 괜찮아. 어쩔 수 없잖아. 사실 난 좌절에 대해서도 나름대로 알아. 그러나 이미 몸이 가고 있는 걸 어떡하니? 지금까지 해온 일들 중 후회하는 건 없어. 모두 그 순간엔 최선이었으니까. 그렇다면…… 그렇다면, 신께서도 어떻게든 결말을 내주시지 않을까."

수연은 어둠 속에서도 눈이 부셨다. 정열이 언니의 삶의 엔진이구나, 싶었던 것이다. 어쩌면 언니는 수연보다도 젊다. 아니, 근본적으로 젊은 사람이다. 대학이 부르주아적 사치라고 판단한 순간 혼자 자퇴를 하고 집에 연락을 끊는다든지, 로션도 안 바르고 파마도 안 하고 사철 내내 청바지만 입던 금욕주의자가 욕망을 받아들인 순간 돌변해서 플레이걸이 된다든지, 일에서 베테랑이 되자마자 웅덩이 속에 고여 있는 것 같다는 이유로 때려치우고 염색 공예를 시작한다든지 하는 것은 지연 언니만 할 수 있는 일이다. 해연 언니와 수연은 죽었다 깨어나도 못 한다. 수연은 문득 이렇게 말하고 싶어졌다. 사실은 언니의 삶을 늘 낯설어하고 얼마쯤 싫어하면서도 동경해왔어. 어쩌면 나도 그렇게 살고 싶었는지도 몰라.

눈을 감자 보일러가 가동되는 소리가 희미하게 들렸다. 빗소리
는 수연을 옛날로 데려갔다. 아버지가 돌아가시고 아파트로 이사
하기 전에 20년 동안 살던 한옥은 엄마의 포목점에 딸린 안채였다.
수연 가족이 방 두 개를 쓰고 나머지 두 개를 세주어서 자매들은
한방을 썼다. 연분홍색 바탕에 흰 꽃무늬가 있는 벽지와 화사한 자
개장롱, 아버지가 사들인 한국문학전집과 세계문학전집이 촘촘히
꽂혀 있는 책장, 지연 언니가 공작 숙제로 만든 흰 한지 갓을 씌운
스탠드. 갑자기 그 방의 모든 것이 생생해졌다.

자궁 같기도 한 그 방에서 사춘기를 보내다 보면 저마다의 몸에
생명의 원천을 감지하고 빨아들이는 자석이라도 있는지 생리 주기
가 비슷해진다. 한 사람에게 손가락 걸고 털어놓은 비밀이 다른 사
람에게 누설된 것을 알면 큰 싸움이 벌어졌다. 그렇듯 서로를 투명
하게 들여다보는 방에서 스무 해가 넘게 살다 보면 서로에 대해 거
의 모든 것을 알게 된다. 당연히 서로의 영혼의 한 귀퉁이도 엿보
게 된다.

그러나 무엇보다도 그리운 것은 그 시절만의 무정형이다. 생이
고단해도 그것이 내가 만든 상황은 아니어서 쉽게 운명 탓을 할 수
있었을 때, 아직 가능성의 덩어리일 뿐이어서 시인도 혁명가도 현
모양처도 수녀도 될 수 있었을 때, 불행조차도 극적이고 매혹적인
것으로 상상할 수 있었을 때. 그때는 시곗바늘을 앞당기고 싶을 만
큼 지루했지만 지금은 낙원처럼 느껴지는 그 시절에 머무르지 못

하고 이렇게 멀리 와버렸다니…… . 뺨 위로 눈물이 흘러내렸다. 수
연은 내버려둔다. 한참 후 언니가 수연 쪽으로 돌아누웠다.

"무슨 생각하니?"

"옛날 생각."

"나도."

언니는 웃었다. 천장을 바라보는 언니의 옆얼굴이 스산하면서도
아름답다. 중년 여자 특유의 조금 훼손된 느낌 때문에 예쁘다기보
단 아름다워 보이는 것이다. 곧 스러져갈 것들의 농밀함일까. 언니
가 한숨을 쉬었다.

"아버지가 돌아가실 무렵의 모습이 생각나. 서울에서 내려와서
꼭 한 달 동안 아버지를 지켜봤지. 뼈와 가죽만 앙상하게 남은 채
안방 아랫목에 누워 있는 아버지의 몸은 육체가 아니라 골체였어.
모르핀 기운에 취해 있는데도 눈은 퀭했고, 집 안엔 간질환 민간요
법에 쓰인다는 온갖 약초의 냄새들이 떠돌았지. 익모초, 돌미나리,
약쑥, 케일…… ."

"그뿐인가. 온갖 고단백 음식들은 어떻고. 난 그때 동물들이 죽
어가면서 피우는 냄새가 얼마나 역겨운지 첨 알았어."

"그것들을 어떻게 드셨는지 몰라. 비위도 약했던 분이. 기름 설
탕 양념도 싫어하고 쇠고기도 육회 외엔 안 드셨잖아."

언니의 목소리엔 회한과 안타까움이 배어 있었다. 그러나 언니
가 본 것은 아버지의 마지막 한 달의 모습이다. 수연은 그를 6개
월 동안 겪었다. 처음 입원했을 때의 아버지는 무섭도록 이기적이

고 신경질적이었다. 환자만의 고독과 피해의식, 운명과 건강한 사람들에 대한 적의를 가장 편안한 타인인 엄마를 향해 터뜨렸다. 아버지가 밤엔 엄마가 간호해주길 원했기 때문에 엄마는 밤 10시쯤 가게를 닫고 와 낮에 간호를 한 딸들과 교대를 했다. 보호자용 간이침대에서 새우잠을 자다 깨다 하며 아버지를 돌보고 새벽에 귀가해서 가게 문을 여는 생활이 한 달 넘게 계속되자 엄마는 반쪽이 돼버렸다. 어느 날 수연과 교대한 엄마가 들어가자마자 병실 안에서 물건을 던지는 소리와 함께 엄마의 비명 소리가 터져 나왔다. 뭐하고 지금 오는 거야? 사람이 죽어가는데 먹고사는 일이 그렇게 중요해? 얼마나 잘 먹고 잘 살려고?

그러나 그때 아버지야말로 지독했다. 아버지가 하는 대로 내버려두다간 엄마가 먼저 죽을 것 같았다. 수연은 차라리 그가 빨리 떠나버리기를 빌었다. 그것이 그 순간의 진실이었다. 언니는 모로 누워 팔베개를 했다.

"엄마를 잃었을 땐 고아가 된 것 같았어. 아버지를 잃었을 땐 삶이, 존재라는 게 슬프고 막막하고 그랬지. 그러니까 그땐 여유가 있었던 거야. 그런데 엄마를 잃었을 땐 훨씬 나이가 들었는데도 힘들었어. 장례식 때도 엄마를 놓친 아이가 와아, 하고 울음을 터뜨리듯이 스스럼없이 곡소리를 냈으니까."

수연은 눈을 떴다. 언니도 그랬는가. 수연은 두 사람의 감정이 일치하는 것에 놀랐다. 그들이 한 나무에 열린 고만고만한 열매들이라는 걸 아는데도 놀라웠다. 그건 그때의 상실감이 그만큼 선명했다는 뜻이다. 둔감해지려고 노력했기 때문에 감정의 거죽엔 각질이 내려앉았지만 내출혈은 계속되고 있는 것이다. 언니는 여전히 천장을 보고 있었다. 긴 속눈썹이 젖자 옆얼굴의 선이 흐려진다. 목소리도 촉촉해졌다.

"난 결혼하기 전까지 엄마랑 같이 있었잖아. 너희들이 결혼해서 떠나버린 아파트에서, 엄마와 단둘이서. 엄마는 작고 가늘고 청결한 분이잖니. 병을 앓을 때도 신음 소리도 내지 않았어. 조그만 천조각이 사그라들듯이, 타던 촛불이 꺼져가듯이 쇠약해져갔지. 엄마의 이불깃에선 아무리 세탁을 해도 수의 재료인 삼베의 냄새 같은 게 났어. 까무룩 가라앉아 가는데도 불쑥불쑥 욕망이 솟더라."

"……."

"기가 막히지? 사실은 나 그래서 그때 그 영화감독 놈에게 몰입했는지도 몰라. 진짜 내 딴엔 필사적이었다고. 사람들은 내가 죽음을 대수롭지 않게 여긴다고 생각했겠지만, 아니야, 그만큼 죽음이 두려웠던 거야."

수연은 가슴이 철렁 내려앉았다. 한때 언니에 대해 충분히 알고 있다고 생각했던 것들이 거대한 오해 덩어리인지도 모른다는 생각이 들었다. 수연은 희미한 죄의식을 느끼면서 소파 쪽으로 돌아누웠다. 밀려오는 잠에 몸을 맡기면서 이럴 때만큼은 거침없는 말로 상황들의 정체를 도려내주는 언니가 고맙다는 생각을 했다.

6

다음 날 아침 눈을 뜨니 9시 반이었다. 기온이 많이 떨어졌는지 난방을 했는데도 집이 서늘했다. 해연 언니는 오지 않았다. 지연 언니가 깔아놓은 이부자리는 어젯밤 그대로다. 우유 투입구를 통해 조간신문과 우유가 들어와 있을 뿐이다. 수연은 놀라진 않았다. 언제부터인가 온다는 해연 언니의 말을 믿지 않게 되었는지도 모른다.

식탁 위의 커피메이커에 물을 붓고 커피콩을 넣어준 뒤 창가로 갔다. 아파트 뒤쪽 화단에 밤새 휘몰아친 바람에 떨어진 대추들이 엉성한 무늬를 그려놓고 있었다. 붉고 튼튼하게 영글지 못하고 낙하해버린 그것들을 보고 있자니 완만한 충격이 내부를 휘저었다.

욕실에서 씻고 나온 언니가 머리를 빗고 식탁에 앉았다. 수연이 언니의 찻잔에 막 커피를 부으려 할 때 전화벨이 울렸다. 두 사람 모두 튀어 오르듯이 일어났다. 수연이 언니에게 기다리라는 눈짓을 하고 전화기를 집어 들었다.

"나야."

해연 언니였다.

"기다렸지? 미안해. 그새 민아가 좀 아팠어. 맡겨두고 갈 수도 있는데 마음이 쓰여서."

"많이 아파?"

"아니, 그런 건 아니고. 내 마음이 그렇다는 얘기지. 하지만 얘, 수연아. 나 갈 거야. 언니 가지 말고 있으라고 해. 나 정오쯤 나가서 차 타면 길이 막혀도 해질녘엔 도착할 거야. 언니 꼭 있으라고 해."

언니는 전화를 끊어버렸다. 어떤 말도 듣지 않겠다는 듯이. 수연은 지연 언니에게 해연 언니의 말을 전했다. 그들은 마주 앉아서 커피를 마셨다. 설탕을 넣지 않은 진한 커피는 약처럼 썼다. 문득, 하루 종일 해연 언니를 기다린다는 것이 암담하게 느껴졌다. 어제는 일이 많았고 또 지연 언니와 놀았기 때문에 시간을 쉽게 보냈지만 오늘은 벌을 받고 있는 것처럼 괴로울 것이다. 굴을 넣어 끓인 무국에 밥을 말아 반쯤 먹었을 때, 언니가 수연을 빤히 쳐다보고 있었다.

"너 하루 종일 집에 있을 수 있겠어?"

"아니, 못 해. 절대로."

"그럼 나가자."

"어디로?"

"엄마한테."

7

정오가 가까워지자 날씨는 온화해졌다. 채도가 낮은 늦가을 하늘 때문에 은행잎들의 황갈색이 더욱 선명해 보인다. 간밤의 비바람에 진 잎들이 우중충한 포도를 화관처럼 감싸 안고 있다. 일요일 오전이어선지 차들이 많았다. 근교로 피크닉을 떠나는 가족들일 것이다. 신호등이 파란 불로 바뀌어 멈춰 서 있을 때, 옆줄 위쪽에 있는 흰 소나타에 탄 사내아이가 차창 밖으로 몸을 내밀더니 쥐고 있던 풍선들을 마구 흔들었다. 아아아아아아…….

정글을 유영하는 타잔 같은 아이의 목소리가 울려 퍼지기도 전에 옆에 앉은 아이 엄마가 아이를 주저앉혀버렸다. 여자의 손이 아이의 머리를 쥐어박았을 때, 보라색 풍선과 빨강 풍선이 펑 터졌다. 그때 신호가 바뀌면서 차들이 달려 나갔다. 허공에 흩어진 고무풍선 조각들이 수연 쪽으로 날아왔다. 수연은, 가슴에 총을 맞은 듯했다. 평범해서, 너무 평범해서 한때는 비켜가고 싶기도 했던 풍경인데 이젠 입양이라도 하지 않는 한 가질 수 없게 된 풍경이었다.

수연은 눈을 감았다. 이승의 삶을 다 놓치고 저승으로 쫓겨 온 사람처럼 참담했다. 수연은 고개를 숙이고 감정들이 빠져나가기를 기다렸다. 그녀는, 이번 생에서 만큼은 손님처럼 지나가는 사람이어야 했다. 한바탕 회오리가 가슴속을 휘젓고 빠져나간 뒤 그녀는 눈을 떴다. 다행히도 조수석의 언니는 도시 탈출 과정에 지쳤는지 잠이 들어 있었다.

8

절정의 햇빛이 떼가 보기 좋게 자란 무덤들을 환하게 비춰주고 있었다. 아버지의 무덤과 엄마의 무덤, 얼굴도 모르는 친척들의 무덤들을 안고 있는 선산은 색색으로 단풍이 들어 있다. 초록이 지친 다는 표현이 실감된다. 죽음조차도 휴식으로 느껴지는 오후다.

아버지와 엄마는 나란히 묻혀 있었다. 죽어서도 이별만은 하지 않겠다는 듯이. 그 포즈가 정다워 보이기도 하고 독재 체제처럼 비정해 보이기도 한다. 둘은 지금 하나처럼 보이지만 아버지가 떠난 뒤 엄마가 외로워 보였던가. 허탈해 보이긴 했지만 외로워 보이진 않았던 것 같다. 아니, 가끔은 홀가분해 보이기도 했다. 그뿐인가? 간혹 앉은 채로 꾸벅꾸벅 졸아가며 집 안을 쓸고 닦던 엄마는 무언가를 정리하는 사람 같기도 했고 계획하는 사람 같기도 했다.

언니는 교외의 화원에서 사 온 국화 다발을 비석 위에 놓은 뒤 소주를 잔에 따라 무덤 위로 뿌렸다. 두 사람은 절을 하고 돗자리를 깔고 앉았다. 등 뒤로 내리쬐는 햇볕이 따뜻했다. 언니는 피크닉 바구니에서 우유를 꺼내 몇 모금 마셨다. 언니가 반쯤 마시고 준 우유를 수연도 마셨다. 실온에서 미지근해진 우유는 고소하다. 언니는 수연을 돌아봤다.

"너, 엄마 혼자 계실 때 모습 생각나니?"

"아버지 돌아가시고 혼자 되셨을 때?"

"아니, 그때 말고. 돌아가시기 1년 전, 그러니까 시름시름 앓기 시작하셨을 때."

언니는 눈을 가늘게 떴다.

"30년 가까이 해온 포목점을 정리한 엄마는 빈 껍질 같았어. 천을 고르고 마름질하고 사람들에게 어울리는 옷을 찾아 입히는 걸 좋아하셨는데. 게다가 우리도 다 커버렸고. 어이없게도 엄마만 빈 손으로 남은 거야."

수연은 어리둥절했다. 그 시절의 엄마를 기억은 하지만 의식해 본 적은 없다. 기억하고 있는 엄마의 몸짓들조차도 수연에겐 풍경 이다. 그러나 언니가 던진 질문의 파장이 컸는지 혼란스러워졌다. 엄마는 늘 고단했지만 자신의 일을 좋아했기 때문에 불행해 보이 지만은 않았는데, 왜 가슴이 싸한 걸까.

문득 의문이 생겼다. 엄마는 자신의 고향에 자주 가질 않았다. 정확히, 지연 언니가 스무 살이 될 때까지 단 한 번밖에 가질 않았 다. 그 시절엔 직행 버스가 없어서 대전까지 기차를 타고 가서 버 스를 타고 대구로 가고, 또 그곳에서 버스를 타고 경주로 가야만 했다. 가는 데만 꼬박 하루가 걸리는 먼 길이었다. 언젠가 수연이 엄마에게 어쩌면 그렇게 옛집에 가지 못했느냐고 물었을 때, 이미 병을 앓고 있던 엄마는 쓸쓸하게 웃었다. 가고 싶은 마음이야 굴뚝 같지. 네 아버지랑 다퉜을 때, 돈 때문에 시달릴 때. 하지만 가면 뭐 하니? 친정어머니가 돌아가시고 안 계시는데. 엄마가 없는 곳은 친 정도 아니다.

엄마는 여러 가지 사업을 통해 부침을 거듭하던 아버지와 무관하 게 생계와 딸들의 교육을 책임져준 포목점과 안집을 오가며 30년 을 보냈다. 그동안 자식들은 엄마를 악착같이 붙들고 있었다. 한 놈 은 엄마의 어깨를 또 한 놈은 몸통을 또 한 놈은 두 다리를 붙들고 있었다. 엄마는 나무처럼 그 집 마당을 떠날 수 없었다. 그동안 외

가의 명절과 외조부모의 제사는 수도 없이 지나갔을 것이다. 또 빛
바랜 흑백 사진 속에서 라운드칼라의 회색 투피스를 입고 뽀얗게
웃으며 불국사 교각 앞에 서 있던 처녀도 사라졌다. 언니는 꽃다발
에서 황국 몇 송이를 뽑더니 꽃잎들을 잘게 뜯어 엄마의 무덤에 뿌
렸다.

"너희 둘은 결혼하고 내가 일 때문에 바빠진 뒤 이모가 우리 집
에 와계셨던 거 기억하니?"

수연은 눈을 동그랗게 떴다.

"대구에 살던 이모가 이모부도 팽개쳐둔 채 엄마 식이요법 해준
다고 두 달 동안 와계셨었잖아."

"맞아, 그랬었지."

"난 그때 좀 당황했다. 오랫동안 떨어져 살았는데도 두 분은 친
밀해 보였어. 분명히 이모가 우리 집 손님인데 거꾸로 내가 손님 같
았다고. 내가 끼어들 틈이 없다는 느낌마저 받았으니까. 음식이나
난방, 나들이옷 때문에 다투는 두 분은 자기 노출 욕구가 맹렬한 사
춘기 소녀들처럼 보이기도 했어. 얼굴의 주름살들만 지운다면."

수연은 충격을 받았다. 늘 엄마를 소유해왔다고 믿었는데 최소
한 20년 동안 엄마와 이모가 수연 자매처럼 추억과 일상, 상처를
공유했고, 그들은 그것을 알 수 없다는 것. 문득 그 시절의 기억 하
나가 떠올랐다. 이모가 와계실 때 수연이 고기를 사 들고 아파트에
들른 적이 있었다. 현관문이 열려 있어서 엄마를 놀래켜주려고 몰
래 들어갔는데, 반쯤 열린 방 안에서 두 사람은 하얗게 센 머리를

맞대고 도란도란 이야기를 나누고 있었다. 경주에서 보낸 유년 시절에 대해 너무 맛있게 이야기를 하는 것 같아서 들어가지 못하고 엉거주춤 서 있다 대화를 엿들었다.

"얘, 넌 화장이 깨끗하다고 생각한다 했지? 그런데 난 그게 좀 무섭다."

"무섭긴. 시간 지나면 결국 마찬가지인데. 그리고 언니 자리는 형부 옆에 마련돼 있는데 왜 딴생각을 해?"

찐 찰옥수수를 맛있게 먹던 엄마는 다시 하나를 집어 들었다.

"나 사실은 그냥…… 경주로 돌아가면 안 될까? 엄마 아버지 곁에 묻히면 옛날로 돌아간 것 같을 거야. 그러면 내가 살아온 이삼십 년이 거짓말 같을 텐데. 그동안 자주 못 갔으니 그렇게라도 가면 아버지가 좋아하실까?"

그때 수연은 충격을 받았다. 할머니가 다 된 엄마의 입에서 엄마라는 단어가 나오는 것도 놀라웠지만 엄마가 이 그룹 외의 그룹을 원할 수 있다는 것도 놀라웠다. 그러나 엄마는 곧 꿈에서 깨어났다. 내가 원하면 뭘 해? 하나 마나 한 소리지. 결국은 그 사람 곁에 묻히겠지. 나중에 아이들이 찾아오기 편할 테니까. 얘, 산다는 게 참 어이없지 않니? 한번 들어가면 빠져나올 수가 없어. 들어올 땐 뭐가 뭔지도 모르고 들어왔는데.

언니는 바구니에서 오는 길에 산 치킨 샌드위치를 꺼냈다. 햇빛 속에 환히 드러난 언니의 옆얼굴이 창백하다. 언니가 빵을 한 입 베어 물었을 때, 갑자기 수연은 울음을 터뜨렸다. 수연은 어린애처럼 주저앉아 발을 뻗고 울기 시작했다. 아이가 무언가를 사달라고 조르는 울음 같은데 누구에게, 무엇을 조르는 건진 알 수가 없었다. 수연의 울음에 감염됐는지 눈물 그렁그렁한 눈으로 수연을 보던 언니는 재빨리 다가와 수연의 어깨에 손을 댔다. 수연은 투정 반 방어 반으로 어깨를 움츠렸다. 언니는 얼른 손을 떼고 한참 수연을 보더니 길 건너편의 갈대밭으로 가버렸다. 수연은 아예 엉엉 울다 휴지를 꺼내 코를 킁, 하고 푼 뒤 무릎 위에 젖은 얼굴을 묻었다.

9

4시쯤 산을 떠난 두 사람은 주변을 돌아다니다 5시 반에 도시 쪽으로 방향을 잡았다. 기온이 많이 떨어졌지만 석양만은 붉었다. 도시에서 보는 화려한 석양은 매연으로 인한 대기오염 현상이라고 하지만 지금은 별로 따지고 싶지 않았다.

두 사람은 풍경을 즐길 수 있을 만큼 차분해져 있었다. 몇 년분의 눈물이 빠져나가버렸는지 체중이 준 것처럼 몸이 가벼웠다. 마음속의 어둠을 몰아낸 그들은 축복 같은 해후를 즐길 준비가 돼 있었다. 사춘기에 별일 없이도 촛불이나 스탠드로 빛을 줄여놓은 굴 같은 방에서 뜬구름 잡는 이야기로 밤을 세웠던 것처럼 해볼 수도 있을 것 같았다. 수연은 차창 밖으로 손을 내밀어 바람에 휩쓸리는 낙엽들의 감촉을 즐겼다. 카스테레오에서 귀에 익은 올드 팝이 흘러나오자 발을 까닥거리며 콧노래로 따라 부르기까지 했다. 그때 휴대폰 벨이 울렸다. 해연 언니였다.

"지금 어디야?"

"미안해. 수연아."

"왜? 또 못 오는 거야?"

"사실은……."

수연은 언니의 이야기를 들을 자신이 없어서 눈을 감았다.

"지연 언니 바꿔줄까?"

해연 언니와 통화를 하는 지연 언니의 얼굴이 어두워졌다. 응응, 하고 듣기만 하더니 한숨을 내쉬었다.

"그래, 일 잘 처리해. 너무 낙담하지 말고. 필요한 거 있으면 연락하고. 아냐. 내가 밤에 전화할게."

플립을 닫는 언니의 얼굴을 보자 수연은 맥이 풀렸다.

"또 민아 아빠가 사고를 냈어. 아니지, 옛날에 냈던 사고가 새롭게 터진 거지. 결혼 전에 사업할 때 돈을 빌려준 사람들이 민아 아빠가 직장에 다니는 걸 알고 고소를 한 거야. 반이라도 갚거나 지불 각서를 쓰지 않으면 고소를 취하하지 않겠다고 한대."

업무 보고라도 하듯이 담담한 목소리이지만 언니의 얼굴은 퍼렇게 굳어 있었다. 차 안의 공기도 싸늘해져버렸다. 수연은 속으로 중얼거렸다. 정말 한번 들어가면 빠져나가기가 어렵구나. 수연은 잠깐 들떠 있었던 것에 대해서도 속았다는 느낌이 들었다. 애초에 각본은 이렇게 돼 있는데 혼자 우스꽝스러운 춤을 추고 만 것이다.

그러나 도시가 가까워졌음을 알려주는 이정표가 나타났을 때는 실망도 분노도 사라지고 슬픔만 가득 차올랐다. 문득 어릴 적에 봤던 「아기 돼지 삼형제」라는 동화가 떠올랐다. 어느 날 엄마 돼지가 먹는 시간 외엔 놀기만 하는 아기 돼지 삼형제에게 말했다. 이제 너희는 많이 자랐으니 집을 떠나 각자 집을 짓고 살아라. 그리고 늘 늑대를 조심해야 한다. 만약 우리가 아기 돼지들이라면 엄마가 내준 숙제는 무엇일까. 엄마는 무엇을 찾아내라고 우리 셋을 떠나보냈을까.

그러나 더 무서운 건 과연 진실이 우리에게 울타리가 되어줄 수 있을까, 하는 회의였다. 오히려 진실이야말로 우리를 집어삼키는 늑대가 아닐까. 수연은, 진실이 두려웠다. 해연 언니의 결혼을 반대했던 엄마가 정작 결혼 후의 불행에 대해선 담담했던 건 인생엔 엄연한 불행의 할당량이 있다는 것, 많은 아이 중 하나쯤은 그늘에 잠길 수도 있다는 걸 알고 있었기 때문일 것이다.

수연은 뜨거워진 이마를 문질렀다. 유년의 한 지점으로 잠깐 돌아가보는 것도 이토록 힘겨운데, 강 건너편인 이곳의 생은 진정 우리의 것이기나 한 것일까. 이 숙제를 마치고 나면 집으로 돌아갈 수 있을까. 앞차들의 후면 라이트만을 쫓아 한참 달렸을 때 멀리 붉은 눈들을 매단 도시의 톨게이트가 보였다.

텅 빈 자아, 소수점 이하의 존재론

이만영(문학평론가)

가족, 제로 공동체

여기, 하나의 가족이 있다. 그 가족이란, 이를테면 아이들을 필리핀으로 유학 보내겠다는 아내의 집념으로 인해 자기 자신을 끊임없이 소진해야 하는 아비가 있고(「그의 세컨드라이프」), 바람을 피운 남편을 이해하면서까지 자신의 고독과 슬픔을 감내해야 하는 아내가 있으며(「눈이 어둠에 익을 때」), 엄마의 강요된 교육 프로젝트에 따라 움직일 수밖에 없는, 이른바 '엄마의 아바타'처럼 살아가야 하는 아이들(「숨을 멈춰봐」)이 있다. 누구 할 것 없이 천근만근의 무게를 온몸으로 감싸 안은 채 살아가는 가족, 그래서 언제든 와르르 무너져 내리더라도 하등 이상할 것이 없는 이 허약한 가족은, 그야말로 언제든 파열 가능한 '제로 공동체(zero-community)'에 가깝다.

문학적 소재로서의 가족은 이미 우리 독자들에게 익숙한 것이기는 하지만, 윤효의 소설이 여타의 소설들과 변별되는 좌표를 차지할 수 있는 이유는, 억압적인 율법의 집행자로서의 아비를 효수의 대상으로 호출하려는 그간의 소설적 문법과 분명 거리를 두고 있기 때문이다. 그녀의 소설 속 가족들은 강력한 권력자로 불릴 만한 아비도 없고, 또 그를 대체할 만한 인물도 등장하지 않는다. 그저 뒤틀려진 욕망들이 끊임없이 충돌하고 미세한 진동과 파열이 재생산되는 불협화의 공동체, 그것이 바로 윤효가 그려낸 가족의 형상인 셈이다. 그에 따라 그녀의 소설 속에 재현되는 가족은 "쳇바퀴를 함께, 열심히 돌리다 삐끗하면 서로를 먹어치워버릴 수도 있는" 연대 불가능한 공동체이자 "무수히 금이 간 유리잔"처럼 위태롭고 불안정한 기표에 불과하다. 이처럼 윤효의 소설에서 가족은 하나의 안정된 기표가 아니라, 구성원 간의 경합의 장소이면서 동시에 불안의 원인을 제공하는 진앙지로 그려진다.

그렇다면 윤효가 이러한 가족에 주목하는 이유는 무엇일까. 그의 글쓰기는 와해되어버린 가족 그 자체를 문제화하는 데 그치지 않는다. 오히려 그보다는 가족이라는 기표에 포박되어버린 개체의 실존적 조건을 낱낱이 파헤침과 동시에 가족이라는 토대 위에서 위태롭게 서 있는 자들의 내면적 트라우마를 응시하는 데 초점을 맞춘다. 가족 공동체의 내부에 있으면서도 외부에 있고, 언제나 상징질서로 설명되지 않는 상상과 환영의 자리에 놓여 있으며, 자신의 목소리와 욕망과 고통을 결코 누설해서는 안 된다는 무게감에 짓눌린 자들. 바로 이러한 자들의 실존적 상황과 미세한 내면의 파동을 감지하고 발화하는 것이 윤효가 택한 소설적 문법인 것이다. 따라서 우리는 그녀의 소설을 읽을 때 다음과 같은 전제를 항상 염두에 두어야 한다. 그녀의 소설이 가족에 관한 서사라기보다는 차라리 실존에 관한 서사라는 바로 그 전제 말이다.

최소 낙원으로서의 가족/집, 그 축조의 (불)가능성

바슐라르의 지적처럼, 집은 인간존재의 최초의 세계이자 하나의 우주이다. 특히나 결혼을 하고 아이를 키우는 엄마에게 있어서 집은 대략 다음과 같은 의미로 다가올 것이다. 모유와 눈물이 퇴적된 액체성의 공간이자 남편과 아이들의 삶을 살찌우게 하고 자기만의 꿈의 부피를 팽팽하게 만들 수 있는 공간, 그런 의미에서 내가 머물 수 있는 최소의 공간이자 우주 그 자체.

「당신은 이곳에 살지 않는다」는 바로 그러한 집을 사수하기 위한 가족의 서글픈 분투기이다. 이 소설에 등장하는 젊은 부부와 그의 아들 세오는 "한 달에 한 번꼴로 광기에 가까운 분노를 터뜨리"던 흑석동 반지하 셋집에서 전나무가 무성한 분당의 전원주택지로 이사를 온다. 피톤치드로 가득한 이 새집은 아토피에 시달리던 아들 세오를 '평범한 남자애'로 키울 수 있는 유일한 공간이다. 바로 그 이유 때문에 이들은 두 달 넘게 월세를 밀려가면서까지 그 집을 떠나지 못하는 것이다. 특히 그 집은 아내에게 있어서 더더욱 특별한 의미로 다가온다. 아토피가 치유됨에 따라 비로소 정상적인 삶을 영위하는 아들의 모습을 목격할 수 있고, 자신의 자존을 상징하는 그랜드피아노를 들여놓을 수 있으며, 자신의 전공을 살려 피아노학원 강사로도 일할 수 있게끔 만들어준 이 공간은 "우울의 반을 생산해낸" 지난날의 집과는 차원이 다른, 새로운 꿈의 생산지이다.

하지만 집에 있기만 하면 모든 것이 잘 풀릴 것이라던 그 가족의 믿음은 집주인 미세스 엄에 의해 기어코 깨지고야 만다. 미세스 엄은 그들 가족에게 낙천적인 삶을 상상할 기회조차 허락하지 않는다. 월세의 교환경제가 그들의 집을 육박해오면서, 그들은 우울을 생산해낼지도 모를 또 다른 집으로 추방될 위기에 처하게 된 것이다. 고로 이들은 그곳에 살고 있으면서도 결코 한 번도 제대로 살아보지 못한 공백의 주체라고 불릴 수밖에 없다. 이러한 상황 가운데에서도 땅에 떨어진 십자가를 벽에 걸고자 하는 아내의 행위는 최소한의 자존과 자기만의 우주를 지키기 위한 처연한 몸부림으로 읽힐 만하다. 미세스 엄에 의해 언제 휘발될지도 모르는 낙관적인 꿈을 끝내는 붙들고야 말겠다는 그 결박에의 의지가, 못을 박는 아내의 태도를 통해서 확인되는 것이다.

집을 지키기 위한 한 여성의 몸부림은 「북유럽풍의 푸른 꽃무늬 접시」에서도 발견할 수 있다. 이 작품에 등장하는 김여름이라는 인물은 두 가지 면에서 징후적이라고 할 수 있는데, 하나는 엄마에게 버림받았던 외상적 기억을 머금고 있다는 측면에서, 다른 하나는 아이를 낳을 수 없는 불임 여성이라는 측면에서 그러하다. 그러니까 그녀는 과거와 현재 모두 결여의 형태로서의 가족을 갖고 있는 셈이다. 그 결여를 메우기 위해 그녀가 하는 일은 두 가지다. 부재하는 엄마의 자리를 보충하기 위해 윤주희의 젖가슴을 빨고, 부재하는 아이의 자리를 보충하기 위해 북유럽 스타일의 집으로 치장하는 일이 바로 그것이다. 그녀가 윤주희의 가슴을 두고 "먼 옛날의 모계 사회 수장의 그것"이자 "공동체의 모든 연약한 인간들이 한 번씩 물고 빨며 알 수 없는 힘을 얻어 가는 신비로운 젖가슴"이라고 느끼는 이유는 그것이 유년 시절에 잃어버렸던 엄마의 젖가슴을 대리하기 때문이며, 그녀가 "가족과 함께 행복하게 사는 것"을 중시하는 북유럽풍의 가구와 집기를 선호했던 이유도 부재하는 아이(혹은 엄마)의 자리를 그것들이 메워줄 것이라는 막연한 환상 때문이다.

하지만 윤주희의 젖가슴이나 북유럽풍의 집은 그녀에게 결여된 것들을 일시적으로만 메울 뿐이다. 작품의 말미에 나와 있듯, 윤주희와의 밀회는 중단되며 "견고한 행복의 상징"과도 같았던 북유럽 스타일의 집기들은 결혼 생활이 파국으로 치닫는 상황에서 그 본연의 목적을 상실할 수밖에 없다. 그런 그녀가 북유럽풍의 접시를 통해 들여다본 것은 규칙적으로 배열된 꽃무늬가 아니라 "한숨이 나올 만큼 젊고 예쁜 엄마가 빨간 캐리어 두 개를 들고 집을 나가는 모습"이다. 그것은 망각되고 억압된 외상적 기억이며, 누구의 젖가슴이나 어떠한 집기로도 대체될 수 없는 심연의 블랙홀이다. 이처럼 아무리 북유럽풍으로 집을 포장하려고 해도 삶은 그렇게 포장

될 수 없음을, 그리고 고통의 기억은 언젠가는 그녀 앞에 출몰해 그녀의 삶 전체를 뒤흔들 수 있음을, 억압된 것은 그렇게 회귀하고 출몰한다는 사실을, 이 작품은 냉랭하게 발화하고 있는 것이다.

이상의 두 작품에서 집은 자신의 고통과 번민을 해소하기 위해 지켜내야 할 그 어떤 것으로 그려진다. 가족의 안온한 미래를 설계하기 위해서든 자신의 결여를 메우기 위해서든 간에, 두 작품에서 집은 가족이 거처해야 하고 꿈을 양육해야 할 '최소한의 낙원'으로 설정되어 있다. 그에 따라 두 작품 속 인물들은 이 공간을 배당받기 위해 위태로운 방식으로 버텨내거나, 그 성채를 온전하게 유지하기 위해 자신이 지향하는 방식으로 치장하는 것이다. 하지만 이들이 원했던 집/가족은 결코 완성되거나 축조되지 않은 채로 남게 된다. 이렇듯 두 작품이 집/가족을 지켜내고자 하나 결코 지켜낼 수 없는 자들의 처연한 형상을 그려냈다면, 「눈이 어둠에 익을 때」는 그것을 지켜낸다는 것의 (무)의미와 여성의 실존적 고뇌를 그려내고 있다.

「눈이 어둠에 익을 때」는 남편의 외도를 눈감으면서까지 집을 지키기 위해 분투해온 한 여성의 슬픔과 회한을 그려내고 있다. "집을 부수지 않기 위해 나름대로 노력"해온 그녀는 언제든 깨질 수 있는 가족 공동체를 그저 침묵과 달관으로 유지시켜온 익명적 존재이다. 그녀의 시선에서 볼 때 집/가족은 그저 굶주린 자아를 견딤으로써만 유지될 수 있는 공간이자 공동체이다. 그런 그녀가 일본의 실험 주택을 보면서 느끼는 여성의 실존적 지위에 대한 성찰과 자기 갱생의 열망은, 우리 삶 일반에 대한 묵직하면서도 진지한 통찰을 내포하고 있다.

도심 한복판에 마련된 일본의 실험 주택을 보면서, 그녀는 무너져가는 집/가족을 재건하고 축조하려는 인간의 본원적인 욕망을 읽어낸다. 그러나 이러한 욕망은 누군가의 희생과 침묵을 강요한다는 점에서 얼마나 불온하고 허망한 것인가. 특히 자기 자신을 이름 없는 그 무엇으로 날인시켜야 하고 자신의 욕망을 철저하게 통제할 때에만 유지되는 그 공동체를 실험 주택이라는 이름으로 축조하고 보존하려는 행위. 이를 그녀는 어떻게 받아들일 수 있을까. 이제 그녀는 다음과 같이 질문한다. "전원의 분위기는 전원주택에서 느끼면 되지 왜 도심 한복판에서 시도를 하는 것일까. (…) 어쩌면 그런 집이란 존재하지 않기 때문에 안간힘을 쓰는 게 아닐까." 그녀는 이러한 질문을 반복하던 끝에 다음과 같은 명제에 도달하게 된다. 굳건한 가족을 유지한다는 것은 애초에 불가능한 행위에 불과하기 때문에, 인간은 역설적으로 집을 축조함으로써 그 부재와 공백을 메우기 위해 전력한다는 것, 따라서 집이라는 것은 온전한 가족 공동체를 세우려는 인간의 불가능한 욕망을 응축한 축조물에 불과하다는 것, 그것이 그녀가 발견한 집/가족에 관한 중요한 명제였던 셈이다.

그런 그녀는 안도 다다오라는 건축가의 건물을 통해 새로운 성찰의 지점에 가닿게 된다. 입출구가 불분명하고, 어둠과 밝음이 교차하며, 완결이라는 의미를 철저하게 차단하는 그 건축물은 분명 우리의 삶과 닮아 있다. 그녀가 미로처럼 설계된 그 공간을 배회하면서 느끼는 것은 대략 이런 것일 터이다. 막막하고 불안정한 삶으로부터 빠져나갈 수 있는 출구가 보이지 않고 파멸의 징후들이 범람하는 이 불가해한 세계 속에서, "눈이 어둠에 익숙해질 때까지" 삶을 묵묵히 견뎌내고 받아들여야 한다는 인간 보편의 실존적 정념. 이 투명한 체념의 정념은 완성과 완결을 지향하는 가족 공동체에 대한 근본적 회의로부터 길어 올려진 것이기도 하지만, 무엇보다 그것은 집/가족을 위해 자기 욕망의 실현을 끊임없이 유예시켜야만 하는 여성의 실존적 조건을 정면으로 응시할 때 비로소 얻어질 수 있는 중요한 통찰이기도 하다.

가상 혹은 위장된 삶의 윤리

윤효의 소설 속에 등장하는 가족은 개인과 개인이 접속하는 친밀성의 공동체가 아니다. 오히려 그것은 고독과 권태의 정념들이 결코 해소되지 않은 채 곧 폭발할 것만 같은 뇌관을 품고 있다. 윤효는 뒤틀린 욕망이 교차하고 충돌하면서 끝내 그 뇌관을 터트리고야 마는 가족의 형상을 발명해내는 데에 주력하는데, 이에 해당되는 작품이 바로 「그의 세컨드라이프」와 「숨을 멈춰봐」이다.

먼저, 「그의 세컨드라이프」에서는 부채를 상환할 수 없는 변호사와 그 가족이 등장한다. 이미 경제적 파탄 단계에 진입해버린 이상, 그는 현실 공간에서 잔뜩 웅크린 채 살아갈 수밖에 없다. 변호사 사무실은 그저 "시간의 결을 견뎌야 하는" 공간 정도로밖에 여겨지지 않으며, 그의 집안은 "각얼음들이 버석버석 얼어가는 냉동고"와 같다. 이 지독한 권태와 무료함을 달랠 수 있는 유일한 방법은 가상현실 사이트 '세컨드라이프'에 접속하는 것뿐이다. 그가 그 누군가와 소통하고 사랑을 교감할 수 있는 유일한 공간은 그 가상현실 속에서 마련되고, 오로지 그 공간에서만 실현 불가능한 욕망들이 해소될 수 있는 것이다. 그러니까 '세컨드라이프'는 위축된 자아와 그 욕망이 가상의 아바타를 통해서 확장되고 실현되는 그러한 공간인 셈이다. 그렇다면 그의 아내는 어떠한가. 그가 실현 불가능한 자신의 욕망을 '테리'라는 사이버 아내를 통해 충족시키려 했다면, 그의 아내는 아이들을 통해서 자신의 욕망을 충족시키려 한다. "아내의 환상의 대상은 그에서 미래의 아이들로 대체되어 있다"는 그의 말은, 현실 속 아이를 마치 아바타로 간주하면서 자신의 불안과 권태를 이겨내려는 아내의 모습을 한마디로 요약한 것에 다름 아니다. 이처럼 이들 부부는 현실에서 갖지 못하는 만족과 재산과 사랑을 위해 자기만의 환상의 대상(라캉적 의미의 '대상 a')을 설정하고, 이를 통해 텅 빈 욕망의 자리들을 메우려고 끊임없이 애를 쓴다. 하지만 암에 걸려 육체적 고통을 호소하는 그의 마지막 운명에서 읽어낼 수 있듯, 현실에서 느끼는 고통과 환멸은 어떠한 환상으로도 대체되거나 은폐될 수는 없는 일이다. 그들이 환상의 대상, 즉 자신만의 아바타에게 의존하면 할수록 역설적으로 현실에서의 고통은 자유롭게 춤추고 메아리치다가 끝내는 분출하게 되는 것이다.

「그의 세컨드라이프」에서 그의 아내는 「숨을 멈춰봐」에서도 반복·변주되어 등장한다. 첫째 아이 수완이를 임신하면서 직장을 그만둘 수밖에 없었던 '엄마'는, 자신의 결여를 덮어버리기 위해 아이들의 교육에 집착한다. 그 결과 "수완이는 엄마의 아바타 비슷한 존재"로 살아간다. 하지만 공교롭게도 불행은 유전되는 법. 결혼 이후 자식 외에 모든 것을 상실해버린 '텅 빈 존재'로서의 '엄마'가 수완이에게 자신의 일그러진 욕망을 지속적으로 투사하면서, 수완이는 그야말로 '괴물'이 되어간다. 엄마가 아빠와의 불화 때문에 수완이의 목을 졸랐던 것처럼, 수완이는 엄마가 가하는 교육적 압력 때문에 지완이의 목을 조른다. 수완이는 치유할 수 없는 외상을 온몸으로 기억하면서 "똑같은 상처를 타인에게 주어야만 숨을 쉴 수 있는 괴물"로 성장하게 된 것이다. 이처럼 이 작품은 한 가족이 갖고 있는 불행의 근원이 유전되고 재생산되는 양상, 그러니까 누군가의 왜곡된 욕망으로 인해 조종당하는 하나의 희생자가 결국 가해자로 급전하여 가족 전체를 파멸로 몰고가는 파국의 서사임에 틀림없다.

「숨을 멈춰봐」의 수완이가 엄마의 일그러진 욕망으로 배양된 괴물이라면, 「아리의 케이크」의 아리는 불온한 가족사를 온몸으로 끌어안은 채 끊임없이 자신을 위장하고 포장하며 살아가는 병리적 인간이다. 문영의 집은 남편이 부재하는, 권태와 환멸로 가득 차 있는 공간이다. 남편과는 이미 두 달 전부터 별거 중인 공간이자 유난스러운 엄마의 간섭 탓에 그녀가 원하는 대로 꾸미지 못한 공간. 이렇듯 불안과 권태의 기운으로 가득 찬 이 공간에 새롭게 들어선 자가 바로 아리이다. "현실적이다 못해 즉물적으로까지 느껴지는 아리와 학창 시절의 유난히 비현실적인 아리", 그러니까 아리는 두 자아의 경계를 넘나들면서 삶을 가까스로 버텨낸 존재인 셈이다. 따라서 불안정한 공간 속에 아리를 들인다는 것은 상처에 또 다른 상처를, 불안에 또 다른 불안을, 카오스에 또 다른 카오스를 덧붙이는 것에 다름 아니다.

하지만 아리에게는 상처와 불안과 무질서를 철저하게 은폐할 수 있는 거짓된 처세술이 있었다. 부모의 불온한 죽음, 끊임없이 충혈된 눈을 하고 우뚝 솟아오르는 그 불온한 기억을 덮어버리기 위해 수많은 데커레이션으로 무장하면서 살아왔던 것이다. 아리의 거짓말을 뒤늦게 알아차린 문영이 그녀에 대한 비난적 제스처를 취하다가 결국 포용할 수밖에 없었던 이유는, 거짓되고 포장된 삶 그 자체를 비윤리적 증상으로 이해해서는 안 되었기 때문이다. 비윤리적인 것의 윤리는 바로 이 지점에서 오롯이 솟아난다. 아리처럼 순식간에 자신의 삶이 구멍 나버린 자들의 욕망, 다시 말해 구멍 나버린 자아의 붕괴를 필사적으로 막아내기 위한 바로 그 욕망은 거짓된 삶의 알리바이가 되기에 충분하다. 문영이 아리의 케이크를 먹는 순간은 바로 그러한 삶의 비의를 깨닫게 되는 순간처럼 읽힌다. 아리가 떠난 자리에 남겨져 있는 것은 청보라색 케이크, 즉

"발버둥을 쳐봤자 별 달라질 게 없는 그렇고 그런 인생에 자기만의 환상으로 포장해놓은" 케이크였다. 이것은 타자의 욕망의 핵심부에 놓인 미지의 영역을 탐사할 수 있을 때 나와 타자의 상호이해가 비로소 가능해질 수 있다는, 웅숭깊은 삶의 비의를 내장하고 있다. 겹겹으로 포장되고 위장된 삶 그 자체가 문제가 아니라 그 포장된 삶의 본질을 들여다보는 것이 중요한 문제라고. 위장과 포장으로 살찌운 타자를 피상적으로 이해하는 것이 아니라 그 위장의 욕망이 분출되는 균열과 불행의 발원지를 투시하는 일이 더 중요한 일이라고. 그래야만 희미하게만 보였던 타자의 모습을 온전하게 바라볼 수 있고, 나와 타자의 손잡기가 비로소 가능해질 것이라고. 이 소설에서 담담하게 발화되는 작가의 목소리는 바로 그것이며, 이 목소리를 통해 우리는 타자성의 윤리에 관한 순도 높은 작가의 성찰을 읽어낼 수 있다.

할당된 고통과 무정형의 삶

작가는 언젠가 여성이 가진 육체적 탄력성에 대해서 얘기한 적이 있다.* 누가 될지 모르는 한 존재를 배 속 가득 품어 한순간에 그것을 뿜어낼 수 있는 탄력성, 그 엄청난 육체의 팽창과 수축의 경

---

* 윤효, 「삼십 세」, 『허공의 신부』, 1997, 문학동네, 198쪽.

험을 통해 얻어진 강렬한 자극과 전율, 그것을 실존적으로 품고 살아야만 하는 존재. 죽음이라는 원초적 공포를 느낄 만큼의 고통이 몸 전체를 가득 메우고 있는 순간에서 생명의 원형질이 몸 전체에서 쑥 뽑혀 나오는 순간까지, 여성이 경험하는 바로 그 시간은 혹독한 외로움을 견뎌내는 시간이다. 이러한 작가의 언급을 새삼 다시 끄집어내는 것은, 그 무언가를 위해 자신의 욕망을 완전하게 걸러내는 순간, 다시 말해 욕망이 제로가 되는 순간까지 모든 고통을 온몸으로 끌어안고 감내해야만 하는 여성의 실존적 조건을 이야기하기 위해서이다.

여성의 탄력성은 비단 육체에 한정해서 이야기될 수는 없을 터인데, 그 이유는 여성의 탄력성이야말로 여성이 마땅히 갖춰야 할 삶의 미덕처럼 간주되기 때문이다. 남편과 아이들을 경멸할 수 있는 순간에서조차 자신의 욕망을 스스로 걸어낸 채 살아가야만 하는 탄력적인 존재, 그러니까 자기 자신이 아니라 오로지 타자를 위해 자기 자신의 위치를 스스로 정립시켜야 하는 그러한 존재. 이러한 여성을 일컬어 우리는 소수점 이하의 존재, 다시 말해 일(1)이라는 숫자로 환산될 수 없는 결여된 존재이면서 영(0)이라고도 말할 수 없는 실재하는 존재라 말할 수 있다. 「우리가 강을 건넜을까」는 "욕망의 대상을 쟁취하려 하기보단 욕망을 죽이려 애쓰는", 그러니까 실재하면서도 결여된 여성의 실존적 조건을 환기시킨다.

지연, 해연, 수연. 이들 세 자매는 하나이면서 여럿이라고 볼 수 있는데, 그 이유는 이들 모두 불가해한 삶 속에서 서로 다른 고통을 할당받았기 때문이다. 사실, 이 작품에서 대화의 주체들은 지연과 수연으로 설정되었지만 작품 전반의 분위기를 주조하는 인물은 해연이다. 세 자매 중 해연은 "고통의 밑바닥으로 가라앉아 아예 다른 차원으로 가버린 듯한" 존재로 그려진다. 아버지가 교통사고를 당했을 때에도 홀로 간호를 해야 했고, 아이를 가졌을 때에도 항생제를 쓸 수 없어서 수포로 인한 염증을 온몸으로 견뎌내야 했으며, 결혼 이후에도 남편의 사업 부도로 인해 단 한 번도 삶의 휴식을 경험해보지 못한 그녀는 그야말로 "음지에 익숙한 사람"으로 그려진다. 항상 자신의 고통을 감내하면서 살아왔던 그녀의 그 습성 때문에 늘 재앙이 그녀 곁을 맴돌고 있었던 것이다. "욕망을 거세시키는 쾌감"에 익숙해져버린 수연이 해연에게서 일종의 동류의식을 느끼는 이유도 바로 거기에 있다. 수연은 해연의 삶을 통해 자신의 욕망을 은폐하고 억누르면서 살아가야 하는 우울증적 주체로서의 자기 자신을 발견한다.

이 작품에서 해연은 자신을 드러내지 않는 방식으로 드러낸다. 수연의 집에 오고자 하지만 결코 도착할 수 없는 그녀는, 마치 돌아올 수 없는 고통의 강을 건너버린 한 여성의 실존적 삶을 상기시킨다. 그런 의미에서 이 소설은 건너지 말았어야 하는 강을 건너버린, 그래서 불안의 심연에 언제 가라앉아버릴지 모르는 여성들에게 던지는 공무도하(公無渡河)의 서사처럼 보인다. 하지만 작가는 여기에서 멈추지 않는다. 어쨌든 우리네 삶이란 넘지 말아야 할 경계를 반드시 넘어서야 하는 순간을 맞이해야 하고, 또 그 월경(越境)

으로 인해 자기에게 할당된 불행의 부피를 스스로 감내해야 한다. 건너지 말아야 할 강인 줄 알면서도 어쨌든 그 불가해한 세계의 강을 건너가야만 하는 인간 보편의 숙명을 담담하게 발화하는 것. 그런 의미에서 이 작품은 소설적이면서 동시에 시적인 기품을 갖고 있다.

소설은 기실 이러한 것이 되어야 한다. 광대한 우리의 시공간 속에서 어느 특정한 현실을 도려내고, 그 현실을 세계 전체의 문제로 해석할 수 있어야 하며, 그 세계 속의 자아가 고투하는 것들이 마치 인간 일반의 문제인 것처럼 만들 수 있는 상상의 힘이 있어야 한다. 이것들이 확보되었을 때 소설 속 현실과 세계와 고민들은 비로소 우리의 것으로 화할 수 있고, 소설의 문제는 우리가 기꺼이 논의해볼 만한 문제로 올라설 수 있다. 단언컨대, 윤효에게는 그러한 소설의 윤리를 지키겠다는 집요한 고집이 있다. 소설 속 비극을 보편의 비극으로, 소설 속 증상을 사회적 증상으로 확장시킬 수 있는 그 미묘한 힘이 그녀의 소설 속에 깊숙하게 내장되어 있는 것이다. 그리하여 그녀의 소설을 읽는다는 것은, '지금-우리'의 삶과 슬픔과 고통을 만지는 것이다. 언제든 자신을 휘몰아칠 수 있는 외상적 기억 때문에 가족 공동체 전체가 붕괴되는 서사라든지 집/가족을 위해 자신의 욕망을 거세하거나 왜곡된 욕망을 한껏 분출하는 서사 그리고 가족과 사회에서 결코 자신의 자리를 점유하지 못하는 잉여물과 같은 여성의 실존적 조건을 다룬 서사들은 우리의 슬픔과 고통이 가진 무게를 가늠하게 한다. 소위 리얼을 지향하는 이러한 소설에게 과감한 도약을 요청하는 것은, 분명하게 말해 결례이다. 윤효 소설이 가진 동력은 "눈이 어둠에 익을 때"까지 "불행의 할당량"을 감내하고 살아가야 하는 인간에 대한 순도 높은 위로와 격려에 있다.

　이 글을 마무리하는 지금, 나는 오래전 윤효가 자신의 첫 소설집에 남긴 문장 하나를 떠올린다. 소설이란 "나의 이야기인 동시에 우리의 이야기이고 상처 자체로 끝맺어도 그것에 머무르지 않고 여운을 남겨 치유의 빛을 추스르게 하는 것"*이라는 바로 그 문장 말이다. 소설 쓰기라는 이 쓸모없는 짓에 윤효가 20년 넘게 집착해온 이유는 바로 여기에 있다. 상처의 무게를 측정하고 그 육중한 무게를 가까스로 들어 올려 치유의 목소리를 메아리치게 하는 것, 불가해한 이 세계와 대면하면서 끝내 삶의 비의를 해득해보겠다는 것, 그러한 의지가 살아 숨 쉬는 한 그녀의 소설이 가진 기품은 결코 결락되지 않을 것이다. 그리고 겹겹이 포개진 상처들에 대한 구경(究竟)에의 의지, 그 상처들로 인한 인간 내면의 파열음을 감지하고 발화하려는 그 의지야말로 그녀의 소설이 가진 윤리의 유여(裕餘)함을 증명할 것이다.

* 윤효, 앞의 책, 196쪽.

아주 오랜만에 소설집을 내면서 '작가의 말'을 쓰는 게 어색해서 내 첫 책을 펼쳐봤다. 나의 첫 책은 소설집 『허공의 신부』다.

그 책 끄트머리에 붙은 작가 후기에서 나는 소설에 대한 욕망을 곧 깊이에 대한 욕망이라고 적었었다.

그 시절 누군가 내게 말했었다. 당신의 소설들은 젊어서만 쓸 수 있는 소설이라고.

젊었던 한때, 나 역시 거침없었고, 내 꿈, 내 슬픔, 내 아픔이 제일 크다고 생각했었다.

인생의 반의반도 모르는 주제에 뭘 이렇게 말이 많았나 싶다.

자제할 줄도 감출 줄도 여백을 둘 줄도 모르는 어법이 부끄럽기도 하다.

그래도 참 많이 뜨거웠었다.

그 시절에 비해 한결 능숙해지고 능청스러워진 후에도 난 또 오래도록 그때의 열정을 그리워했었다.

내 세번째 소설집인 이 책 속엔 아주 열심히 쓴 소설들도 있고, 소설을 잊지 못해서 쓴 소설들도 있다. 좋지도 나쁘지도 않은 평범한 삶을 살면서도 소설을 아주 잊어버릴까 봐 두렵기도 했다.

돌아가는 길은 남겨놓았구나 싶어 안도하면서도, 또 어김없이 부끄러워진다.

꿋꿋하게, 뜨겁게, 많이 써온 분들에게.

이젠 나도 심플해지고 싶다.

윤효